구룡포의 푸른 그물

구룡포의 푸른 그물

2024년 6월 10일 제 1판 인쇄 발행

지 은 이 | 박종윤
펴 낸 이 | 박종래
펴 낸 곳 | 도서출판 명성서림

등록번호 | 301-2014-013
주　　소 | 04625 서울시 중구 필동로 6(2층·3층)
대표전화 | 02)2277-2800
팩　　스 | 02)2277-8945
이 메 일 | ms8944@chol.com

값 15,000원
ISBN 979-11-93543-90-0

구룡포의 푸른 그물

박종윤 장편소설

도서출판 명성서림

집필 의도

어느 국가든 아무리 수치스럽고 뼈아픈 역사라도 그것을 왜곡해서는 안 된다. 사실 그대로 후손들에게 가르쳐 두 번 다시 그릇된 역사의 길을 되풀이하지 않도록 해야 한다.

일제 강점기 구룡포 적산가옥 거리에서 일어난 절절한 애증이 묻어나는 이야기 하나를 풀어나가고 싶었다. 한 개인이나 집단의 이기심으로 인하여 발생하는 차별이나 폭력은 일상의 삶을 송두리째 무기력하게 만드는 원인이 된다. 인간의 가치를 물질 만능으로 대체할 수는 없을 것이다.

구룡포 적산가옥 거리에서 일어난 그때 그 사람들의 애증이 묻어나는 그 시절 삶의 현장으로 들어가 얘기들을 하나씩 건져 올려 본다.

차 례

1. 적산가옥

서울의 모 잡지사 기자인 나는 얼마 전 구룡포를 한 번 다녀온 일이 있었다. 잡지의 연속 기획 특집인 전국 '명승지 탐방' 사찰寺刹 취재가 끝나고 지방의 특산물과 먹거리 장터를 새로 취재하는 중이었다.

구룡포에서 1박 2일 취재를 종료하는 날이었다. 나는 그곳에 있다는 적산가옥 거리를 한번 찾아보고 싶었다. 전국에 일제의 잔재인 적산가옥이 아직도 군데군데 남아 있었지만, 구룡포의 적산가옥 거리는 색다르다는 얘기였다. 그곳은 일제 강점기 훨씬 전부터 이미 이 나라에 제일 처음 일본인들이 집단 거주한 가옥 거리라고 했다.

나는 서울로 올라가기 전에 예매한 버스 승차 시간도 넉넉해 불현듯 그곳을 잠깐 들러 보고 싶은 생각이 났던 것이었다.

적산가옥 거리를 찾아가기 위해 행인들이나 길가의 상점 주인들에게 수소문해 보았으나 의외였다. 잘 아는 사람이 별로 없었다. 내가 알기로는 매스컴을 통해 그곳을 보도할 정도로 유명세가 있는 곳인데도 그랬다. 좁은 지역인 구룡포에서 일본인 가옥 거리를 모른다면 다른 이유가 있을 것이었다. 외지에서 왔거나 그런 장소에 대해 아예 관심조차 없는 사람들이겠거니 생각했다.

내가 구룡포 일본 가옥 거리에 관심 가지게 된 것은 포항시가 그곳을 재개발한다는 소문이 나돌고 있었기 때문이었다. 적산가옥 거리를 문화재로 지정하여 복원 사업이 시작되기 전에 그곳을 꼭 한번 들러 보고 싶었다. 적산가옥 거리 복원이 시작되면 아무래도 지금까지 묻혀 있거나 조금씩 변형되기는 했지만, 일본인들이 살았던 그 시절로부터 점철되어 온 흔적들이 더 훼손될 수 있다는 우려감으로 조바심마저 들끓어 나를 재촉했다.

적산가옥이라면 나의 소년 시절에 잠시 스쳐 지나간 아련하게 떠오르는 추억이 하나 생각나는 곳이기도 했다.

고향의 어린 시절 가을이 되면 싸리나무 울타리 막대기 끝에 앉아 머리를 갸웃거리는 겹눈 고추잠자리를 잡으려다가 놓쳐버린 기억은 누구에게나 한 번쯤 있을 법한 추억이었다. 그 고추잠자리를 잡으려다가 놓쳐 버린 것 같은 적산가옥에 대한 어렴풋한 아쉬운 추억 하나가 나에게 있었다.

내가 살던 고향 동네에 일본 가옥의 군수 관사官舍 하나가 있었다. 그 관사는 일제의 잔재였다. 해방 뒤에도 그 건물은 유일하게 한 점의 훼손도 없이 잘 보존되어 상태가 좋았다. 그곳은 일제 강점기부터 지방 행정관이 새로 부임해 오면 임기 동안 머물다 가는 관택官宅이었다. 멋진 2층 목재 가옥과 더 넓은 마당의 아기자기하게 꾸민 정원은 누구나 한 번쯤 안으로 들어가 구경하고 싶은 충동을 일구는 곳이기도 했다.

담쟁이덩굴이 높다랗게 둘러쳐진 담 중앙의 커다란 목재 대문은 고대의 성문처럼 언제나 굳게 닫혀 있었다. 그 닫혀 있는 장벽이 소년의 호기심을 더욱 유발했다. 관사 안을 잠깐 엿볼 유일한 기회는 군수의 출퇴근

시간 때였다. 군수를 출퇴근시키기 위해 검은 지프 한 대가 굴러오면 대문이 활짝 열렸다. 군청은 관사에서 걸어 십여 분밖에 되지 않는 거리였지만 검은 지프는 항상 그 시간에 굴러왔었다.

어느 봄날이었다. 초등학생이었던 나는 학교 방과 후 집과는 반대 방향에 있는 관사 부근에 우연히 가게 되었다. 그곳에서 마침 검은 지프에서 내리는 내 또래의 한 소녀를 보았다. 소녀는 하얀 긴 팔 블라우스에 어깨 멜빵이 있는 스코틀랜드 고적대의 체크무늬 주름 스커트를 입고 있었다. 소녀 머리띠에 달린 금방이라도 날아갈 것 같은 노랑나비 모형이 나풀거렸다. 내 눈에 하얀 피부의 그 소녀는 방금 하늘에서 내려온 천사 같았다. 그녀는 바로 군수의 외동딸이었다.

그날부터 나는 관사 부근에 하릴없이 공연히 얼쩡대는 일이 많아졌다. 그녀가 얼마나 보고 싶었으면 꿈속에라도 나타나기를 바랐으나 그 염원은 한 번도 이루어지지 않았다. 무슨 일인지 학교에서는 도저히 마주칠 기회가 없었다. 방과 후 어쩌다가 관사 앞에서 먼빛으로나마 그 소녀를 엿볼 수 있는 날에는 내 몸뚱이가 하늘로 둥둥 떠다니는 것 같았다. 그 소녀가 사는 관사가 나에게는 성역 같은 곳이었다. 소녀를 훔쳐보기 위해 그 부근에만 가면 내 가슴은 공연히 들뜨고 방망이질로 치대었다.

그런 시간이 자박자박 흐르고 일 년이 지난 어느 날이었다.

그 소녀는 그곳에서 두 번 다시 볼 수가 없었다. 검은 지프는 변함없이 관사를 들락거렸으나 내 관심에는 무심했다. 나는 초조해하다가 얼마 뒤에 그 사실을 알았다. 군수가 다른 지방으로 부임해 갔다는 것을.

나는 며칠 동안 밥이나 제대로 먹고 학교에 다녔는지 기억이 안 날 정도로 비칠대며 방황하고 있었다. 걱정된 어머니가 약국에서 지어 온 감기몸살이나 소화 불량 따위의 약은 아무 소용도 없었다. 나는 그 소녀의 머리띠에 달린 노랑나비 리본의 환상이 자꾸 눈앞에 어른거렸다. 리본 띠의 노랑나비가 그 소녀를 어디론가 훨훨 날아 데리고 간 것이라는 막연한 생각까지 하게 되었다.

적산가옥은 그렇게 나의 소년 시절 꿈처럼 잠시 왔다가 사라져버린 노랑나비 머리띠 소녀에 대한 그리움이 남아 있는 곳이었다. 그 이미지는 오래도록 소년의 가슴을 설레게 했던 추억을 되새기는 곳이기도 했다. 그 추억의 연속성일지는 몰라도 성인이 된 시방 구룡포의 적산가옥에 대한 호기심은 끈끈한 접착제처럼 나를 끌어당기고 있었다.

머지않아 곧 변형될 위기에 처한 구룡포의 적산가옥 어딘가에 우리 조선인이든 또는 일본인이든 비록 보잘것없는 한 인간의 삶일지라도 절절한 애증이 묻어나는 이야기 한 토막 정도는 분명 있을 법했다. 개발 복원이라는 미명으로 그런 사연들이 흐지부지 뭉개져 역사의 뒤안길로 영원히 묻혀 버릴 수도 있었다.

나는 구룡포의 적산가옥을 둘러보겠다는 생각을 한 그 순간은 잡지사 직원으로서의 내 본연의 임무와는 전혀 다른 것에 집착하고 있는 셈이었다.

어렵게 수소문하여 그곳을 겨우 찾아간 것은 오후 4시쯤이었다. 일본가옥 거리는 생각보다 훼손이 많이 진행된 상태였다. 제2차 세계 대전에서 패전한 일본인들이 떠나고 반세기가 훌쩍 넘었다. 가옥의 주인들도 무수히 들고나며 바뀌었을 것이었다. 적산가옥은 바뀐 주인들의 취향대로 형태가 조금씩 개조되어 대부분 변형된 것들이 많았다. 원형이 고스란히 그대로 보존되어 남아 있는 곳은 겨우 한 채 정도밖에 되지 않았다. 그나마 낡고 허물어져 보수 처리가 시급해 보였다.

나는 서울로 올라갈 버스 시간에 맞추기 위해 일단은 서두를 수밖에 없었다. 일본 가옥 거리를 휑하니 대충 둘러본 뒤 다음을 기약하며 서울로 되돌아왔었다.

서울에 도착한 나는 이튿날부터 사무실 일로 며칠 동안 바쁘게 보냈다. 다음 호 월간지에 실릴 원고들을 정리하느라고 다른 생각은 할 틈이 없었다. 어느 사이 구룡포의 일본인 가옥 거리는 서서히 잊어가고 있었다.

어느 날 나는 퇴근하면서 미술학원을 운영하는 일이 끝났을 것 같은 아내와 모처럼 시간 약속을 잡았다. 그 바람에 한눈팔지 않고 집으로 발 빠르게 행보를 놓았다. 소주 반주를 곁들인 낙지볶음과 오붓한 저녁을 아내와 함께 먹었다. 그런 다음 나란히 소파에 앉아 티브이 저녁 아홉시 뉴스를 보고 있었다. 둘이서 한가롭게 저녁 시간이 여유로울 수 있다는 것은 아직 우리에게는 아이가 없기 때문이었다. 우리는 벌써 결혼한 지 7년 차였다. 두 사람 다 건강에는 이상이 없다는 진단을 받았다. 그런데도 아내의 자궁에는 태아가 쉽게 자리를 틀지 않았다.

티브이 화면에 지역 소식이 차례로 방영되고 있었다. 화면이 포항으로 옮겨가고 리포터의 안내에 따라 구룡포 일본인 가옥 거리가 소개되었다. 리포터의 일본인 가옥 거리라는 말에 나는 화들짝 놀랐다. 아내가 막 가져다 놓은 아직 입술에 대어 보지도 않은 찻잔을 탁자 옆으로 얼른 밀어 놓았다. 리모컨을 집어 들고 티브이 볼륨을 다급하게 올렸다. 화면에는 포항시장이 초청한 역대 일본 총리를 지낸 두 명의 모습도 보였다. 낡고 훼손된 일본인 가옥 거리의 복원 사업을 활성화하기 위한 전초전 행사였다.

일본인 가옥 거리는 포항이나 구룡포 사람들 보다 일본인들의 관심이 더 높다고 했다. 포항시는 일본인 가옥 거리를 복원 개발하여 일본 관광객을 유치하여 수익을 높인다는 계획이었다. 지각 있는 공직자들의 참신한 아이디어로 아프고 왜곡된 역사를 양국이 바로 세우기 위한 기회가 되기를 바란다는 리포터의 설명을 끝으로 화면이 다른 지역으로 바뀌어 갔다.

나는 화면에서 구룡포 지역 뉴스가 끝나자 처음 일본인 가옥 거리를 둘러본 영상이 파노라마처럼 새삼스럽게 뇌리를 스치고 지나갔다. 그날 구룡포 적산가옥 거리에서 호기심으로 들떠 있던 내 모습도 생생한 기억으로 다가왔다. 나는 당장 구룡포로 달려가고 싶은 충동이 파도처럼 일렁거렸다. 포항시에서 이젠 일본인 가옥 거리 복원 사업 시작을 본격적으로 알린 셈이었다. 구룡포를 향한 내 마음이 몹시 다급해졌다.

이튿날 나는 편집장에게 여름휴가를 앞당겨 달라는 신청서를 내었다. 휴가 기간이라도 취재 원고는 내놓겠다는 조건이었다. 눈치를 보며 어렵게 4일간 휴가를 받아 쥐고 구룡포로 출발하게 되었다. 구룡포에 3박 4일 동안 휴가를 몽땅 투자할 계획이었다. 그 시간 동안 나는 장편소설 한 권 분량의 일본인 가옥 거리 이야기를 기어이 건져 올려야겠다는 다짐을 야무지게 여투었다. 아내에게 휴가를 함께 보낼 수 없어 미안한 생각은 들었으나 구룡포에 대한 나의 강한 호기심을 꺾기에는 역부족이었다.

소설 한 권을 만들어 낸다는 일이 결코 만만한 작업은 아니었다. 내가 언제부터 소설을 썼느냐고?

나는 대학 시절 일찍이 모 일간지의 신춘문예로 운 좋게 화려하게 등단은 했으나 그것으로 끝장이었다. 등단 후 15년 동안 변변한 창작집 한 권 발간하지 못했으니 소설은 무슨 소설. 등단 이후 어찌 된 셈인지 주눅이 들어 도저히 글 쓸 용기가 나지 않아 그냥 포기한 상태로 있었다.

이른 아침 서울을 출발 포항을 거쳐 구룡포에 도착한 시간은 거의 열두 시가 가까워서였다. 버스에서 내리자 나를 제일 먼저 반기는 것은 해안에서 불어온 특유의 해풍이었다. 그 해풍은 장마철의 햇볕 아래 이글거리는 후텁지근한 더위를 식혀주지는 못했다.

부두를 뒤로하고 이젠 묻지 않아도 찾아갈 수 있는 일본인 가옥 거리로 거리낌 없는 발걸음을 놓았다. 눈에 익은 좁다란 골목 가옥 거리로 들어섰다. 거리 중간쯤에 조그마한 동산 공원이 보였다. 처음에는 일정에 쫓겨 제대로 살펴보지 못한 곳이었다. 자연 지형을 이용한 그 공원은 일제 강점기에 일본인들이 세운 '신사참배'지였다. 삼십 미터쯤 비스듬한 계단을 올랐다. 정상에 오르니 우측에 높이가 십 미터는 됨직한 우람한 돌탑 하나가 눈에 띄었다. 돌탑은 포구를 향해 침묵을 지킨 채 묵묵히 서 있었다.

그 탑은 1900년 초 일본 어촌의 '오카마야' 지역과 '가가와' 현에서 구룡포에 처음으로 집단 이주한 어부들이 고향을 향해 세운 망향의 탑이었다.

융희 4(1910)년에 조선을 강제 합방시킨 일본은 그 뒤 대륙 진출을 꾀하면서 내선일체를 표방했다. 그들은 조선의 각 지역에 신사를 세우면서 구룡포의 공원도 그때 신사참배 장소로 이용되었다.

태평양 전쟁을 일으켰다가 결국 패망한 일본인들이 본국으로 돌아갔다. 신사가 철거된 공원에는 6.25 전쟁 때 순국한 국군 용사들의 넋을 기리기 위한 새로운 충혼탑과 각閣이 세워져 있었다. 격동 세월의 격세지감을 느꼈다.

구룡포에 처음 이주해 온 일본 어민들이 돌탑에 새겨 넣은 글씨는 해방 뒤 지워져 버렸다. 글씨 위에 시멘트로 덧칠해 놓아 흉물스러운 느낌마저 들었다. 일제의 잔재들을 모조리 덧칠하거나 폐기해 버린다고 해서 우리의 뼈아픈 상처가 사라지는 것은 아니었다. 남아 있는 그런 흔적들을 후손들에게 고스란히 가르쳐 다시는 굴욕의 역사가 되풀이되지 않도록 교훈으로 삼는 것이 바른 자세가 아닌가 싶었다.

공원에는 나의 그런 바람과는 상관없이 족히 사오백 년은 됨직한 우람한 자연 노송과 느티나무, 향나무들이 세월을 비켜선 채 무심하게 서 있었다. 거목들의 크기로 보아 공원 조성 전부터 격동의 세파 속에서도 그 자리를 꿋꿋이 지키며 침묵으로 일관한 증인들 같았다. 거목들의 거친 등걸에서 그들이 껴안고 온 세월의 파장이 그대로 느껴지는 듯했다.

공원 맨 꼭대기에서 바다 쪽을 바라보니 포구가 한 손에 잡힐 듯이 눈에 들어왔다. 내륙을 향해 굽은 활대 모양의 항구는 동쪽으로 발달해 있었다. 배후는 구릉이 병풍처럼 둘러쳐 있어 북쪽의 겨울 삭풍을 막아 주는 천연적인 지형이었다. 여름의 포구는 잔잔하다 못해 평화롭기까지 했다. 출항하지 않은 크고 작은 배들이 부두에 옆구리를 맞대고 늘어서 있었다. 그 형상을 높은 곳에서 내리다 보니 마치 굴비 두름을 엮은 놓은 것 같았다.

일본이 전쟁에서 패망한 뒤 썰물 빠지듯 본토로 황급히 돌아갔을 일본인들의 흔적은 항구 쪽 어디에도 보이지 않았다. 포구의 물결은 그때나 지금이나 변함없는 듯 잔잔한 파도를 느긋하게 일구고 있을 뿐이었다. 해안 거리는 거의 현대식 건물들이 즐비하게 늘어서 있었다. 굳이 짐작하지 않더라도 일본 강점기와는 많이 발전했음을 보여주었다.

공원 계단을 내려오자 골목길에 일본풍을 모방한 산뜻한 찻집 하나가 보였다. 붉은 깃발에 검은 글씨의 간판이 두드러졌다. 현관문에 바둑판무늬로 앙증스럽게 박아 넣은 유리 디자인도 눈길을 끌었다. 깃발에는 '후루사토(古里)'라는 가게 이름이 이국적인 호기심을 유발했다.

나는 더위도 식힐 겸 시원한 녹차를 한잔 들이키고 싶었다. 찻집 현관문을 열고 들어서자 시원한 에어컨 냉기가 콧속을 찔렀다. 실내 인테리어 분위기 역시 일본 냄새가 물씬 풍겼다. 나는 벽을 등지고 탁자에 앉았다. 주방에서 옷차림은 수수했으나 이지적으로 생긴 여자가 부드러운 미소를 머금은 채 다가왔다. 찻집 분위기 때문이었는지 나는 그녀를 일본 여자로 착각했다. 차 주문을 받을 때 그녀가 정확하게 우리말을 구사하는 경상도 출신의 여인이라는 것을 비로소 알았다.

나중에 자신을 소개했는데 그녀는 김씨 성을 가진 가게의 지배인 겸 유일한 종업원이었다. 가게 벽에 붙어 있는 메뉴에는 일본 차보다는 국

산 차가 훨씬 많았다. 어느 차든 가격은 구별 없이 같았다. 나는 일본 녹차에 관심을 보이며 차를 주문해 놓았다. 더위가 서서히 땀구멍으로 잦아들 즈음 그녀에게 말을 붙였다.

"이곳에서 영업하신 지가 오래되었습니까?"

"아닌데요. 겨우 석 달째라요."

"구룡포가 고향입니까?

"고향은 대구고, 포항으로 시집 왔어예. 찻집은 직장인 셈이지예."

찻집 주인은 따로 있다고 했다.

주인은 재일교포 여인이었다. 여주인은 일본 주재 한국영사관에 오랫동안 근무한 적이 있다고 했다. 포항이 고향으로 생활 근거지는 주로 일본인데 찻집을 차려 놓고 틈이 날 때마다 구룡포를 다녀가는 모양이었다.

그 순간 나는 퍼뜩 떠오르는 게 있었다. 이 지역은 일본인들이 해방 전까지 집단 거주한 항구였다. 그러므로 찻집에서 소설 이야기 소재를 건져 올릴 실마리가 풀리지 않겠느냐는 생각이 문득 고개를 쳐들었다.

"혹시 구룡포 출신으로 육칠십 대쯤 되는 뱃사람 경력자를 알고 계세요? 이를테면 선장이나 갑판장, 아니면 항해사나 기관장도 좋고요."

내 질문에 지배인은 아주 진지한 표정으로 머리를 갸웃거리더니 잠시 후 입을 열었다.

"그런 사람들은 잘 모리겠고예. 이곳 토백이로 뱃사람들에 대해 잘 아는 분이 계신데 그분을 소개해 드릴까예?"

나는 그녀가 말한 대로 한 다리 건너뛰어 소개받는 부담을 조금 느끼기는 했으나 누구든 상관없는 일이었다.

"그래 주시겠어요? 고맙습니다."

그녀는 타고난 것 같은 활달한 음성으로 이곳저곳으로 전화를 넣었다. 잠시 뒤 이사장이라는 사람과 통화를 한 뒤 대화를 나눠 보라며 나에게 송수화기를 냉큼 넘겨주었다. 상대방의 목소리는 걸걸하면서도 시원시원한 박진감 있는 포항 특유의 투박한 사투리였다. 그는 무엇이 알고 싶냐며 정중하게 물었다.

나는 딱히 질문을 미리 정해 놓은 것도 아니어서 조금 당황스러웠다. 준비성 부족한 내 행동을 후회했으나 그렇다고 어물댈 수는 없었다. 해방 전후 구룡포의 풍물과 뱃사람들의 전해지는 애환이나 동해 연안에서 어획하는 수산물의 처리 과정 등을 구체적으로 알고 싶다고 두서없는 대답을 했다. 그는 전화로는 간단하게 설명할 수 없으니 잠시 뒤에 찻집으로 오겠다며 일단 전화를 끊었다.

나는 송수화기를 내려놓으며 마침 김 여인이 가져온 투명한 녹차를 음미하고 있었다. 그 사이 그녀는 이사장에 대해 잠시 언급해 주었다.

이사장은 구룡포에서 규모가 제법 큰 모텔을 운영하는 인물이었다. 구룡포 지역의 명색 있는 유지인 셈이다. 사회단체도 이끌며 시쳇말로 술도 잘 마시고 제대로 놀 줄 아는 구룡포 바닥에서는 반듯한 의리의 사나이로 통하는 모양이었다. 이젠 나는 부담이 아니라 호기심으로 그를 기다리고 있었다.

한 십여 분쯤 지났을까. 현관문이 비좁을 정도로 체구가 건장한 50대 중반쯤으로 보이는 사내 하나가 들어섰다. 그와 시선이 마주치자 나는 조금 전에 통화한 이사장일 것이라는 직감적인 생각이 들었다. 각진 얼굴에 반듯하게 빗질하여 넘긴 머리가 인상적이었다. 내가 일어서며 조금 전 통화를 했던 사람이라고 인사를 먼저 던졌다. 그는 솥뚜껑 같은 커다란 손을 내밀었다. 그의 손아귀에 잡힌 내 손은 아기 손처럼 작아 보였다.

그의 이름은 이찬호였다. 그는 자리에 앉자마자 과일 주스를 주문해 놓고 내가 질문도 하기 전에 내 궁금증을 꿰뚫기라도 한 듯 앞질러 나갔다.

구룡포의 역사에서부터 풀어나가는 그의 말은 막힘 없이 능숙했다. 이찬호는 자신 고향에 대한 나름의 자긍심을 가지고 있는 인물이었다.

구룡포는 조선왕조 시절부터 울산과 함께 군사용 말을 사육하는 목장이 운용되고 있었다. 구룡포의 사라진(津) 위쪽에 있는 돌배곶 목장이 바로 그곳이었다. 당시 그곳은 8백여 마리의 말이 사육되었다는 기록이 남아 있었다. 장기 돌배곶 목장을 북목北木이라 했고, 울산에 있는 목장을 남목南木이라고 일컬었다. 또 장기읍성은 한때 조선조 거유巨儒들 유배지이기도 했지만 일제 강점기에는 의병들이 많이 일어난 고장이었다.

해안을 따라 대보면大甫面 쪽으로 올라가면 일본 침략의 상징인 등대가 지금도 고스란히 남아 있었다. 청일 전쟁에서 승리한 일본이 대륙 침략의 기반을 다질 무렵 세운 것이었다.

1901년 9월 9일 일본의 기요마로 실습선이 대보 앞바다를 저희 안방처럼 마음대로 항해하다가 암초를 들이받아 침몰해 버린 사건이 있었다.

일본은 자신들의 국력을 믿고 엉터리 수작을 부렸다. 선박이 다니는 길목에 등대를 세우지 않아 배가 침몰했으니 조선에서 당장 배상하고 등대도 설치하라는 것이었다. 조선 조정에서는 참으로 황당하고 어처구니없는 요구이기는 했으나 별수 없이 등대를 세웠다고 했다. 국력이 쇠약할 대로 쇠약한 나라의 설움이었다. 우리나라 최초의 팔미도 등대와 더불어 일본이 대보 등대의 설치 요구는 조선 침략의 신호탄이었다.

대보 등대는 팔 각 연와조에 철근 없이 벽돌로만 세워 올렸다. 건물은 육 층으로 각 층은 대한제국 황실의 문양인 '오얏꽃'이 새겨져 있으며 출입문과 창문은 고대 그리스 신전 건축의 박공양식을 따랐다.

일본은 태평양 전쟁 패망 직전에도 대보 앞바다에서 또 한 번의 군용선이 침몰한 사건이 있었다. 세계 대전이 막바지에 이를 무렵이었다. 일본군용선 '상꼬마로'호가 조선에서 강제 징발한 곡물을 싣고 태평양으로 항해하던 중 미국 전투기의 폭격으로 침몰한 것이었다. 일본이 대한제국 침략 직전 대보 앞바다에 나타나 침몰한 실습선과 태평양 전쟁 막바지에 군용선이 폭격을 맞아 다시 대보에서 침몰한 것은 참으로 아이러니하다는 생각이 들었다.

일제 군용선이 침몰한 것을 목격한 구룡포의 가난한 주민들은 밤이 되기를 기다렸다가 노가 하나만 달린 외선을 끌고 몰래 바다로 나갔다. 그들은 물 밑으로 가라앉은 곡물들을 건져 올려 육지로 싣고 나왔다. 비록 짠물에 불어 터진 곡물이라도 전쟁 통에 시달린 가난한 주민들에게는 소중한 식량이었다.

일본 어민들이 처음 구룡포로 이주한 것은 1900년 초였다. 지금으로부터 일백십여 년 전 구룡포 연안은 황금 어장이었다. 일본 수산 기록에는 구룡포를 비롯한 방어진 등 경상도 해안의 풍족한 어족자원을 언급해 놓았다. 조선과 일본 통어의 합법화는 1883년 7월에 체결된 '조일 통상장정'이었다. 조선 내 일본인의 어업권 인정은 십오 년 뒤에야 이루어졌었다.

그 시기에 일본 연안은 어업 인구의 급증과 과도한 남획 등으로 자국의 어족이 고갈 상태에 이르렀었다. 그런 이유로 '오카야마'와 '가가와' 현의 가난하고 굶주림에 떨었던 어민들은 살길을 찾아 나서야 했다. 그들은 어업단의 소전조小田組라는 단체를 앞세워 고향을 등지게 되었다. 오로지 살아남기 위한 절박감으로 조선 동해안의 풍족한 어족자원을 찾아 '세토내' 해를 건너 머나먼 구룡포로 건너왔던 것이었다. 그 시기가 일본 어민들의 해외 출어의 시발점이기도 했다.

세토내해를 건넌 일본 어민들은 가난으로부터 탈출하여 신분의 변화를 꿈꾸었다. 구룡포로 진출할 당시 가가와 현과 오카야마 어민들이 보유한 어선 규모는 형편없었다. 고작 서너 명이 탈 수 있는 삼십여 척의 작은 배들뿐이었다. 구룡포에 정착한 일본 어민들은 오랜 세월이 흘러간 뒤에 거의 성공하여 부자가 될 수 있었다.

1930년대 초까지 선박과 그물은 모두 불안전한 것이었지만 어획량은 상상을 초월했다. 하루 동안 거물에 걸려든 물고기를 거두기 시작하면 배가 가라앉을 정도로 많이 잡혔다. 상황에 따라서는 배를 침몰시키지 않기 위해 부득이 그물을 잘라 버려야 할 때도 있었다.

"그럼, 그 시절 구룡포 연안에서 잡히는 어종은 주로 어떤 것입니까?"

상상을 초월했다는 구룡포의 어획량에 대한 어종이 과연 어떤 것이었는지 궁금한 내 질문이었다.

“그때는 다랑어나 고래, 방어, 게, 고등어, 정어리, 오징어도 많았지만, 과메기로 쓰였던 청어는 엄청난 기라요. 구룡포 해역은 말 그대로 물고기 천지 아닌교.”

“과메기는 꽁치가 아닙니까?”

“원래 과메기라 카믄 청어 아닌교. 칠십 년대 중반까지는 청어뿐이라요. 그 뒤부턴 청어가 차츰 종적을 감추고 꽁치가 나타난 기라요.”

“연안의 어종이 그렇게 변한 까닭이 무엇입니까?”

“그야 뭐, 해류의 수온 변화 아닌교.”

이찬호는 잠시 말허리를 끊고 주스 한 모금을 마시고는 다시 이었다.

“그 시절 등 푸른 청어 얘길 하믄 나도 몸이 달아 오르요. 청어 떼가 몰려오면 뱃길이 막힐 정도요. 참말이요. 해안으로 새까맣게 몰려온 청어 떼가 갈 길을 몰라 구룡포 사람에게 길을 물었다. 안 카능교.”

그는 참말인 것처럼 정색하며 웃지도 않았다. 나는 자신도 모르게 그의 입담 속으로 빠져들고 있었다.

“그때 몰려온 엄청난 등 푸른 청어 때문에 건져 올리는 그물이 퍼렇게 물이 들 정도였소. 우리 어부 출신들은 그 시절을 그리워하며 청어 떼가 돌아오기를 지금도 간절히 기다리고 있지만, 아직 소식이 없는 기라. 만약 청어 떼가 돌아오면 구룡포는 지금보다 더 큰 또 한 번의 전성기를 맞을 거요.”

이찬호는 정녕 그 시절의 청어 떼가 몰려오기를 간절히 바라고 있는 것 같았다. 그는 비운 주스 잔을 밀어 놓고 목이 마르는지 물을 한 모금 마시고는 다시 말문을 열었다.

"청어를 우리 선조들은 눈을 꿰뚫어서 말린다 해서 관목貫目이라고 했고, '진짜 푸르다.' 해서 진청眞鯖이라고도 불렀소. 전해오는 말로는 가난한 선비들을 살찌우는 고기라 하여 비유어肥儒漁라 켔으며, 어느 식자들은 중국 한나라 때 성제成帝들 중에 사치스러운 생활로 이름이 높았던 다섯 명의 제후들이 즐겨 먹던 청어라 케서, 그 사람들은 귀한 물건을 가리킬 때는 오후청五侯鯖이라고 켔다지요. 아마."

청어 예찬에 대한 이찬호의 해박한 지식은 내가 의혹을 가질 만한 빌미를 조금도 주지 않았다. 그는 다시 일제 강점기의 분위기 속으로 이야기를 끌고 들어갔다.

일본 어민들이 이주해 온 초창기부터 구룡포 토박이 어민들의 장비 수준은 일본인들 보다 뒤떨어진 것들이어서 영세성을 면할 수 없었다. 자연히 일본인들의 선원이 되거나 어망 손질이나 잡부로 전락하기 마련이었다. 구룡포 일부 토박이 중에는 일본인 못하지 않은 선주도 있었으나 물질 공세와 기술의 역부족으로 차츰 현실적으로 밀려날 수밖에 없었다.

성어기에는 일본어선 990여 척, 조선어선 100여 척이 한꺼번에 몰려들어 항구에 정박하면 장관을 이루었다. 당시 구룡포에는 일본인 구천여 명과 조선인은 만삼천여 명으로 선원들만 무려 만이천여 명에 달해 부두와 시장은 늘 성시로 북적거렸다.

일본인들은 차츰 안정을 잡으면서 마을 뒷산에 자신들의 신사를 세우고 목욕탕, 이발소, 약국, 세탁소, 사진관, 잡화점이 늘어선 거리를 조성했다. 뒷골목에는 식당, 여관, 선술집, 고급 요정들이 들어서서 향락의 거리로 매일 밤 흥청거렸다. 구룡포는 제물포와 함께 1942년에는 읍으로 승격되었다.

태평양 전쟁을 일으킨 일본이 패망하자 일본인들은 목숨을 부지하기 위해 황급히 본국으로 돌아갔다. 그들이 철수한 구룡포에 한국 정부는 이미 활성화되어 있는 어항을 놓치지 않기 위해 발 빠르게 움직였다. 수산고등학교를 설립하게 된 것은 우수한 수산 인력을 배양하기 위한 정책이었다.

해방 뒤에 구룡포에는 또 한 번의 외지인들이 유입되었다. 북한의 남침으로 전쟁이 발발하자 수많은 북한 주민들은 자유를 찾아 남하했다. 남한 전역에 걸쳐 피난민들이 분산되었지만 유독 구룡포에 집단으로 내려온 사람들이 있었다. 그들은 함흥 철수 때 내려온 함경도 피난민들이었다.

그 후 구룡포의 가난한 토착민들은 외지인들 때문이라고는 할 수 없지만, 홀연히 고향을 떠나는 사람들이 많았다. 고향을 떠난 그들 중에는 도시에서 성공을 한 사람도 상당히 있었으나 두 번 다시 고향으로 돌아오지 않았다. 일본에서 세토내해를 건너왔던 가난한 '오카야마'와 '가가와' 현의 어민들도 조선에서 성공은 했으나 태평양 패전 뒤 정작 고향으로 돌아간 사람은 하나도 없다고 했다.

이유는 알 수 없으나 묘한 의문이 남았다. 가난 때문에 고향을 떠났던 구룡포의 토착민들이나 일본 어민들은 아마 지난날 고향에서의 지긋지긋한 가난 따위에 대한 기억은 두 번 다시 떠올리고 싶지 않았는지도 몰랐다.

이찬호의 이야기는 그쯤에서 끝이 났다. 그는 잔에 남아 있는 물을 냉큼 들이켜고 잔을 탁자에 내려놓았다. 지배인 김 여인이 서비스라며 냉 녹차 한 잔씩을 더 가져왔다. 어촌의 작은 찻집이지만 풋풋한 인심이 느껴졌다.

이찬호는 이제 자신의 이야기는 재미가 없으니 배를 탄 경험이 풍부하고 뱃사람들의 여러 가지 사연들을 많이 알고 있는 인물을 소개해 주겠다며 시간이 어떠냐고 물었다. 나는 4일간이나 구룡포에서 머물 예정이라고 말하자 그렇다면 시간은 충분하다며 구룡포 거리와 공원, 대보등대까지 한번 둘러보라고 권유했다. 자신은 모텔 일이 끝나고 저녁 일곱 시쯤에 시간을 다시 낼 수 있다며 친절하게 설명해 주었다. 그 시간이면 소개해 주겠다는 사람도 만날 수 있다며 자리를 바람처럼 휑하게 떠났다. 나는 주저하지 않는 시원시원한 그의 행동에 신뢰감을 느꼈다.

이찬호가 후루사토를 나가고 나자 나도 자리를 털고 일어섰다. 그의 말대로 주변을 한 번 둘러보기 위해서였다. 발걸음을 옮긴 곳은 바로 골목 옆으로 길게 잇대어 있는 일본인 가옥 거리였다. 지난번은 시간에 쫓겨서 충분히 관찰하지 못해 세세하게 한 번 더 둘러볼 필요를 느꼈다.

일본 가옥은 원래의 형태로 작거나 크거나 조금씩 변형된 것이 대부분이었다. 그 가옥들 전면 벽에는 요릿집이었거나 이발소 등이었다고 설명해 놓은 군데군데 붙박아 놓은 조그만 표지가 방문객의 이해를 도왔다.

'일심정'이라는 요릿집 주인은 '시마다 테이지'였고, '동양병이' 이발소 주인은 '마츠모토 유타로'였다는 표기가 눈길을 끌었다. 그 이발소 자리에 지금 '이발소'를 운영하는 주인은 한국인이었다. 목욕탕과 치과 의원 주인은 '히라마츠 노리오'란 이름으로 인물 사진이 함께 붙어 있는 곳도 있었다.

일본 가옥 거리에서 비교적 보존상태가 제일 양호한 곳은 홍보전시관으로 지정된 가옥이었다. 전시 가옥 울타리 전면은 굵은 대나무가 가슴 높이로 둘러쳐 있었고 마당은 꽤 넓어 50여 평쯤 되어 보였다. 오른쪽의 옆집과 잇대어 있는 울타리는 높다란 산 대나무가 길게 늘어서 있어 이색적인 풍경을 더해 주었다. 마당 가운데는 아기자기한 일본 정원을 연상시키듯 화단을 여러 곳으로 쪼개어 조성해 놓았다. 다양한 꽃을 피워 올린 화단에는 화려한 여름 장미가 아름다움을 한껏 뽐내었다. 목조로 된 2층 가옥의 지붕은 퇴색된 슬레이트였다. 오래된 세월을 말해 주듯 짙은 얼룩이 검버섯처럼 군데군데 번져 있었다. 건물 건평은 아래와 위층 어림으로 오십여 평쯤 될 것 같았다.

나는 도르래 바퀴 소리를 내는 미닫이 현관문을 옆으로 조용히 밀고 집 안으로 들어섰다. 인기척을 어떻게 느꼈는지 이웃의 오십 대 초반쯤으로 보이는 아주머니가 부리나케 달려왔다. 관청에서 지정한 관리인인 듯싶었다. 그녀는 어디서 왔느냐며 관람료가 없으니 부담 갖지 말고 천천히 구경하라며 미소까지 짓는 친절을 베풀었다.

일 층은 별반 구경할 것이 없었다. 2층을 오르는 나무 계단에 조심스럽게 발을 내딛자 우려했던 것과는 달리 삐걱대는 소리는 나지 않았다. 무려 팔십 년은 됨직한 일본인들 손을 거친 목조건물의 견고함을 실감했다.

이 층으로 올라서자 바닥은 일본 전통 다다미가 깔려있고 천정은 목판이었다. 천정과 위 미닫이문 창틀 사이에는 통풍과 채광을 위해 창을 낸 '란마'라든지, 벽에 두 장의 나무판을 아래위와 좌우로 어긋나게 가로지른 선반 '치가이다나'와 '도코바시라'라고 하는 기둥은 특이했다. 아름다운 물결무늬의 나뭇결은 그대로 이용했으나 얼핏 보노라면 독특한 조각품 같은 착각을 일으켰다.

또 서원 마루의 창문은 격자 창살 무늬로 되어 있는데 '츠케쇼잉'이라 불렀다. 바닥에 좌정한 듯 놓여 있는 4각 화로는 겉이 목판인데 안쪽은 얇은 철판이 덧대어 있어 화기의 위험을 보완해 놓았다. 여름철이라 그런지 화로를 보는 순간 뜨거운 열기가 금방 얼굴에 달라붙는 느낌이 들었다.

장방형의 기다란 유리 진열장 속에는 1930년 중학교 수학 교과서와 이듬해에 출간된 구룡포가 배경인 듯한 '황금가에 간다'란 일본 소설과 전등갓, 저울추, 도르래, 한 말 짜리 백자 술통, 부레, 차반, 일본도 등 전시물들이 그 시절의 생활상을 보여주었다.

가옥 전시관을 다 둘러보았는데도 이찬호 사장을 만나려면 아직 두 시간은 족히 남았다. 나는 부두의 경매 장소로 가기 전에 우선 재래시장으로 걸음을 옮겼다. 그곳을 둘러보는 것도 글쓰기의 소재 발굴에 도움이 되는 일이었다. 그렇다고 더운 날씨에 몸을 너무 재바르게 움직이는 것은 금물이었다. 되도록 건물들의 그늘을 골라서 천천히 걸었다.

시장에서 어슬렁거리며 이것저것 눈요기하다가 부두 쪽으로 방향을 틀었다. 소금기가 섞인 해풍이 불어왔으나 역시 더위를 식히는 데는 별로 도움이 되지 않았다. 두어 시간 걷고 나니 다리가 피로했다. 낮 동안 이글거렸던 해안의 여름 태양은 어느 사이 납죽 내려앉아 서쪽 산마루에 가까이 다가가 있었다.

나는 해를 등진 경매장 건물 그늘의 만만한 마른자리 한 곳을 골랐다. 어깨에 둘러메고 있는 가방 옆 주머니에 끼워 두었던 일간신문을 뽑아 바닥에 깔았다.

새벽이 되면 간밤에 고기잡이를 나갔던 어선들이 힘차게 파도를 가르며 만선의 깃발을 올리고 항구로 들어올 것이었다. 배에서 막 부려 놓은 고기를 사고팔기 위해 소란스러움으로 북적댈 경매장이 지금은 고양이 한 마리 얼씬거리지 않았다. 한가롭고 적적하기까지 했다. 간간이 비린내가 마른 콧속을 후볐으나 싫지는 않았다. 그 냄새는 부두에서만 맡을 수 있는 오랜 세월 속에서도 변하지 않는 과거와 현재를 이어주는 살아있는 자취였다.

나는 배가 아주 드물게 한가롭게 드나드는 포구에 시선을 붙박은 채 아무 생각 없이 한동안 앉아 있었다. 누가 보면 할 일 없는 사람으로 오해받기에 딱 좋을 행동이었다.

얼마나 시간이 더 흘렀을까 바로 옆에 사람의 인기척을 느껴 고개를 돌렸다. 불과 십여 미터 거리에 웬 노인이 보였다. 그도 나처럼 바닥에 신문지를 깔고 시선을 포구 쪽을 향한 채였다. 내 옆에는 카메라와 가방이 놓여 있었으나 노인의 옆에는 지팡이 하나만 달랑 놓여 있었다. 먼빛으로 보아도 용틀임을 한 것 같은 지팡이 손잡이의 조각이 특이해 보였다. 칠십 중반을 넘은 것 같은 노인이지만 차림으로 보아 그다지 곤궁해 보이지는 않았다.

나는 바로 지척에 사람이 왔다는 것을 전혀 의식하지 못할 정도로 넋을 놓고 있었던 모양이었다. 내가 오기 전에 그가 먼저 자리를 잡고 앉아 있었던 것은 분명 아니었다. 노인이 그곳에 있었다면 내가 보지 못했을 리도 없었다. 또 사람이 지척에 왔는데 모를 정도로 그다지 무엇에 몰두하고 있던 것도 아니었다.

내가 헛기침을 몇 차례나 했는데도 노인은 요지부동이었다. 이방인의 관심은 그의 시선에서 철저히 외면당하고 있었다. 노인이 그처럼 포구에 몰두하고 있는 사연은 무엇일까? 노인의 옆모습에서 문득 어두운 그늘이 드리워져 있는 것을 먼빛으로나마 느꼈다.

해는 벌써 서쪽 산 너머로 떨어졌는데도 주위는 아직 대낮처럼 훤했다. 시계를 보니 7시가 가까워졌다. 나는 자리를 털고 일어났다. 후루사토로 가기 위해서였다. 내가 일어섰는데도 노인은 그 자리에서 곁눈 한 번 주지 않았다. 시선은 여전히 포구를 향한 채.

나는 후루사토로 가기 전에 저녁을 먹고 가려다가 그만두었다. 이찬호를 만나면 그의 성의에 보답해 식사라도 한번 대접하고 싶었다. 후루사토로 들어서자 김 여인이 웃는 얼굴로 화사하게 다가왔다. 그러잖아도 이찬호한테 전화가 왔었다면서 금방 도착할 터이니 잠시 기다려 달라는 전갈을 주었다.

그녀의 말대로 잠시 후에 이찬호가 득달같이 나타났다. 그의 얼굴은 처음 만났을 때와 마찬가지로 생기가 넘쳐흘렀다. 그는 선 채로 식당을 정해 두었으니 다른 사정이 없으면 그쪽으로 가자고 권했다. 소개하기로 한 인물을 그곳에서 만나기로 약속을 한 모양이었다.

그 식당은 시장을 벗어난 뒷골목에 허름한 술집이었다. 식당 안으로 들어서자 이찬호가 미리 주문해 놓았는지 대여섯 명이 함께 들어갈 수 있는 돌아앉은 방으로 안내되었다. 상 위에는 벌써 음식을 차려 놓았다. 꾸들꾸들 말린 넙치 조림과 고등어구이로 나온 고갈비가 식욕을 당기게 했다.

이찬호와 먼저 자리를 잡고 앉자 잠시 뒤 나에게 소개해 주기로 한 인물이 나타났다. 식당 여주인의 안내를 받아 방 안으로 들어서는 그를 보고 나는 놀라지 않을 수 없었다. 그는 다름 아닌 조금 전 부두의 경매장 건물 그늘에서 보았던 그 노인이었다. 내가 일어서 인사를 하려고 하자 그는 손을 내저으며 강하게 저지했다. 노인은 내 눈에 익은 용틀임 손잡이 지팡이를 문 앞에 세우더니 불편한 다리를 뻗은 채 상 밑으로 밀어 넣고 자리에 앉았다. 그가 나를 보고도 아는 체를 하지 않는 것은 경매장에서 나를 전혀 의식하지 않았다는 증거였다.

이찬호가 서울에서 온 나를 먼저 인사시키고 노인을 소개했다. 그는 굳이 이름은 밝히지 않았다.

"난, 장가라 카요."

노인의 목소리는 둔탁했다. 그는 가족이 없고 구룡포에서 혼자 살고 있었다. 이찬호는 장 노인에게 어른 대접을 하느라고 저녁 식사를 먼저 하겠느냐고 물었다.

"젠장, 막걸리 한 사발이면 됐지러, 밥은 무슨."

노인은 투박한 사투리 억양으로 여주인에게 술이나 얼른 가져오라고 일렀다. 이찬호는 나에게도 어떡하겠느냐는 눈길을 보냈다. 나도 안주가 좋으니 술을 먼저 몇 잔 하는 게 좋겠다고 하자 그는 기다렸다는 듯이 흔쾌히 술을 시켰다.

이런저런 이야기 끝에 나는 장 노인에게 조금 전 경매장 건물에서 본 것 같다고 말했더니 그는 오늘 그쪽으로 간 적이 없다고 칼로 무 자르듯 한마디로 잘랐다. 나는 잠시 어안이 벙벙하여 의아한 생각이 들었으나 더 캐묻지 않았다.

이찬호는 나의 그런 기분과는 상관없이 노인의 경력에 대해 대변인처럼 자랑하듯이 늘어놓았다.

장 노인은 젊어서부터 무역선과 원양어선을 타고 태평양과 대서양을 누비며 속어로 잘 나가던 인물이었다. 장 노인은 이찬호가 부추기는 말에는 별 반응 없었다. 내가 따라 주는 막걸리만 묵묵히 들이켜 손으로 가끔 입 언저리를 문질렀다. 노인은 뱃사람들이 즐기는 특유의 독주만 들이켜서 속을 많이 버렸다며 근래는 술을 끊다시피 했으나 막걸리는 때에 따라 한두 잔씩 즐겨 마신다고 했다.

이찬호는 거푸 들이마신 소주 몇 잔에 취기가 오르는지 나와 노인의 서먹한 사이를 희석하듯 말을 계속 이어갔다.

"구룡폰 말이요. 해방 직후에도 물고기가 엄청났다 카이. 이곳 앞바단 물 반, 생선 반이라 할 정도로 어딜 가나 흥청망청했지. 구태여 먼 바다까지 나가지 않아도 돈벌이가 쏠쏠했어. 안 그런교 어르신?"

나는 이찬호가 아까 찻집 후루사토에서 했던 해박한 청어 이야기를 또 하려는가 싶었으나 노인의 관심을 끌어내기 위해 슬쩍 앞지른 것이었다.

“맞지러, 육이오 전쟁 뒤에도 구룡포 어장은 문전성시였지. 북한에서 내려온 피난민들은 한번 발을 들인, 홍청대는 구룡포에선 영 떠나지를 않았어. 그때 이곳은 함흥 철수 때 내려온 피난민들이 억수로 많았지.”

노인도 술기가 도는지 검은 피부의 눈자위에 물기를 약간 머금은 채 대거리를 해 주었다.

“지금도 번성했던 그 광경을 볼라카믄 겨울철이 적기라요. 과메기가 청어에서 비록 꽁치로 변했지만. 아침 부두에서 생선 배 따는 작업을 보면 굉장하지러. 인근 도시에서 몰려온 손칼 한 자루만 쥔 여자들이 인산인해를 이루지. 다방 아가씨들도 아예 배달 찻잔을 팽개치고 두 달 반 동안은 수입이 훨씬 좋은 생선 배 따기에 매달리니까.”

“그건 그래, 일 년 벌이를 몇 개월에 해치우니까. 다방 아가씨들 말이여.”

안주 한 점을 입에 날름 집어넣고 우물대던 노인도 이찬호의 과메기철 구룡포 전성기 자랑에 섞여들었다.

“지금 시장 말고 조금 내려가면 중앙시장이 있었는데 그 주변은 거의 피난민들 거주지였고, 그때는 영일, 포항 일대에서 중앙시장의 먹을거리가 제일 좋아 술꾼들이 즐겨 찾는 향락 지였지.”

이찬호가 기억하고 있는 그 시절 중앙시장은 대단했던 것 같았다.

“뱃놈들은 바다로 나가면 언제 죽을지 모르니까 하루하루만 멋지게 살다 갈 뿐이다 카는 의식이 강했지. 태풍이라도 몰아치면 아침부터 주막에 퍼질러 앉아 뻗을 때까지 줄창 마셔댔으니까.”

노인은 한참 젊은 이찬호가 중앙시장의 호경기 시절에 열을 올리고 있는데도 그 부분에는 아는 것이 없는 것처럼 별로 참견하지 않았다.

“새벽까지 술꾼들이 치고받는 소리, 병 깨지는 소리, 색시들 비명이 끊어지지를 않았능 기라. 나도 그런 적이 있었지. 바람 불고 비 오는 날이면 한 잔 술에 괜히 울적해서 부두를 배회하며‘항구의 일 번지’나, 울려고 내가 왔나’를 목청이 터지라 질러댔어.”

이찬호도 구룡포 젊은이들이 그랬듯이 얼마간 외유로 배를 탄 적이 있다고 했다. 그는 지금도 그 시절은 낭만이 있었고 좋은 시절이었다며 소주잔을 단숨에 입안에 털어 넣었다.

식당에서 세 사람의 만남은 긴 이야기 속의 여정으로 들어가기 위한 노인과 나의 상견례였다. 이찬호는 노인에 대한 속 깊은 이야기는 어떤 사정이 있는지 삼가는 듯했다. 세 사람 모두 술을 어지간히 마신 듯했으나 장 노인은 별반 흐트러진 모습을 보이지 않았다. 술좌석이 어느 정도 파할 즈음에 여주인이 커다란 냉면 그릇에 물회를 날라 왔다.

“포항에 와서 물회를 맛보지 못했다면 그건 포항을 모르는 기라.”

이찬호가 초장을 듬뿍 친 그릇에 물을 붓고 젓가락으로 휘휘 젓더니 물회를 육수 마시듯 단숨에 들이켜 버린 뒤 뱉은 말이었다. 입안에서 화끈거리는 그 맛이 일품이었다.

자리를 파할 즈음 노인과 나는 이튿날 후루사토에서 다시 만나기로 약속을 하고 시간을 잡았다. 음식 계산하기 위해 먼저 일어선 나를 이찬호가 득달같이 달려와 밀어제치고 어이없게도 처리를 해 버렸다. 나는 미안해서 2차로 맥주라도 한잔 사려고 했으나 두 사람 모두 사양했다.

두 사람이 사양한 것은 멀리서 취재하러 온 내가 이튿날 지장 있지 싶어 배려한 숨은 뜻이 있었다. 그곳에서 헤어진 시간은 밤 11시쯤이었다.

나는 일본 가옥 거리에 있는 허름한 여인숙에 미리 방을 잡아 놓았었다. 잠자리를 여인숙으로 택한 것은 옛날 그곳의 분위기를 조금이나마 체험해 보고 싶어서였다. 그러잖아도 이찬호가 자신의 모텔에 빈방을 마련해 놓았다고 했으나 나의 이유 있는 설명을 흔쾌히 이해해 주었다.

여인숙은 장마 탓이기도 하지만 여름휴가가 아직 본격적이지 않아서 그런지 텅 비어 있었다. 여인숙도 적산가옥을 일부 개조한 것이었다. 그곳 2층도 나무 계단을 올라가야 했다. 이 층에는 방이 모두 세 개뿐이었다. 내가 쓸 방은 욕실 겸 화장실이 붙어 있었지만 다른 두 방은 바깥에 공용으로 사용하는 모양이었다. 침대가 없는 방바닥은 비닐 장판을 깔아 놓았다. 장판 밑에 단열재 스치로폼을 깔았는지 걸을 때마다 발바닥 감촉이 물렁거렸다. 베개 두 개와 이불과 요가 두 채씩인데 색 바랜 것들이라 깔고 덮고 자기란 썩 내키지 않았다.

오래된 티브이는 다행히 유선 방송이라 여러 가지 채널을 골라 볼 수 있었다.

화장실 문을 여니 큰지네 한 마리가 금방 켠 불빛에 놀랐는지 발 빠르게 플라스틱 세면대야 밑으로 숨어들었다. 좀 난감한 생각이 들었으나 처리하지 않을 수가 없었다. 화장지를 풀어 여러 겹으로 접었다. 대야를 번쩍 들고 순발력 있게 꿈틀거리는 지네를 얼른 집어 좌변기에 던져 넣고 물을 내려 버렸다.

화장실 문을 나서며 금방 저지른 경솔한 내 행동이 후회스럽게 다가

왔다. 비록 미물이라도 하나밖에 없는 생명 아닌가. 창밖으로 던져 버렸으면 되었지 굳이 죽일 것까지는 없었다. 순간이었으나 괜한 짓을 한 것 같아 기분이 영 찜찜했다.

이튿날 나는 생각보다 이른 새벽 4시쯤에 눈을 떴다. 여행지에서 흔히 겪는 설레고 호기심으로 들뜬 분위기는 아니었으나 다시 잠이 들 것 같지는 않았다. 지난밤에 술을 많이 마셨으나 의외로 숙취는 없었다. 아마 막판에 먹은 물회의 효험 덕분이 아닌가 싶었다.

나는 자리에서 일어서며 갑자기 변기통에 집어넣은 지네가 떠올랐다. 억울하게 죽은 지네가 몹시 마음에 걸렸다. 무슨 생각이었는지 화들짝 이부자리를 들춰보았다. 방구석 구석을 살펴보아도 또 다른 지네는 없었다. 나는 쓴웃음을 흘리며 옷을 주섬주섬 챙겨 입었다. 잠은 완전히 멀리 달아나 버렸다. 일어난 김에 이른 새벽에 이루어지는 경매시장을 한 바퀴 둘러보고 싶었다.

밖으로 나오자 거리의 가게들은 아직 문들이 대부분 닫혀 있는 상태였다. 거리의 가로등 불빛 덕분에 걷기에 불편하지는 않았다. 멀리 있는 경매시장의 불빛이 아련하게 보였다. 그곳까지 다가갔으나 너무 이른 시간이었는지 사람의 흔적은 거의 없었다.

경매시장은 텅 빈 채였다. 부두에는 출항하지 않은 채 정박하고 있는 어선들이 낮에 공원에서 내려다본 풍경과 별로 다르지 않았다. 아무리 이른 새벽이라지만 부두 경매장에 사람의 흔적이 없다는 현실이 좀 생소해 보였다. 아마 장마철이라 해상의 날씨가 고르지 않아 출항한 어선들이 없으면 그럴 수도 있겠구나 싶었다.

나는 체념을 한 채 막 돌아서려는데 낮에 내가 앉아 있던 경매장 그 자리에 먼빛으로 사람 하나가 보였다. 반가운 마음으로 그쪽으로 걸음을 옮겼다. 시장이 열리는 시간을 알아보기 위해서였다.

나는 그 사람에게 다가가면서 이상하게 갑자기 머리가 주뼛해지는 것을 느꼈다. 거리가 좁혀지면서 그가 장 노인으로 보였기 때문이었다. 가부좌를 튼 채 한 손으로 지팡이를 세워 잡고 시선은 포구를 향한 채였다. 노인은 선술집에서 우리와 헤어지면서 바로 집으로 간다고 했었다. 그렇다면 그 시간까지 집으로 가지 않았거나 나처럼 잠자리에서 일찍 깨어 부두로 나온 것일 수도 있었다. 어쨌거나 술자리에서 만나 인사까지 나누었던 처지라 아는 체하지 않을 수가 없었다.

이런저런 생각으로 그가 앉아 있는 자리에서 불과 십여 미터 가까이 다가간 순간이었다. 갑자기 내 시야에서 그가 사라지고 없었다. 나는 다시 한번 머리숱이 곤두서는 느낌을 받았다. 분명 헛것을 보고 다가간 것은 아니었다. 도대체 무슨 일인가? 주변을 둘러보았으나 사람의 형체는 어디에도 보이지 않았다. 나는 섬뜩해져서 여인숙으로 바삐 발걸음을 놓았다. 방안으로 들어서자 지네가 다시 떠올랐다. 공연히 이부자리를 훌렁 들춰보았다. 지네의 흔적은 없었다.

아무리 생각해도 경매시장에서 일어난 일은 이해가 되지 않았다. 선술집에서 처음 장 노인을 만났을 때였다. 내가 해거름 경매시장에서 목격한 사실을 말했을 때 노인은 종일 그곳에 간 일이 없다고 잡아뗐었다. 그를 둘러싼, 까닭을 알 수 없는 불가사의한 일이 일어나고 있는 것 같아 공연히 마음이 뒤숭숭하게 뒤엉켰다. 나는 외출복을 입은 그대로 자리에 누웠다가 그만 깜박 잠이 들고 말았다.

불현듯 눈을 번쩍 떴을 때는 아침 여덟 시가 막 지나고 있었다. 자리에서 일어나 앉았으나 머리가 개운하지 않았다. 입고 있는 옷을 보니 새벽에 경매시장으로 나갔을 때 차림 그대로였다. 숙취가 가시지 않은 것처럼 머리가 흐리멍덩한 순간에도 새벽에 겪었던 수상한 사건이 떠올랐다. 입고 있는 옷으로 보아 경매시장에서 목격한 일이 꿈은 아닌 현실이 분명했다. 나중에 노인을 만나 확인하면 사실이 밝혀질 것이었다.

나는 좁은 욕실에서 간단하게 세면을 마친 뒤 가방과 카메라를 챙겨 들고 시장으로 먼저 나갔다. 속이 거북스러웠다. 그마저도 이상한 일이었다. 새벽에 일어났을 때는 머리도 맑았고 속도 불편하지 않았었다. 물회의 효험이라고까지 생각하지 않았는가. 그렇다면 물회는 과연 먹기는 먹은 것인지 그것마저도 헷갈렸다. 나는 별수 없이 속을 달래기 위해 얼큰한 추어탕으로 아침을 때운 뒤 후루사토로 걸음을 옮겼다. 어제처럼 아침부터 장마의 후덥지근한 해안의 습기가 온몸을 휘감았다.

찻집으로 들어서니 마침 문을 연 김 여인이 에어컨을 먼저 틀어 주었다. 녹차 한 잔을 다 마셔 갈 즈음 찻집 문이 열리며 장 노인이 들어섰다. 그는 면도했는지 어제보다 얼굴이 말끔해 보였다. 그와 의례적인 아침 인사를 나누었으나 새벽의 일을 대번 물어볼 수는 없었다.

노인은 자리에 앉아 자신이 시킨 쌍화차를 찻숟갈로 천천히 저었다.

"경매시장이 조용한 것 같은데 요즘 경기가 없습니까?"

날씨 이야기 끝에 내가 먼저 경매시장의 동정을 물었다.

"장마 땜에 배들이 출어를 못 하는 기라."

"배가 출어를 못 하면 선주들이나 하루하루 벌어먹는 사람들은 손실이 나겠어요."

"그게 아니고, 요즘은 출어해도 그전처럼 고기가 많이 잡히지 않고 기름값도 못 하는 기라. 그럴 땐 화투패나 떼면서 가만있는 게 상수지."

노인은 말끝에 쌍화차를 후룩거리며 집에서 오랜만에 아침 늦도록 편안한 잠을 잤다고 묻지도 않은 말을 늘어놓았다. 답은 나왔다. 새벽에 장 노인을 목격한 사건을 그에게 물어보지 않기를 잘했다는 생각이 들었다. 만약 물어보았다면 되레 내가 이상한 사람으로 비칠 수도 있을 테니까.

그럼 도대체 새벽에 내가 본 그 노인의 실체는 무엇이란 말인가. 낮과 새벽에 연이어 내 눈으로 목격한 노인은 같은 사람이었다. 그는 경매시장에 앉아 시선을 포구를 향한 채 고정하고 누군가가 나타나기를 기다리는 것 같은 모습을 하고 있었다. 내가 몸이 허약해 헛것을 볼 정도로 몸 상태가 나쁜 것도 아니었다.

그 자리에서 내가 두 번에 걸쳐 장 노인을 목격한 것이 분명하고 본인은 그런 일이 없다고 잡아떼는데 무슨 할 말이 있겠는가. 그랬거나 말았거나 내가 헛것을 보았든지 아니면 그가 거짓말을 했든지 둘 중의 하나는 나중에 답이 나올 테니 말이다.

노인은 차를 다 마신 뒤 찻집이 시원해서 좋기는 하지만 갑갑하다며 공원으로 올라가자고 했다. 그곳은 아무리 더워도 바람이 있다며 나에게 동의도 구하지도 않고 자리에서 먼저 일어섰다. 그가 탁 트인 곳을 좋아하는 것은 젊은 시절 무역선이나 원양어선을 타고 대양을 누볐던 뱃사람의 기질 때문인지도 몰랐다.

우리는 후루사토를 나와 바로 공원 계단을 올랐다. 노인은 한쪽 다리가 불편하지만, 지팡이에 의지해 계단을 잘 오르고 있었다.

공원에 올라서니 시야가 탁 트여서 노인의 말대로 역시 기분이 한결 나아졌다. 노인과 나는 공원 벤치에 나란히 앉았다. 부두에 정박하고 있는 어선들과 포구가 한 눈에 훤히 들어왔다. 노인은 찻집에서 들고 온 플라스틱병의 뚜껑을 비틀어 열려 놓았던 녹차를 한 모금 마셨다. 그리고는 얼른 분간할 수 없는 한숨인지 탄식이지 짧게 토하더니 말문을 열었다.

"사람 사는 얘기가 뭐 특별한 게 있나, 거기서 거기지. 인생을 살다 보면 크고 작은 갈등이 따르게 마련이고, 그 갈등이라는 게 따지고 보면 시시한 사랑이나 돈 나부랭이 아니겠나? 내가 시방 얘기 할라 카는 사람은, 추운 겨울에 바닷바람을 맞으며 얼었다 녹았다 반복하며 숙성되는 과메기처럼 어려운 인생을 살았지러. 그 사람은 나하고 같은 시기에 같은 삶을 살았으니 내 인생 역정이라 케도 과언 아닌기라. 내가 말 주밴이 밸로 없으니 이해하고 들어 주시게."

노인은 이찬호한테 내가 구룡포에 온 취재 목적을 구체적으로 들었다면서 결코 평범하달 수 없는 삶을 살다 간 단짝 죽마고우 이야기를 하겠다며 보따리를 풀어 놓을 자세를 취했다.

나는 노인이 알고 있는 인물의 이야기를 녹취 위주로 하고 중요한 부분은 중간중간 메모해 두었다가 나중에 풀어서 쓸 요량으로 우선 경청하기로 했다.

2. 황금기의 격동

일제 강점기 때 채만길 아버지 채선봉은 구룡포의 토박이였다. 그는 어려서부터 가정형편이 어려워 큰 어선을 10척이나 가진 일본인 선주船主 밑에서 사환으로 심부름이나 하며 밥술이나 얻어먹자고 빌붙어 있었다. 채선봉은 성인이 되자 배를 타고 바다로 나가 그물질도 하며 선주船主의 일이라면 불구덩이도 뛰어들 기세였다. 머리가 영특했던 선봉은 일본인 선주로부터 성실성을 인정받아 집사로 승진이 되었다.

그는 얼마 뒤 어선 한 척에 대한 지분을 싼값에 양도받아 자립했다. 부지런하기로 소문난 선봉은 선주가 되었어도 억척스럽게 직접 바다로 나가 그물질하는 일을 멈추지 않았다. 차츰 재산이 늘어 가기 시작하더니 어느 사이에 어선 두 척을 자신 명의로 만들었다.

일본이 태평양 전쟁에서 패하자 정국이 불안정했다. 일본인 선주가 급하게 본국으로 돌아가게 되자 채선봉은 그의 어선 아홉 척과 살던 집까지 헐값에 양도받는 기민함을 보였다. 당시 구룡포에서 어선 열한 척의 선주라 하면 엄청난 부자의 반열에 설 수 있었다. 일본이 패망하자 일본인 밑에서 재산을 늘린 채선봉이나 그와 비슷한 전철을 밟았던 사람들에 대해 그 고장에서는 비난하거나 헐뜯는 사람은 없었다.

자신 피와 땀의 대가로 정당하게 재산을 축적했으므로 당연했다. 권

력층이나 공무원과 지식인이 친일하여 재산을 쌓은 것과는 전혀 의미가 달랐다. 어려웠던 그 시절이라도 갈취당하지 않고 어느 땅 어디에 살든 성실하면 나름으로 먹고살 수는 있었다. 땅에서 씨 뿌려 걷는 곡식이나 바다로 나가 쳐 놓은 거물에 건져 올리는 물고기는 거짓 없는 수확이었다.

채선봉은 일본이 패망했으나 관리가 아닌 일본인들에 대해 나쁜 감정을 가지지는 않았다. 지난 일이긴 해도 관리들이 저지른 문화 말살이든, 각가지 악랄한 조선 수탈 정책에 대해서는 별로 아는 상식이 없어 비판할 수도 없었다. 그는 다행히 글은 겨우 깨우쳤으나 무식한 만큼 자신 코앞의 일만 소중히 여기고 열심히 살아왔을 뿐이었다.

"조선인도 좋거나 나쁜 사람이 있듯이, 일본인도 좋고 나쁜 사람은 있기 마련인 기라. 좋고 나쁜 것은 자신하기 나름 아닌교. 나를 일깨워 주고 부자로 만들어 준 우리 대선주를 욕한다 카믄, 내가 나쁜 놈이지. 안 그래? 조선이 일본에 망했고, 그 일본이 또 망한 것은 모두가 정치를 잘못했거나 텍도 없이 욕심이 과한 벼슬아치들 때문이었지 조선이나 일본 백성들이 잘못한 것은 하나도 없거든."

그 당시는 서슬이 시퍼런 반일 감정이 고조되어 있을 시기였다. 만약 반일 감정을 앞세워 앙갚음으로 안달하고 있던 사람이 채선봉의 태평스러운 말을 들었다면 아마 배알이 뒤틀려 무사하지 못했을 것이었다.

채선봉은 날만 밝으면 만선 깃발을 올리고 속속 들어오는 어선들 덕분에 돈을 주체못할 정도로 가세가 흥했다. 그는 아들 둘을 두었다. 큰아들 이름은 재물을 많이 쌓으라는 뜻으로 '만선滿船'이라 지을 정도였다. 만길은 둘째로 형 만선과는 세 살 터울이었다.

재물을 제법 모은 채선봉은 한동안 대구를 자주 들락거렸다. 그는 도시로 나가 할 수 있는 마땅한 사업을 찾는 중이었다. 어느 날 그곳에서 자금난에 허덕이는 일본인이 세웠던 방적 공장 하나를 인수하게 되었다.

그가 인수한 뒤 그럭저럭 잘 나가던 방적 공장은 6.25전쟁이 터지면서 모조리 주저앉아 버렸다. 선봉은 전쟁이 끝나고 어선까지 저당 잡혀 공장을 새로 짓고 사업을 재기했다. 공교롭게도 방적 공장은 얼마 가지 않아서 다시 화재로 주저앉아 버렸고 빚더미에 올라앉은 신세로 전락하고 말았다. 선봉은 하루가 멀다고 술로 세월을 보냈다. 부자가 망해도 3년은 버틴다고, 그는 그 정도의 재산을 믿었는지 도무지 더 노력할 움직임을 보이지 않았다.

만길이 초등학생이었고 형 만선이가 중학생일 때 오랫동안 병마에 시달리던 채선봉의 아내가 젊은 나이에 덜컥 죽어버렸다. 만길의 아버지는 2년을 넘기지 못하고 나이 어린 일본 여자를 후처로 들여앉혔다. 채선봉보다 12살이나 어린 일본 여자의 이름은 '와타나베 미츠'였다.

일본이 전쟁에서 패할 때 조선 땅에 거주하던 일본인들은 목숨을 부지하기 위해 서둘러 대한해협을 건너 본국으로 떠나야 했다. 대구의 모 여자고등학교에서 공부하고 있던 와타나베 미츠는 구룡포로 급히 내려가기 위해 서둘렀으나 교통편이 여의치가 않아 사흘 만에 겨우 도착하였다. 이미 가족들과는 연락이 두절 된 상태였다. 혼자가 된 그녀는 구룡포에서 오지도 가지도 못하는 신세가 되었다. 당장 오고 갈 데가 없어진 미츠의 딱한 사정을 헤아려 줄 사람은 없었다.

다행히 요릿집을 하던 미츠 부모 밑에서 주방 일을 도우며 많은 도움을 받았던 이석주라는 사람이 있었다. 미츠의 아버지가 일본으로 급하게 돌아가게 되자 그 역시도 요릿집을 그저 넘겨받은 사람이었다.

이석주는 찾아온 그녀의 딱한 사정을 알게 되어 조선인 이름으로 바꾸고 임시로 주방에서 잔 일만 거들게 하고 밖으로는 내돌리지 않았다.

한국과 일본의 국교가 비정상적인 시기여서 그녀 혼자서는 일본으로 건너갈 수도 없었다. 미츠가 일본 후쿠오카에서 부모를 따라 구룡포로 건너올 때 나이는 다섯 살이었다. 그녀는 어린 나이에 건너와 고등학교 때까지 조선에서 성장하였으므로 고향 후쿠오카에 대한 기억은 별로 없었다. 부모들한테서 고향 이야기를 가끔 듣기는 했으나 기억이 어렴풋할 뿐이었다.

요릿집을 드나들던 채선봉은 오래전부터 주방에 있는 미츠를 아는 듯 모르는 듯 흘겨보고 있었다. 그는 아내가 죽고 나자 요리집 주인 이석주를 설득하여 미츠를 후처로 맞이하게 된 것이었다. 채선봉은 미츠를 집으로 데리고 들어 온 날 두 아들 만선과 만길을 불러 앉혀 놓고 그녀를 소개했다.

"이제부터 집안 살림을 맡을 너그들 새어머이다. 깍듯하게 존칭을 쓰고 말도 잘 들어라. 지금 집안이 어려운 시기에 살림을 맡았으니 너그 형제가 잘 도와주어야 하는 기다. 알았제?"

중학생이었던 큰아들 만선은 사춘기로 예민할 때였다. 아버지 선봉의 엄한 당부에도 미츠를 무척 싫어하고 있었다. 그녀와 밥상에서 얼굴 마주하는 것도 마다했다. 만선은 집에 있을 때는 1층 다다미 작은 방에 틀어박혀 얼굴조차 내밀지 않았다. 식사 때가 되어도 나오지 않자 채선봉의 호통을 듣고서야 마지못해 일그러진 얼굴을 비죽이 내미는 게 고작이었다.

채선봉이 집을 비웠을 때 방에서 나오지 않는 만선을 배려해 미츠가 작은 소반에 밥을 챙겨 방 안으로 들이밀어도 숟가락질 한 번 하지 않은 채 그대로였다. 만선의 그런 행동이 안타까워 미츠가 부드러운 미소로 건강을 해친다고 타일러도 눈길 한 번 주는 일 없었다. 그는 되레 신경질을 내며 욕설까지 내뱉기도 했다.

"쪽발이 계집 주제에 뭘 안다고 지랄이야."

그 정도는 약과였다.

"요릿집 기생이 아직도 주제 파악이 안 되나 보네. 이 집에서 제발 꺼지라고."

그런 모욕적인 말에도 미츠는 잘 견뎌내고 있었다. 그녀는 남편에게 만선의 행동을 일언반구 불평하지 않았다. 그럴수록 만선은 그녀가 솔직하지 못하고 자기 자신마저도 기만하는 무서운 계집이라고 분통을 터뜨렸다. 그때 만선의 분위기로 보아 금방 폭발해 버릴 것 같은 시한폭탄이라도 안고 있는 것처럼 거칠었다. 그가 미츠에게 예민하게 구는 이유가 무엇인지는 아무도 이해할 수 없었다.

친모가 살아생전 아픈 몸으로 자신 몸 하나 가누기가 힘들어서 항상 찡그린 얼굴로 짜증을 내었지만, 그에 비해 미츠는 너무 예뻤다. 건강이 넘치며 언제나 미소를 잃지 않았다. 그녀와는 다르게 병마와 사투를 벌이다 죽은 어머니에 대한 연민의 보복 같은 심리가 만선에게 작용했을 수도 있었다. 그는 그것을 친모에 대한 예의라 생각하고 있는지도 몰랐다. 그리고 자기보다 겨우 서너 살 위인 아름다운 젊은 후처를 아내로 맞이한 아버지에 대한 모진 질투심의 발로가 아닌가도 싶었다.

그런 분위기와는 다르게 동생 만길은 미츠에 대한 감정이 판이했다. 만길이 친모에 대해 기억하는 것은 그녀가 죽기 전에 가졌던 비쩍 마른 몸피와 시커멓게 변한 피부의 얼굴뿐이었다. 친어머니는 속병이 있어 항상 일그러진 몰골로 시도 때도 없이 게트림을 터뜨렸다. 목구멍으로 칵칵하고 긁어 올린 가래를 아무 곳이나 가리지 않고 함부로 뱉어댔다. 만길은 그런 어머니를 사람들 보기에 창피스럽게 생각했다.

언제나 찡그리고 있는 친모에 비하면 미츠는 마치 선녀 같았다. 하얀 피부와 항상 미소 머금은 싱싱한 얼굴에서 풍기는 분 냄새가 만길은 너무 좋았다.

전쟁 뒤라 먹을거리가 부족했던 시절에도 김초밥이나 맛있는 빵을 굽거나 '우메보시(매실장아찌)'라고 하는 볶음으로 만든 주먹밥이나 우엉을 넣은 수제비를 조그만 목기 그릇에 담아서 때때로 챙겨 주는 미츠가 만길에게는 최상의 어머니였다.

부엌에서 그녀는 수놓은 빨간 꽃무늬의 예쁜 앞치마를 꼭 걸쳤고, 소매 속에 고무줄을 넣어 걷어 올려 젖지 않도록 조심했다. 채선봉이 밖에서 돌아오면 그녀는 무릎을 꿇었다. 벗긴 신발을 정돈하고 데운 물로 남편의 발을 씻겨 주었다.

집 가장자리에 작은 일본식 가족 목욕탕이 하나 붙어 있었다. 미츠는 남자들이 순서대로 먼저 씻고 난 뒤에 목욕했다. 더운 욕탕에 몸을 담갔다가 발그레하게 상기 된 얼굴로 나오는 미츠의 모습은 너무 고왔다. 만길로서는 친모한테서 느껴보지 못한 새로운 야릇한 즐거움을 맛보았다. 욕탕에서 나오는 그녀는 만길과 마주치기라도 하면 밝고 환한 얼굴로 웃어 주었다. 그러면서도 미츠의 다소곳한 조심스러운 모습은 정숙해 보였다.

새어머니에게 너무 함부로 행동하는 형에게 만길은 차츰 좋지 않은 감정이 쌓여가고 있었다. 형이 미츠에게 행패를 부릴 때는 차마 맞서지는 못했지만 싸늘하게 지켜보며 자신도 모르게 간혹 두 주먹을 불끈 쥐고는 했다. 그렇다고 형의 행패를 아버지에게 고자질하지는 않았다. 그나마 그녀의 부드러운 미소와 따뜻한 사랑이 있어 만길은 위안이 되었다. 그는 일찍 친모에게서 느껴보지 못했던 모성애를 미츠한테서 한껏 맛보고 있었다.

그녀가 새어머니로 들어오고 삼 년이라는 세월이 흘렀으나 아이를 낳지 못했다. 그 원인이 아버지의 불규칙한 생활 때문인지 아니면 미츠의 선천적인 불임 때문인지는 알 수 없었다. 그러거나 말거나 그녀는 식구들에게 아주 헌신적이었다. 만길의 아버지가 어떤 요령으로 미츠를 사로잡았는지는 몰라도 몰락해 가는 어려운 집안에 들어와 나름대로 살림을 잘 꾸려나갔다. 그녀의 손길로 채선봉의 입성도 예전과 다르게 깔끔하게 변했다.

선봉은 미츠를 처음에 집안에 들어 앉히고 나서 결심한 바가 있었는지 사업의 재기를 위해 백방으로 뛰어다녔으나 쉽지는 않았다. 망해버린 사업을 일으켜 세운다는 것은 이미 그의 힘으로는 역부족이었다. 그는 다시 술을 입에 대기 시작했다. 평시에는 점잖은 몸가짐이 술만 들어가면 거칠어졌다. 누구에게든 시비를 걸었다. 아버지의 급변한 성격마저도 만선은 새어머니 미츠 때문이라고 몰아세웠다.

그녀에 대한 만선의 악감정 행동이 갑자기 자취를 감추게 된 것은 그가 대구의 명문 고등학교에 장학생으로 선발되어 유학 가면서였다. 만선은 방학 때가 되어도 아예 구룡포에는 내려오지 않았다.

그는 고등학교 3학년으로 올라가면서 여학생을 사귀고 있었다. 구룡포에 내려오지 않는 이유가 그 여학생 영향인지 새어머니 미츠 때문인지는 잘 판단할 수 없었다. 만선이 사귄다는 여학생은 구룡포 술도가의 딸기코 강 영감이 늘그막에 얻은 무남독녀 경순이었다.

강 영감은 후사가 없고 자신의 나이를 의식했는지 일찌감치 머리 좋은 만선을 눈독 들이고 있었다. 동네에서 수재라고 평판이 자자한 인물 좋은 만선을 그는 벌써 데릴사위쯤으로 점찍어 놓았다. 강 영감은 경순이 사람 보는 눈이 제대로 박혀 있어 만선을 사로잡은 것쯤으로 생각하고 내심 뿌듯하게 생각하고 있었다.

만선이 대구에서 고등학교 마지막 방학을 맞이했을 때 아버지 채선봉이 뇌출혈로 갑자기 죽어버렸다. 만길은 중학교 3학년이었다. 만선은 아버지의 죽음 앞에 구룡포로 내려오지 않을 수가 없었다. 그는 아버지 관 앞에서 눈물 한 방울 흘리지 않았다.

채선봉은 자신 죽음을 미리 알고 있었는지 두 아들과 미츠 앞으로 따로따로 유서를 남겨 놓았다. 장례가 끝날 때까지 미츠는 만선의 감정을 배려해 가급 그의 시선과 부딪치지 않으려고 노력하고 있었다.

삼우제가 끝나자 그녀는 비로소 두 형제에게 남편의 유서를 내밀었다. 채선봉이 남겨 놓은 재산은 별로 없었다. 얼마 남아 있지 않은 토지는 빚으로 정리하고 나면 사는 적산가옥만 겨우 남을 정도였다. 집안이 흥했을 때 친모가 장만해 놓은 금붙이 몇 점은 채선봉이 술값으로 날리지 않아 다행히 유품이 되었다.

유서에는 어떤 일이 있어도 적산가옥은 팔아서는 안 된다고 강조해 놓았다. 두 아들에게는 누구든 열심히 노력해 자신의 뒤를 이어 선주가 되기를 바란다고 했다. 덧붙여 집안이 어려운 시기에 시집와서 고생만 한 미츠를 친모처럼 잘 보살펴 주라는 말을 마지막으로 남겼다.

만선은 채선봉이 미츠를 잘 보살펴 주라는 마지막 유언 때문이었는지 유서를 내팽개치고 벌떡 일어나 두 주먹을 불끈 쥐더니 밖으로 휑하니 나가 버렸다. 그것으로 끝이었다. 만선은 두 번 다시 집으로 돌아오는 일이 없었다. 미츠는 자신에게 남긴 남편의 유서는 공개하지 않았다.

이듬해 만선은 서울의 명문 S대학에 합격했으나 등록금은 고사하고 생활비마저 조달하기 어려운 형편이었다. 구룡포의 술도가 강 영감은 그런 시기를 기다리기라도 한 것처럼 돈뭉치를 싸 들고 딸 경순과 함께 당장 서울로 올라가 모든 문제를 속 시원히 해결해 주었다.

강 영감의 물질 공세는 만선을 예비 사위로서 인정 한 것이었다. 졸업 후에는 경순과 결혼을 전제로 한 조건이라는 것을 머리 좋은 만선이 모를 리가 없었다. 경순도 서울의 원만한 여자대학에 입학하게 되었다.

구룡포에 새어머니 미츠와 단둘이 남게 된 만길은 아버지의 죽음으로 생활이 막막해졌다. 집안에 남아 있던 땅마지기는 빚으로 정리하고 없어져 버렸고 수입이라고는 땡전 한 닢 나올 곳이 없었다. 만길은 당장 고등학교 입학마저 포기해야 할 형편이었다.

아버지의 유언에는 적산가옥을 잘 지키고 열심히 노력해 누구든 자신의 뒤를 이어 선주가 되라는 말을 남겼으나 하루 끼니를 당장 걱정해야 하는 절박한 순간이었다. 아버지가 없는 집에서 부담을 느낀 미츠가 홀연히 떠날 수도 있다는 불안감이 가중되어 만길은 안절부절못했다. 그의 그런 심중을 알고 있기라도 한 것처럼 그녀는 부드러운 미소로 도닥거려 주었다.

"만길아, 어떤 일이 있어도 아버지의 유언을 잊어서는 안 돼 알았지?"

아무리 어려운 일이 닥쳐도 여성의 부드러움을 잃지 않고 조용한 태도로 격려해 주는 미츠의 토닥거림에 만길은 짧은 한숨을 삼키며 위안으로 삼았다.

"공부를 중단해선 곤란한 거야. 아버지의 유언대로라면 우선 수산고등학교를 입학하는 거야."

아버지의 유언을 따르기 위해 형을 제외하면 만길은 뱃사람이 되어야 했다. 뱃사람이 되는 과정은 나름대로 피나는 노력과 경력을 쌓지 않고는 어림도 없는 일이었다. 배를 타는 길은 수산 전문학교에서 제대로 교육받아 우선 자격증을 취득해야 했다. 무일푼에서 선주가 되는 것은 불가능한 일이었다. 미츠도 만길의 그런 과정이 남편의 유지를 따르는 첫걸음이라 생각하고 있었다. 그녀는 스스로 어떤 난관이 닥쳐도 만길을 수산학교를 졸업시켜 훌륭한 뱃사람으로 만들고 말겠다는 결심을 이미 한 것 같았다.

그날 이후 미츠는 이른 새벽부터 칼바람을 맞으며 겨울 부두로 작업을 나갔다. 먼 바다로 나갔던 어선들이 차례로 포구로 들어왔다. 배들이 부두에 닻을 내리고 막 풀어 놓은 생선들의 경매가 끝나면 작업이 바로 시작되었다. 면장갑이나 고무장갑이 귀한 시절이었다. 바다에서 끌어올린 얼음같이 차가운 소금물에 맨손으로 칼 한 자루 쥐고 생선 배를 가르는 작업이란 고역이었다. 무진장으로 쌓인 청어, 정어리, 오징어 등 닥치는 대로 작업을 마치고 나면 아침 아홉 시가 훌쩍 넘었다.

생선 배를 따로 나갈 즈음 미츠는 만길이 학교 가는 시간에 맞추어 아침밥을 미리 차려 놓고 나갔었다. 부두에서 작업을 마치고 돌아온 그녀는 빈집에서 늦은 아침밥을 간단히 챙겨 먹고 쉴 틈도 없이 다시 중앙시장으로 나갔다. 생선 좌판에 벌려 놓은 중앙시장에서 미츠의 또 다른 하루가 시작되었다.

만길은 미츠가 고생하는 것을 지켜보면서 안타까웠다. 무엇이라도 도울 수 있는 일이 없는가 싶어 궁리했으나 그런 일이 눈에 쉽게 띄지 않았다. 그녀는 새벽 일찍 나가고 저녁 늦게 들어왔다. 만길은 그녀를 위해 저녁밥을 해놓는다거나 밀린 빨래를 하고 집 안의 청소를 하는 게 고작이었다. 그녀는 그마저도 펄쩍 뛰었다. 만길은 호된 꾸지람을 듣고 그 일은 바로 그만두고 말았다.

"사내가 그런 일을 하면 어떡해. 학교 공부만 열심히 해."

미츠는 걱정하지 말고 열심히 공부하는 것만이 그녀를 도와주는 것이라고 했다. 그녀의 혀 짧은 서툰 발음이지만 거부할 수 없는 위엄 앞에 만길은 군소리할 수 없었다.

겨울 동안 미츠의 여리고 작은 손등은 갈라지고 동상이 걸릴 정도였다. 시퍼렇게 부어올랐으나 대수롭지 않은 듯 부두 일을 그만두지 않았다. 그녀는 겨울바람에 얼굴이 새빨갛게 달아올랐어도 시장의 좌판 앞에서는 웃음을 잃지 않았다. 언제나 밝은 얼굴과 서툰 발음으로 손님들을 맞이했다. 쾌활한 성격 때문인지 그녀에게 단골들도 차츰 늘어났다. 수입도 조금씩 나아지고 있었다.

그해 겨울이 가고 여름이 오나 싶더니 다시 겨울이 찾아왔다. 미츠의 일상은 하나도 변하지 않았다. 새벽 부두에서 생선 배를 따고 중앙시장에서 하루 종일 좌판 지키는 일은 그녀에게 이미 천직이 되었다. 수입이 나아지기 시작하면서 만길의 학비나 생활비를 제외하고는 모조리 저축했다. 미츠는 무엇보다 만길이 건강하고 학업 성적이 우수한 것에 보람을 느꼈다.

어느덧 만길이 고등학교 삼 학년으로 올라간 봄이 되자 돌아다니는 소문 하나가 있었다. 서울 있는 만선이 술도가의 강 영감 딸 경순과 대구에서 결혼식을 올렸다는 것이었다. 만길도 그 소문을 들었는지 며칠 동안 미츠에게 인사 외에는 입을 다문 채 일체 말이 없었다. 만길도 이제 그만한 사리 분별은 할 줄 아는 나이였다. 이웃끼리도 혼사에는 초청하는 게 인정이었다. 자신의 결혼식에 가족한테 마저 연락하지 않은 만선의 행동을 이해할 수 없었다.

만길 자신은 아무래도 피를 나눈 형제이고 미츠는 아버지가 사랑했던 여자로서 새어머니가 아닌가. 어쨌든 한 가족이었다. 인생에서 결혼은 대사大事 중 하나라고 했다. 만선이 가지고 있는 감정대로라면 미츠는 그만두고라도 하나밖에 없는 친동생한테도 연락하지 않은 것은 잘

못된 행동이었다. 술도가 강 영감이 그렇게 시켜서 한 짓은 분명 아닐 것이었다.

강 영감은 나이가 많기는 했으나 한때 구룡포의 유지였던 채선봉과 서로 호형호제하며 잘 지내던 사이였다. 그런 만큼 그는 사돈 집안의 내력을 누구보다 훤히 알고 있었다. 강 영감이 몰락한 사돈 집안이 창피스러워 새삼스럽게 그런 짓을 사주했을 리는 없었다. 뻔했다. 일본 여자 미츠가 결혼식에 참석하는 것을 꺼린 만선의 저의가 숨어 있다는 것을. 어쨌거나 동생한테 마저 연락하지 않았다는 것은 도저히 납득할 수 없는 일이었다.

미츠는 그런 일로 형제간에 불미한 사고가 발생할까 싶어 염려스러웠다. 이제 두 사람 모두 어린 나이가 아니었다. 형제간에 우애를 나누며 서로 의지하고 도우며 지내기를 바랐다. 그래야 남편의 유지를 제대로 받들 수 있을 것 아닌가.

만선이 대학을 졸업하기도 전에 결혼을 서두르게 된 것은 경순이 덜컥 임신했기 때문이었다. 경순은 임신하게 되자 학교를 그만둘 수밖에 없었고 그 참에 식을 올리게 되었다. 만선은 결혼식 뒤에 구룡포에는 가끔 걸음을 했었다. 그런 소식을 만길이나 미츠도 알고 있었다. 만선은 강 영감 술도가에만 다녀갈 뿐 집 근처에는 얼씬도 하지 않았다.

미츠는 자신 때문에 형제간의 관계가 어긋나는 것 같아 심리적으로 안고 있는 부담이 컸다. 훌훌 털어버리고 일본으로 훌쩍 떠나고 싶은 생각이 문득문득 들 때도 있었다. 그것은 남편의 신뢰를 배반하는 행동이었다. 만길이 배를 탔거나 결혼이라도 했더라면 큰 부담이 없었다. 아직은 자신이 돌보아 주어야 할 처지였다. 그녀는 자신 부모가 가르친 가정 교육의 영향으로 인간관계에서 신뢰를 가장 중요하게 생각하고 있었다.

그해 가을이 되자 미츠의 몸에 이상이 생기기 시작했다. 감기 기운처럼 오후에는 미열이 나고 밭은기침을 자주 해대었다. 그녀는 흔한 감기 증상이거니 하고 돈 아끼느라 병원도 마다했다. 시장 입구 약국에서 그날그날 약만 사다 먹었다. 몇 개월이 지나도록 진료는 하지 않고 약국의 약으로만 버텼으나 호전될 기미가 전혀 없었다.

봄이 되자 헐떡이는 숨이 차올라 말하는 것도 힘겨웠다. 만길의 성화에 못 이겨 새벽에 부두로 나가 생선 배를 따는 작업과 시장 좌판을 잠시 쉬었다. 시간이 지날수록 집에서도 자리에 눕는 일이 많아졌다. 그녀가 집에서 할 수 있는 일은 만길의 식사나 겨우 제시간에 챙겨 주는 것뿐이었다.

시간이 지날수록 미츠의 몰골은 몰라보게 수척해지고 있었다. 보다 못한 만길이 팔을 걷어붙였다. 그는 자리에 누워 뼈만 앙상하게 남아 있는 미츠를 가벼운 배낭 둘러메듯 등에 업었다. 만길의 등에 업힌 그녀는 솜털처럼 가벼웠다. 만길은 눈물이 핑 돌았다. 자신을 위해 추운 겨울에도 밤낮을 가리지 않고 고생한 그녀였다. 갑자기 발걸음이 천근의 무게처럼 느껴졌다.

미츠는 비록 몸이 불편해 만길의 등에 업혔으나 지금까지 앓아 왔던 병이 금세 사라지는 기분이 들었다. 만길의 등이 몹시 편안하고 아늑하기까지 했다. 오늘따라 만길의 등이 넓은 운동장처럼 커다랗게 느껴졌다. 이제는 어른이 다 되었구나. 하는 생각으로 안도감이 들었다.

미츠는 병원에서 검사 결과가 나올 때까지 입원한 채로 누워 있어야 했다. 그녀는 병원의 하얀 시트가 깔린 침대에 누워 있으면서 조선이 해방되던 그해가 스멀거리며 떠올랐다.

7월에 막 방학을 시작하고 대구 여학교 기숙사에서 며칠 동안 구룡포의 부모를 잠깐 만나러 온 기억이 생각났다. 그리고 보름 뒤 조선이 해방을 맞이한 것이었다. 이상한 일이었다. 만길 아버지의 후처로 들어오고 나서부터 한 번도 부모 생각해 본 적이 없었다. 그 순간부터 부모는 자신도 알 수 없는 망각의 뒤안길로 사라져버렸었다. 어떻게 해서 부모를 그리워하지 않는 현상이 일어났는지 미츠는 아무리 곱씹어 봐도 그 까닭을 알 수 없었다.

그녀는 대구 여학교 기숙사에서 일본이 전쟁에 패해 항복했다는 소식을 듣고 서둘러 구룡포로 내려가려고 했을 때는 차편을 구하기가 어려웠었다. 며칠 뒤 뒤늦게나마 나름대로 구룡포에 도착했을 때는 부모들은 한국을 이미 떠나 버린 뒤였다.

미츠는 병들어 자리에 눕게 되자 비로소 까맣게 잊고 있었던 부모 생각이 떠오른 사실이 의아스러웠다. 자신을 홀로 한국에 남겨 두고 일본으로 떠나버린 부모에 대해 그동안 한 번도 원망해 본 일이 없었다. 그 당시의 다급했던 정황을 충분히 이해할 수 있었다. 만약 부모에 대한 원망의 앙금이 남아 있었다면 지금까지 잊어버리고 있을 리가 없었다.

곰곰이 생각해 보면 의문이 하나 남는 것은 있었다. 미츠는 그만두고라도 부모가 자식의 생존 여부 확인을 한 번도 해 오지 않았다는 것이었다. 그렇다면 부모가 일본으로 돌아가다가 혹시 잘못되어 객사 죽음이라도 당한 것은 아닐까 하는 불길한 생각도 들었다.

부모란 자식이 가지고 있는 애정과는 선천적으로 다른 품성을 지녔다. 축사에서 태어난 송아지는 시간이 어느 정도 지나면 젖을 떼기 위해 어미 소와 분리를 시켰다. 격리된 거리가 불과 이십여 미터밖에 되지 않지만, 서로를 찾는 어미 소와 송아지의 울부짖는 절절한 울음소리는 며칠 밤낮을 하늘에 떠돈다. 짐승의 성정도 그러한데 하물며 인간일 진데 잃어버린 자식을 찾는데 소홀히 할 수는 없을 것이었다. 미츠 자신은 당시 한국과 일본의 외교적 상황이 단절되어 있어 찾아볼 엄두를 내지 못할 때였다.

미츠는 이런저런 부모에 대한 오랜만의 생각으로 눈시울을 적시고 있었다. 어쨌든 한국에서 여러 가지 어려운 일들을 겪어내고 살아온 나날이었다. 막상 병에 걸려 병원 침대에 누워 부모가 사무치게 그리운 것을 두고 미츠는 어떤 설명도 할 수 없었다.

미츠는 만길의 등에 업혀 병원으로 왔을 때는 한 없이 아늑한 기분이 들었다. 만길의 어른처럼 넓은 등을 보고 할 일을 다 한 것처럼 안도감이 든 것은 죽은 남편에게 면목을 세웠기 때문이었을까? 그런지도 몰랐다. 의무감에서 해방된 듯 하자 그동안 미처 생각하지도 못했던 혈육의 정이 왈칵 솟구친 것이었다.

미츠는 갑자기 자신에게 죽음의 그림자가 서서히 다가오고 있는 것 같은 생각이 밀려들었다.

검사 결과가 나왔다. 폐결핵이었다. 날벼락 같은 소리였다. 당시의 폐결핵은 대개 죽음과 가까웠다. 병원 입장은 다른 가족이 없는 만길에게만 결과를 알릴 수 없어 부득이 그녀에게도 통보하게 되었다. 그녀는 그 소식을 듣는 순간 심한 충격을 받았다. 하늘이 무너져 내리는 것 같았다. 그러나 그 생각도 잠시뿐이었고 냉정함을 바로 되찾았다.

미츠는 자신 몸의 병을 부정하지 않았다. 사실 그대로를 받아들였다. 그녀는 자신이 얼마를 더 살 수 있을지는 몰라도 남아 있는 시간을 소중하게 생각하고 싶었다. 막상 그런 결정을 하고 나니 마음이 한결 편안하고 안정되었다. 그녀는 자신보다 충격을 컸을 만길이 염려스러웠다. 미츠는 침울해 있는 만길을 침대 옆으로 조용히 불렀다.

"사람이 세상을 살아가기란 마음먹기에 달린 거다. 결과에 대한 성공이나 실패가 중요한 것이 아니다. 현실이 아무리 어렵더라도 도피하지 않는 자세가 중요한 거다. 누구나 시련은 있기 마련이다. 그 시련을 어떻게 극복하느냐에 따라 운명은 바뀔 수가 있다. 너는 이 엄마가 몹쓸 병에 걸렸다고 불쌍하다고 생각하겠지. 염려하지 마라. 보란 듯이 벌떡 일어날 거니까."

미츠는 처음으로 만길에게 자신 입으로 엄마라는 말을 사용했다. 그 용어에는 어머니로서의 강한 의지가 배어 있었다. 그녀는 어머니들이 가지고 있는 지독한 의지로 정말 자리를 훌훌 털고 금방 일어날 것 같았다. 만길은 눈자위를 적시며 미츠의 손을 꼭 잡았다. 그녀의 손에서 따뜻한 어머니의 온기가 전해져 왔다.

병원에서는 특별한 치료 방법이 없다고 했다. 약이나 열심히 타다 먹고 첫째는 안정이 제일이며 다음으로 음식 영양 상태만 좋으면 병이 호전될 수도 있다고 일러 주었다.

3. 찻집 후루사토

병원에서 퇴원한 날이 한 달 정도 지났다. 약을 먹고 집에서 휴식을 취하자 미츠의 얼굴은 차츰 좋아지고 있었다. 그녀 특유의 밝은 웃음과 명랑한 목소리도 빠른 속도로 제자리를 찾아 회복되었다.

미츠는 그동안 모아 두었던 돈을 모두 털었다. 이제 새벽 부두에서 생선 배 따는 작업이나 시장에서 좌판을 놓는 일은 할 수 없었다. 앉아서 조용하게 장사할 수 있는 가게가 필요했다. 마침 일본인 가옥 거리 공원 입구에 폐쇄된 양품점 자리 하나가 나왔다. 그녀는 그 가게를 싼값에 인수해서 안과 밖을 새롭게 단장할 계획을 세웠다.

미츠는 소녀 시절에 작은 꿈이 하나 있었다. 음악을 들을 수 있는 조그마한 예쁜 찻집 하나를 가지는 게 소망이었다. 그 꿈을 실현해 보고 싶었다. 가게 인테리어 공사는 일사천리로 끝났다. 일이 층을 합쳐 이십여 평의 아담한 가게가 완성되었다. 주위에서는 의아한 눈으로 바라보았다. 뱃사람들이 북적대는 구룡포에서 술집이라면 몰라도 무슨 찻집이냐고 생경하다고 했다. 그러나 나이가 들고 멋을 아는 장년들은 오히려 환영하는 눈치였다. 다른 지역에 비해 일본인들에 대한 감정이 별반 심하지 않은 구룡포의 정서는 일본풍의 찻집이 반감 없이 먹혀들었다.

장년들은 젊어서부터 일제 강점기에 일본인들의 밑에서 싫어도 그들의 언어를 배워야 했다. 그들은 찻집 주인 미츠의 유창한 일본말에 매료되어 단골손님이 제법 늘어나고 있었다. 가게 이름은 '후루사토(古里)'라고 지었다. 일본식으로 해석하면 '옛 마을'이나 오래된 동리나 고향 정도로 불리었다. 그녀는 자신 고향 후쿠오카를 생각해 가지 못한 고향을 이곳 구룡포의 찻집을 통해 위로받고 싶었는지도 몰랐다. 찻집 후루사토는 의외로 잘 되었다. 미츠가 새벽 칼바람을 맞으며 작업을 했던 부두와 중앙시장 좌판에서 벌었던 수입보다는 못했지만, 육신이 피로하지 않아서 좋았다. 뼈만 앙상하게 남아 있던 몸에 살집도 차츰 통통하게 올라 처음 만길 아버지에게 시집왔을 때의 하얀 피부와 귀엽고 예쁜 얼굴을 거의 회복하고 있었다.

봄이 되고 만길은 학교를 졸업하게 되었다. 그는 배를 바로 타려고 하지 않았다. 배를 타기 전에 사회의 여러 가지 경험을 먼저 해보는 것도 좋을 것 같았다. 아버지가 잃은 선주 자리를 찾기 위해서는 바다로 나가기 전에 육지의 생활 경험도 중요하다는 생각이 들었다. 만길은 배 위에서의 생활은 단순하지만, 육지에는 다양한 형태의 무수한 직업이 많으므로 그 속의 사람들과 부대껴 보는 경험도 앞으로의 삶에 도움이 될 것 같다고 미츠를 설득했다.

만길의 말을 조용히 경청만 하고 있던 미츠가 한참 만에 입을 무겁게 열었다.

"사람이 화를 부르게 되는 것은 대부분 욕심으로부터 오는 거다. 작은 것에도 만족할 줄 알아야 해. 그러지 않으면 인생의 소중한 것을 잃는 되지. 흐르는 강물을 봐 앞서거나 뒤에 있어도 서로 다투지 않고 흘러가는 것은 목적지인 바다에 먼저이거나 뒤에는 꼭 도착하기 때문이야. 그 말은 무엇을 하든 욕심은 금물이라는 뜻이야. 그래 좋아, 경험해 보고 싶은 사회의 첫걸음이니까 힘차게 내딛어봐."

미츠는 말을 마치고 만길에게 손을 내밀어 악수를 청했다.

만길은 그녀를 홀로 두고 객지로 나가는 것에 부담이 되었으나 건강을 회복하고 있었고, 성격 또한 천성적으로 밝아서 크게 염려하지는 않았다. 찻집은 그런대로 무리 없이 운영되고 있어 한시름 놓았다.

만길이 구룡포를 떠나 서울에서 일하게 된 곳은 중부 건어물 도매시장이었다. 그는 그곳에서 일하게 된 것이 공교롭게도 인연이 아닌가 싶었다. 건어물 자체가 바다에서 나는 상품들이라서 애정을 가질 수 있는 직업이기도 했다. 가게가 있는 중부시장은 전국에서 규모가 가장 큰 건어물 시장이었다. 각 지방에서 생산되는 건어물들은 거의 중부시장으로 몰려들었다가 다시 전국 도소매 상점으로 출하가 되었다.

시장 개점은 새벽 세 시부터였다. 그때부터 각지에서 몰려온 상인들과 손수레, 자전거, 화물차들이 뒤엉켜 좁은 시장 골목은 북새통을 이루었다. 가끔은 성질 사나운 운전자들이 차를 세운 채 삿대질로 소란을 피우기도 하지만 혼잡한 골목길을 대부분 서로 이해하고 질서를 지켜 양보해 주었다.

한동안 북새통으로 뒤끓던 시장은 아침 아홉 시쯤 되어야 약간 여유가 생겼다. 그때를 이용해 점원들은 잠깐씩 교대로 아침밥을 해결했다. 그들이 밥을 먹는 시간은 항상 긴박한 일상에 쫓기다 보니 채 오 분도 걸리지 않았다.

점원들이 일하는 하루 일정 중 화장실에서 소변을 보는 횟수도 하루 한두 번 정도밖에 되지 않았다. 쉴 사이 없이 움직이는 노동은 그들이 흘리는 땀의 배출로 소변량마저도 현저히 줄어들었다.

만길이 일하는 건어물 도매상점에서 취급하는 상품은 다양했다. 멸치, 오징어, 북어, 새우, 꼴뚜기, 가오리, 대구, 뱅어, 홍합, 나막스(바다메기), 김, 등이었다. 그중에서도 나막스가 높은 가격을 받는 것은 귀하기도 하지만 잡아서 손질하고 말려서 가공하는 과정이 길기 때문이기도 했다.

만길이 상점에서 처음 맡은 일은 단순한 작업이었다. 지방에서 올라온 상인들과 계산이 끝난 상품들을 정확하게 계산서대로 점검하고 포장해서 자동차에 싣거나 자전거로 정기화물 발송 장소까지 배달하는 작업의 반복이었다.

그의 숙소는 다른 점원들과 함께 상점과 가까운 주변에 주인이 독채 전세를 얻어 놓은 주택이었다. 식사는 상점 옆 골목에 붙어 있는 단골 식당이 있었다.

상점 일과는 새벽부터 시작하므로 오후 4시쯤 철시했다. 만길은 숙소로 돌아오면 밀린 빨래부터 하고 대충 씻고 나면 저녁을 먹었다. 그는 잠자리에 들기 전에 삼 일에 한 번 정도 미츠에게 편지 쓰는 것을 잊지 않았다. 만길은 그녀가 건강하게 잘 있다는 답장은 받지만 아무래도 염려가 되어 그다지 썩 개운한 생각이 드는 것은 아니었다.

만길은 2년 동안 건어물 시장에서 나름대로 열심히 일하면서 배운 것이 많았다. 주고받는 상거래에서 가장 중요한 것은 신용이었다. 어떤 일이든 성실과 근면, 정직만이 재산이 된다는 것도 깨달았다. 만길이 받는 급료는 미츠에게 배운 대로 어김없이 꼬박꼬박 은행 통장으로 들어갔다.

그는 상점에서 일이 끝나도 시간이 많지 않았다. 시간이 없으니 돈을 쓸 틈도 없었다. 다른 직원들은 가끔 어울려 술을 마시거나 유흥가를 들락거리며 아가씨들과 놀아나기도 했지만, 그는 혼자 조용한 시간을 갖고 책을 보거나 아니면 시장 구석구석을 돌아보고 다녔다. 다른 상점의 거래 행태와 색다른 상품을 관찰하는 재미도 쏠쏠했다.

만길은 서울 생활 2년 동안 구룡포에는 아버지 기일과 설, 추석에 세 번씩만 다녀왔다. 미츠의 염려되는 건강과 보고 싶은 이유도 있지만, 기일 제사와 명절에는 부모의 차례를 지내기 위해서였다. 미츠는 혼자서 모든 음식을 마련해 놓고 만길이 제사를 지내게 해주었다. 그녀로서는 결코, 쉽지 않은 일들이었으나 한 번도 거르거나 게을리하지 않았다. 형 만선은 대학 생활을 하면서도 한 번도 제사에 참석하지 않았다. 차례나 제사에는 언제나 미츠나 만길뿐이었다.

만선이 결혼하고 나서 미츠는 만길을 통해 그에게 의논을 보냈다. 조상과 부모의 제사는 집안의 장남이 마땅히 제주가 되어야 하므로 참석을 부탁했으나 희떠운 눈으로 흘겨보기만 할 뿐 아무 대답도 듣지 못했다. 만선의 표정으로 보아 술도가 강 영감의 데릴사위로 왔으니 본가 쪽의 제사는 신경 쓸 일이 없다는 투로 만길의 눈에 그렇게 비친 모양이었다. 벌겋게 달아오른 얼굴로 씩씩대며 돌아온 만길을 미츠가 가만히 타일렀다. 언젠가는 형이 돌아올 테니 너무 신경 쓰지 말고 둘이서 조용히 지내자고 했다.

만선은 강 영감 조상의 기일 제사뿐 아니라 명절에도 빠지지 않고 꼬박꼬박 구룡포를 다녀갔었다. 그러면서도 본가는 외면했다. 그가 강 영감 집으로 호적을 아예 파 간 것도 아니었다. 집안의 맏이로서 마땅히 지켜야 할 본분마저 내팽개친다면 가족이라는 개념은 유명무실한 것이었다. 만길은 형의 그릇된 행동에 대해 분개하면서도 미츠 앞에서는 속내를 드러내지 않았다.

형이 가진 비틀어진 감정 내면은 도대체 어디에서 왔는지 만길은 짐작할 수가 없었다. 그나마 집안의 제사를 성의껏 받들고 있는 새어머니의 정성에 만길은 감사하고 고마워할 따름이었다.

미츠는 만길 자신 가족들과는 피는 한 방울도 섞이지 않은 관계였다. 단지 아버지의 후처로 들어오기는 했으나 자녀도 생산하지 않은 몸이었다. 아버지에게서 어떤 지극한 사랑을 받았는지는 모르나 집안을 위해 그토록 헌신하는 그녀 앞에 만길은 자연히 머리가 수그러졌었다.

만길은 2년 동안 서울 생활하면서 만선이 사는 집을 어렵게 수소문해 한 번 찾아간 적이 있었다. 형이 새어머니에 대한 이해할 수 없는 뒤틀린 감정 때문에 집안의 제사마저 관심을 두지 않았지만 설마하니 찾아간 하나밖에 없는 동생을 문전박대야 하겠느냐는 심정으로 갔었다. 동기간에 서로 얼굴이라도 대면하면 이야기가 통하리라고 생각했었다.

그러나 계산 착오였다. 형이 집 안에 있다는 분명한 징조들이 보였는데도 대문만 빠끔히 열어 본 형수 경순이 없다고 한마디로 딱 잡아뗴었다. 그러더니 거지 동냥이라도 온 것처럼 문을 얼른 닫아버렸다. 참으로 어처구니가 없고 말문이 막혔다.

그녀가 만길보다 손위이기는 해도 어릴 적부터 이웃에서 오고 가며 비록 곁눈은 팔았을망정 서로 알만한 사이라 찾아온 만길이 누구라는 것쯤은 알고도 남을 터였다. 굳이 따지지 않아도 두 사람 관계는 엄연히 시동생과 형수 사이가 아닌가. 고향을 떠나 천 리 타향 객지 바닥에서 찾아온 시동생이었다. 형이 없더라도 집으로 들여 따뜻한 차 한 잔 대접할 수 있는 사이 아닌가.

만길은 숙소로 돌아오면서 심한 굴욕감을 느꼈다. 그것은 경순의 괘씸한 소행머리가 아니라 형의 올바르지 못한 처신에서 비롯된 것이라는 생각이 들자 핏줄에 대한 배신감이 솟구쳤다. 만길은 어쩌면 만선이 친형이 아닐 수도 있다는 생각이 문득 들었다. 증명되지는 않았으나 아마 부모가 시장 바닥이나 다리 밑에서 주워서 기른 자식일지도 몰랐다. 그러니까 그토록 매사에 새끼줄처럼 배배 꼬이기만 하지 않은가.

만길은 서울에서의 생활을 정리해야겠다는 생각을 굳혔다. 재물을 늘릴 수 있는 이치는 어느 정도 가닥을 잡았다. 그것은 단순하지만 우선 쓰지 않고 저축을 하면 되는 것이었다. 불필요한 일상 용품들은 미리 사두지 않으며 사치하지 않고 먹고 입는 것 등이 검소하면 낭비될 것도 없었다.

만길은 고향을 떠나올 때 미츠가 일러준 교훈을 그대로 실행하고 싶었다. 욕심을 내거나 교만하지 않고 성실하게 살다 보면 설정한 목표에 다가설 수 있다는 말을 충분히 이해하고 있었다.

그가 가지고 있는 목표는 아버지의 예전 선주 자리를 회복하는 것이었다. 그러나 만길의 목적의식은 서울 생활하는 동안 자신도 모르게 조금씩 변해버렸다. 아직 확신을 가진 것은 아니지만 굳이 자신이 선주가 되어야 한다고 못 박을 필요는 없다는 생각이 들 때도 있었다.

만길은 생각대로 봄이 오기 전에 서울 생활을 정리하고 구룡포로 내려갔다. 지난 설날 구룡포에 내려갔을 때 새어머니 미츠의 얼굴이 전보다 나빠진 것을 느꼈기 때문이었다. 잠복해 있는 새어머니의 폐결핵이 다시 재발한 것은 아닌가 싶어 무척 신경이 쓰였다. 그래서 고향으로 내려가는 것도 서두르게 되었다.

미츠는 겉으로 표현하지 않았지만, 만길이 고향으로 내려온 것을 내심 기뻐하는 눈치였다. 만길이 구룡포로 돌아온 그날이었다. 그녀는 그가 잠들기를 기다렸다가 만길의 가방 속에서 헌 옷가지들을 끄집어내었다. 그녀는 만길의 빨랫감을 물에 담그면서 신에게 기도를 드렸다. 사랑하는 아들이 먼 객지에서 무사히 돌아와 땀에 찌든 그의 옷을 빨게 해주어 감사하다는 기도를 하면서 하염없이 눈물을 흘렸다.

얼었던 대지가 서서히 풀리고 남쪽 바다를 거슬러 올라오는 따스한 해풍이 얼굴을 부드럽게 간지럼을 태웠다. 해안가 구릉 위의 나뭇가지들은 다투어 싹 눈을 틔워 올리기 시작했다. 공원의 늘푸른나무들과는 다르게 겨우내 헐벗었던 느티나무도 불어오는 남풍에 영향을 받았다. 나뭇가지들은 대지 밑으로 뻗어 있는 잔뿌리들을 서서히 일깨워 물줄기를 뽑아 올릴 용트림을 하고 있었다.

만길은 구룡포에 도착한 이튿날부터 정보를 얻기 위해 선박이나 선원조합에 나가거나 친구들을 만나러 다녔다. 그는 외국 선박들이 태평양에서 성업 중인 참치잡이 배를 타고 싶었다. 참치잡이 원양어선이 선원들에게는 위험하기는 해도 혈기 왕성한 젊은 시절에는 겁 없이 한 번쯤

도전해 보는 사내들의 패기이기도 했다.

넓은 태평양이 아닌 일본 근해에서 잡히는 참치 종류는 다랑어와 가다랑어가 주종이지만 아직은 줄 낚기 수준이었다. 일본 근해의 참치잡이는 한배에 탄 어부 한두 사람이 바다 위에서 며칠 동안 고생해도 수입은 그다지 많지 않았다. 구룡포 연안에서도 때때로 난기류가 발생하면 큐슈 해류를 따라 넘어온 다랑어가 심심치 않게 잡혔다.

울산 방어진에서도 다랑어가 제법 잡혔으나 그곳은 원래 고래잡이 어항이 활기를 띠고 있었다. 전 세계의 포경선들이 마구잡이로 남획하고 있어 고래의 숫자가 눈에 띄게 줄어드는 추세였다. 고갈되어 가는 고래를 보존하기 위해 포경 금지 국제해양법이 발효되어 이제껏 간간이 잡아들였던 고래잡이마저도 시들어질 분위기였다.

만길이 참치 원양어선을 타려면 외국 소속의 선박을 이용해야 했다. 외국의 참치잡이 배라면 최소한 몇천 톤급 이상이었다. 냉동실까지 갖추어져 있어 규모가 만만하지 않았다. 한국의 어선 수준은 아직 큰 선박이라고 해야 고작 이삼백 톤밖에 되지 않았다. 그런 작은 배로는 태평양 조업은 할 수 없었다.

만길은 구룡포에서 며칠 지내면서 미츠가 힘들어하는 모습을 간간이 목격하였다. 그녀는 그런 모습을 만길에게 보이지 않으려고 매우 조심하지만 늦은 밤이나 새벽이면 터져 나오는 기침을 수습하기란 어려웠다.

그녀는 찻집 후루사토에 나가서 오후가 되면 미열이 나기 시작하고 구토와 빈혈 증세로 힘들어도 애써 숨기고 있었다. 손님들 앞에서는 기침도 할 수 없었다. 기침하는 여주인이 따라주는 차를 즐겁게 마실 사람은 아무도 없으니까. 미츠는 그런 것들 때문에 신경이 쓰여 마음의 안정을 잃을 정도였다.

만약 자리에 눕는다면 찻집 운영은 물론이지만, 만길의 뒷바라지를 도와줄 사람이 없다는 점이 제일 걱정이었다. 만길이 객지 생활을 접고 2년 만에 겨우 돌아왔는데 따뜻한 밥이라도 거르지 않고 제시간에 먹이는 것은 어머니로서 의무라 생각했다. 집안에 걱정이 없어야 만길이 씩씩하게 일하며 돈도 벌지 않겠는가. 미츠의 미열과 구토 증상은 몇 개월 전부터 시작되어 신경이 쓰였으나 만길이 돌아오고 나서 부쩍 더 심해진 것 같아 내심 불안해졌다.

만길은 요 며칠 동안 미츠를 주의 깊게 관찰하는 중이었다. 먼빛으로 보이는 핼쑥해진 그녀는 오히려 아름다워 보이기까지 했다. 그러나 가까이서 보면 병색이 완연하게 드러났다. 그동안 병원을 왕래하며 치료받고 있다기에 그런 줄만 알았다. 그녀의 피부는 요즈음 들어 핏기를 잃은 채 표백된 것처럼 더욱 하얗게 변색 되어 갔다. 폐를 차츰 갉아먹고 있을지도 모를 결핵이 그녀의 피부를 눈부시도록 아름답게 치장하는 것은 결코 좋은 징조가 아니었다.

만길은 새어머니가 돈을 아끼기 위해 병원을 제대로 다니지 않았다는 나름대로 판단하자 자신도 모르게 부아가 치밀었다. 그는 후루사토로 달려들어 갔다. 만길은 손님이 있거나 말거나 미츠의 손목을 잡아끌고 나와 당장 택시를 불러 병원으로 치달았다.

엑스레이 촬영을 거쳐 몇 년 전처럼 여러 가지 검사를 마친 일주일 뒤 결과가 나왔다. 이제는 말기 폐암이라고 했다. 수술도 할 수 없는 이미 다른 장기에도 전이가 된 상태였다. 담당 의사가 보호자인 만길에게만 알린 상황이었다. 만길은 미츠에게 병명을 사실대로 말하지 않았다. 처음 발병했을 때처럼 폐결핵이 재발한 상태라고 얼버무려 놓았다.

미국이나 유럽 선진국에서는 씨티(CT) 촬영으로 조기에 암을 발견해서 치료율이 높다고 하지만 한국의 의료체계는 아직 비싼 장비 설치가 어려운 형편이었다. 엑스레이 촬영만으로 초기에 폐암을 발견한다는 것은 어려운 일이었다. 미츠의 암은 아마 처음 결핵이 발병했을 때부터 진행된 것일 수도 있었다. 후진국 병이라고 하는 폐결핵은 한국에서는 심각한 문제였다. 초기에 발견하여 제대로 치료하지 않으면 오래 견디지 못하고 죽음을 맞이할 수밖에 없었다.

만길은 허탈했다. 이제 부아도 치밀지 않았다. 암담하기만 했다. 서울에서 돌아왔을 때는 배를 타게 되면 후루사토를 정리하고 새어머니를 집에서 편안하게 돌보고 싶었다. 그런 희망으로 며칠 동안은 즐거웠었다.

참치잡이 원양어선을 타려고 한 것도 당분간 포기해 버렸다. 회생 불가능한 병에 걸려 죽음이라는 순간이 언제 들이닥칠지 모를 미츠를 두고 태평양으로 나간다는 것은 만길 자신이 불안한 일이었다. 매일 매일 옆에서 그녀를 지켜보며 건강이 조금이나마 회복될 수 있도록 최선을 다해 신경을 써 돌보아야 했다.

새어머니의 건강 때문에 서울 생활을 접고 막상 고향으로 내려왔으나 염려했던 그 불안이 너무 빨리 다가온 것이었다. 말기 암이라면 그 생명 또한 시한부일 수밖에 없었다. 만길은 그녀를 위해 서둘러 미리미리 잘 챙기지 못한 자신에게 치미는 짜증 따위는 미츠 앞에서는 짓눌

러야 했다.

미츠는 거동이 불편할 정도로 몸이 피로해도 어느 때나 미소를 잃는 법이 없었다. 그 미소는 상대의 마음을 항상 편안하게 해주었다. 오늘따라 그런 미소마저 사라진 그녀를 바라보는 만길의 마음은 안정을 찾기가 어려웠다. 가엾은 그녀를 바라보고 있으려니 가슴으로 뭉클하고 솟구치는 슬픔이 좀처럼 누그러들지 않았다. 이젠 그런 슬픔을 감추는 것도 힘들어졌다.

만길은 찻집 후루사토를 다른 사람에게 맡겼다. 미츠에게는 찻집 출입을 일절 하지 않도록 설득해 놓았다. 찻집을 아예 정리하려고 했으나 남다른 애착이 강한 미츠를 생각해 그냥 두었다. 그녀가 병이 낫는 대로 다시 후루사토로 나갈 수 있다는 희망을 잃지 않게 하는 게 도움이 될 것 같았다.

만길이 마음 쓰는 것과는 달리 미츠는 자신의 병에 대해 이미 짐작하는 눈치였다. 그녀는 마지막으로 가는 죽음의 시간이 얼마 남지 않았다는 생각으로 만길의 고마운 행동들을 가만히 지켜보기만 할 뿐이었다. 생명이 다하는 그 순간까지 채선봉한테서 한껏 받아보지 못한 사랑이나마 만길을 통해 느껴보고 싶었는지도 몰랐다.

만길은 새어머니를 위해 몸에 좋다는 영양 음식들을 어디에서 수소문하든 조달해 왔다. 그는 배를 타려고 했던 계획을 당분간 포기했으므로 미츠가 비록 말기 암이라는 판정받았지만 살아있는 그 날까지 그녀를 위해 최선을 다하고 싶었을 뿐이었다.

만길은 미츠의 건강에 대해 세심하게 살피지 않고 서울로 가게 된 소홀한 행동을 자책하고 있었다. 몹쓸 병이 진행되는 것도 모르고 고향에 홀로 남겨 두었던 서울 생활이 뼈저린 후회가 되었다. 처음 발병했을 때 제대로 다잡았더라면 그 지경은 되지 않았을 거라는 뉘우침과 자신의 경솔한 욕구 충족에만 매달렸던 그 시간을 생각만 하면 분노가 치솟았다.

봄부터 여름 동안 병원에서 요양 치료받았지만, 미츠의 병은 쉽게 호전되지 않았다. 수척해지는 속도가 하루가 다르게 빨라졌으며 이제는 각혈까지 했다.

4. 아픈 이별

어느덧 아침저녁으로는 찬 바람이 불고 포구를 둘러싼 구릉의 나뭇잎들은 가을 색채를 드리우는 속도가 차츰 빨라지고 있었다. 미츠는 병원 침대가 이제 싫다고 했다. 일본 가옥 거리에 있는 집 2층 다다미방에서 항구를 내려다보는 게 훨씬 좋다며 만길을 졸랐다. 의사도 이제는 특별한 치료 방법이 없으니 환자의 환경을 바꾸어 주는 것도 좋겠다며 본인이 하고 싶은 대로 해주도록 권했다. 만길은 2층 다다미방을 깨끗이 청소하고 미츠를 퇴원시켜 데려다 놓았다.

적산가옥으로 돌아온 날 그녀는 병이 다 낫은 사람 같은 행동을 보였다. 그녀는 명절에나 입는 화사한 붉은 목단 꽃무늬가 있는 기모노를 산뜻하게 차려입었다. 만길은 그녀를 위해 가을 햇볕이 스며드는 난간 창가에 등받이가 비스듬한 흔들의자를 구해 가져다 놓았다. 미츠는 낮 동안 그 의자에 앉아 해바라기하며 항구의 풍경을 내려다보며 나름대로 즐겼다.

포구를 떠난 배가 동쪽으로 열서너 시간쯤 파도를 젖히고 나가면 그녀가 태어난 고향 일본 땅 후쿠오카였다. 미츠는 포구를 바라보며 새삼스럽게 고향으로 돌아간 부모를 생각하고 있는 것일까? 아니면 채선봉과 짧은 인연이었으나 구룡포에서 살았던 순간순간들의 행복을 떠올리는 것인지 그 심중은 헤아릴 수 없었다.

미츠는 병원에 있을 때보다는 활력을 조금 되찾은 것 같았다. 그녀가 한 달 동안이나 핏기 없는 얼굴로 줄곧 가을볕이 드는 창가에 앉아 항구의 풍경을 바라보는 것은 일상이 되었다. 기침이나 각혈은 여전했다.

하루는 만길이 부두에 잠깐 외출했다가 마당으로 들어서다가 깜짝 놀랐다. 미츠가 마당에서 만길이 벗어 씻어 놓은 헌 운동화를 신고 잘 가누지 못하는 몸으로 어린아이 걸음마처럼 위태롭게 걷고 있었다.

"채선봉이. 만길아. 채선봉이. 만길아."

그녀는 발걸음을 뗄 적마다 죽은 남편과 만길의 이름을 가녀린 목소리로 번갈아 불러가며 되풀이했다. 만길은 그 해괴한 행동을 보고만 있을 수가 없었다. 그가 달려가 부축하려는 순간 미츠는 쓰러져 버렸다. 만길은 얼른 안아서 방 안으로 옮겼다. 그대로 죽는 것은 아닌가 싶어 걱정되었다. 미지근한 물에 수건을 적셔 이마를 씻어 내리며 얼마간 시간이 지나자 그녀가 겨우 눈을 떴다.

그 시간부터 미츠는 항구가 내려다보이는 창가 의자에 다시 앉지를 못했다. 만길이 시시각각으로 끓여다 주는 미음도 먹지를 않았다. 미지근한 녹차로 간신히 입술만 적셨다. 그녀는 하루가 다르게 모습이 변해갔다. 야윈 몰골로 목소리마저도 귀를 가까이 대어야 겨우 알아들을 수 있을 정도였다.

그런 새어머니를 내려다보고 있는 만길의 눈가에 맺혀 있는 뜨거운 눈물 한 방울이 미츠의 얼굴에 떨어졌다. 그녀는 떨어진 눈물을 느꼈는지 눈을 가녀리게 떴다. 그녀가 무엇이라고 중얼거렸다. 만길이 눈자위를 얼른 훔치고 그녀의 입가에 귀를 갖다 대었다.

"착한 아들 만길아, 사내는 눈물을 보여서는 안 돼. 알았지?"

만길은 그 자리에 더 있을 수가 없었다. 그는 일어나 아래층으로 내려가 울지 않으려고 입술을 베어 물었으나 한 번 터진 울음은 쉽게 멈추어지지가 않았다. 만길의 소리 없는 울음은 2층에서 자지러지는 미츠의 기침 때문에 그쳐 버렸다. 그녀는 또 각혈을 쏟았다. 달려 올라간 만길이 걸레로 피를 훔치는 손을 미츠가 잡았다.

"내 아들, 미안해서 어쩌지. 정말 미안해.

겨우 알아들을 수 있는 꺼져가는 목소리였다.

미츠는 며칠 뒤부터는 만길이 부축해 가던 화장실도 제대로 가지 못했다. 자리에 앉아 있을 기력도 없었다. 화장실 볼일을 누가 대신해 줄 수는 없는 노릇이었다. 만길은 생각 끝에 그녀의 샅에 기저귀를 채워 주었다. 기저귀를 갈아대기 위해서는 만길이 직접 손으로 빨아 말려야 했다. 미츠는 말할 기운조차 없었으나 만길이 노심초사하는 지극한 정성은 의식하고 있었다.

그녀는 자신 신체의 부끄러운 곳에 기저귀를 갈아 채울 때마다 남의 손 빌리는 여자로서 수치심은 당연했다. 만약 만길을 아들로 생각하지 않았다면 상당한 부담으로 다가왔을 것이다. 만길 또한 미츠를 어머니로 받아들이지 않았다면 쉽지 않은 행동이었다. 그녀의 얼굴은 기저귀를 갈아댈 때마다 소리 없는 눈물이 볼을 타고 흘렀다.

"어무이 울지 마소. 자꾸 울면 얼굴에다 기저귀를 채울 끼다."

만길의 우스갯소리에 미츠는 잠시 밝은 표정을 짓기도 했다.

날씨가 겨울로 접어들자 해안 구릉 위의 색 바랜 상수리 나뭇잎들은 거의 다 떨어져 나신을 드러내었다. 높다란 우듬지의 까치집만 덩그렇게 드러났다. 차가운 해풍은 옷깃을 스며들며 몸을 움츠리게 했다.

만길이 점심을 챙겨 먹고 부두에 잠시 외출했다가 집으로 부랴부랴 돌아왔다. 조금 늦기는 했으나 새어머니한테 일러놓고 머리맡에 마실 물까지 준비해 둔 터였다. 그가 2층 문을 열고 방으로 들어서자 비릿한 냄새가 후각을 자극했다. 미츠는 모잽이 자세로 누워 잠이 들었는지 미동이 없었다. 오늘따라 그녀의 목에서 들끓는 가래소리도 들리지 않았다.

"미안하요. 일찍 올라꼬 서둘렀는데도 늦었소."

만길은 혼자 중얼거리며 미츠의 옆으로 다가앉았다. 비릿한 냄새가 후각을 다시 찔렀다. 그 냄새는 미츠가 기저귀에 흘려 놓은 변 때문일 수도 있었다. 그는 방 가운데 피워 놓은 화로에 손을 따뜻하게 데운 뒤 기저귀를 갈아 주기 위해 그녀의 치마를 조용히 걷어 올렸다. 비린내가 훅 올라왔다.

그녀의 하얀 피부는 앙상한 뼈에 걸쳐 놓은 가죽옷 같았다. 기저귀를 빼내자 바닥에는 변이 아닌 시커멓게 죽은 피가 흥건하게 젖어 있었다. 만길은 가슴이 덜컥 내려앉았으나 숨소리마저 낼 수 없었다. 미츠가 모처럼 깊은 잠에 빠져든 것이라는 생각으로 깨어나게 하고 싶지 않았다.

그는 화로 위에서 김을 피워 올리고 있는 주전자의 뜨거운 물을 대야에 쏟아부었다. 찬물과 적당하게 섞어 마른 수건을 적셔 미츠의 살에 묻어 있는 검은 피를 조심스럽게 닦았다. 그녀가 잠에서 깬 모양이었다. 갑자기 그녀의 눈물 머금은 목소리가 들렸다.

"착한 아들 만길아, 미안타. 정말 미안타."

그 목소리는 환청이었다. 만길은 갑자기 섬뜩한 생각이 들었다. 그는 환청을 털어내듯 소리쳤다.

"어무이 울면 안 돼요. 자꾸 울면 얼굴에다 기저귀 채울 끼다."

만길은 빠른 손놀림으로 기저귀를 갈아 채우고는 치마를 곱게 덮었다. 그는 미츠의 머리맡으로 옮겨 앉으며 그녀가 흘렸을 눈물을 닦아 주기 위해 수건을 들었다. 그녀 얼굴은 오히려 평온해 보였다. 그녀의 얼굴 어디에도 눈물의 흔적은 없었다. 만길은 미츠의 가슴에 가만히 귀를 대어 보았다. 가르랑대며 끓던 가래 소리도 들리지 않았다. 그는 조금은 놀란 가슴으로 그녀의 몸을 조심스럽게 흔들었다.

"어무이, 만길이 왔소. 눈 떠 보소."

만길은 아무 반응이 없자 미츠를 다시 흔들어 보았다.

그는 그때야 그녀가 명줄을 놓았다는 사실을 깨닫고는 동네 의원으로 들입다 달음박질을 쳤다.

잠시 뒤 만길과 함께 방으로 들이닥친 검고 둥근 뿔테 안경을 쓴 중년의 의사는 청진기로 미츠의 몸을 여기저기 대어 보더니 조용한 어조로 죽음을 선언했다.

만길은 의사가 돌아간 뒤에 아무 생각이 없었다. 생각이 없으니 막상 눈물도 흐르지 않았다. 그는 가을 내내 그녀가 앉아 있었던 창가 의자에 가서 털썩 주저앉았다. 옆집 담과 잇대어 있는 곳에 늘어선 대나무 울타리가 그의 시선으로 들어왔다. 미츠가 숨을 거둔 그날따라 겨울 대나무가 유난히도 싱싱한 생명력을 자랑이라도 하듯 미울 정도로 푸르고 푸르렀다. 그는 시선을 옮겼다. 얼마 전까지 미츠가 넋을 잃은 채 포구를 내려다보던 것처럼 물끄러미 바라보았다. 어두움이 깔리기 시작한 포구에는 먼 바다로 나갔던 배 한 척이 고기잡이가 시원치 않았는지 그녀의 죽음에 애도라도 하는 것처럼 만선의 깃발도 없이 호젓하게 들어오고 있었다.

만길은 장례 문제를 생각하다가 문득 미츠가 숨을 끊은 채 누워 있는 머리맡 장롱 쪽으로 시선을 돌렸다. 그곳에 있는 종이쪽지와 봉투 하나를 얼핏 본 것 같았다. 서둘러 의사를 데리고 오느라 경황 중에 미처 챙겨 보지 못한 것이었다.

쪽지에는 알아보기 힘들 정도로 사력을 다해 쓴 듯한 비뚤비뚤하고 흐릿한 미츠의 글씨였다. 죽음을 예견하고 얼마 전에 미리 써 놓은 편지 같았다.

- 아들 만길에게.

너의 아버지가 돌아가시고 나에게는 힘든 시간이었으나 네가 옆에서 항상 지켜주어 그동안 행복했다. 앞으로 마음씨 고운 아내를 맞이해 행복하게 잘 살아라. 그리고 아버지의 유언대로 열심히 하겠지. 아버지가 미츠에게 남겨준 적산가옥과 금붙이와 패물 몇 점이 있다. 적산가옥은 만길에게 맡기니 잘 지켜라. 그리고 장롱 서랍에 있는 금붙이와 패물은 형 만선이 집안의 장남이니 그의 아내에게 전해 주길 바란다. 여기 아버지가 남긴 유서가 있으니 도움이 될 것이다. 아들 만길아, 너와 내가 인연이 된 짧은 지난 시간 동안 너무 고마웠다. 저승이 있다면 먼 훗날 우리 그곳에서 다시 만나게 되겠지. 떠나기 전에 네 얼굴을 못 보고 가게 될지도 모르겠구나. 항상 사내답게 씩씩하게 살아라.

- 새엄마 미츠가.

종이쪽지에는 군데군데 눈물 자국이 얼룩져 있었다. 하나 남아 있는 봉투는 미츠가 공개하지 않았던 아버지의 유서였다.

- 미츠에게.

집안이 어려운 시기에 어린 나이로 나에게 시집을 왔지만, 고생만 시켜 미안하오. 지금 내가 당신에게 남기고 가는 것은 부담만 되는 두 아들이네. 아직 철이 없고 부족한 것이 많으니 잘 보살펴 주시게. 만선은 어느 정도 컸으니까 별걱정 없으나 어린 만길이 신경 쓰이네. 염치없으나 잘 부탁하네. 적산가옥은 내가 젊은 시절부터 애정이 남다른 곳이니 미츠 자네 이름으로 잘 보존하고 몇 점 되지 않는 패물도 미츠에게 일임하오. 그리고 남아 있는 전답은 정리하여 빚을 갚기 바라오. 그동안 끝까지 행복을 지켜주지 못하고 먼저 떠나게 되어 정말 미안하네.

- 미츠를 사랑했던 남편 선봉이가.

만길은 눈물을 머금은 채 넋 놓고 앉아 있을 수만 없었다. 그는 부엌에서 큰 솥에 물을 데우기 위해 불을 지펴 놓고 약국에서 소독약과 약솜 뭉치를 사 왔다. 물이 알맞게 끓자 미츠의 옷을 조심스럽게 하나씩 벗겼다. 만길은 그녀의 염습을 자신 손으로 하고 싶었다. 새어머니 마지막 이승의 길을 아들인 자신이 당연히 해야 할 몫이라고 생각했다.

옷을 다 벗긴 만길은 온수로 새어머니 몸을 한 번 닦아 낸 뒤 약국에서 사 온 포르말린에 솜을 듬뿍 담갔다. 몸 구석구석을 다시 닦았다. 몸이 비록 살점 없이 마르기는 했으나 소담한 젖무덤 가운데의 젖꼭지가 고개를 떨어뜨리고 있었다. 미츠뿐 아니라 그 젖꼭지는 어머니들이 이 세상에 태어난 어린 자식들에게 없어서는 안 될 성장하는 힘이 될 귀중한 생명의 꼭지였다. 어머니에 대한 젖꼭지의 기억이 없는 만길은 갑자기 눈물이 왈칵 쏟아지기 시작했다.

미츠가 아프고 나서부터 수족을 마음대로 움직이지 못할 때였다. 그녀가 옷을 갈아입으면 만길이 도와줄 수밖에 없었다. 미츠가 처음부터 만길을 아들로 생각하지 않았다면 아무리 중환자라 해도 자신 속살을 보여 줄 엄두를 내지 못했을 터였다. 그녀는 이미 만길을 아들로서 담담하게 받아들이고 있었다.

그때만 하더라도 새어머니의 젖꼭지가 만길의 눈에는 그런대로 여문 포도알처럼 보였었다. 그러나 죽은 시신을 염하고 있는 순간의 젖꼭지는 말라비틀어진 윤기 없는 건포도 같았다. 만길은 그것을 보고 울음이 터진 것이었다. 미츠의 말라 버린 젖꼭지에서 비로소 생명의 소진을 실감했다. 그를 더욱 슬프게 하는 것은 마치 자신이 여태 미츠의 젖을 먹고 성장한 것 같은 착각 때문이었다.

그가 흘리고 있는 뜨거운 눈물은 처마 끝의 빗물처럼 그녀의 젖무덤으로 떨어지고 있었다. 그 눈물이 그녀를 일어나게 할 기적이라도 되는 생명수처럼 보였으나 미츠는 소생하지 않았다. 만길은 그녀의 가슴으로 떨어지는 자신의 눈물을 약솜으로 하염없이 지우고 또 지웠다.

만길은 염습이 끝나자 새어머니에게 깨끗한 하얀 속옷을 먼저 입히고 평소에 그녀가 장롱에 소중하게 넣어 둔 붉은 목단 꽃무늬의 기모노를 정성 들여 입혔다. 그는 미츠의 얼굴에 분을 골고루 바르고 눈썹까지 예쁘게 정리해 그렸다. 단장해 놓은 그녀의 얼굴이 워낙 야위기는 했으나 더없이 평화로워 보였다. 한국에 딸만 남겨 둔 채 후쿠오카로 황급히 떠난 그녀의 부모나, 구룡포의 채선봉과 만길에 대한 지난 과거를 모두 잊은 채 평온하게 깊은 잠에 빠진 듯했다.

미츠 옆에서 뜬눈으로 밤을 꼬박 새운 만길은 이튿날 이른 아침부터 가까운 친구들한테 새어머니 부음을 전했다. 혼자서 미츠의 장례를 치르기에는 아무래도 무리였다. 그는 형 만선에게 그녀의 죽음을 두고 잠시 생각에 잠겼다. 그를 만나 본 세월이 너무 많이 흘러 얼굴마저도 가물거렸다. 하여간 그가 어떻게 받아들이든 연락을 하는 게 순서일 것 같았다.

만길은 미츠의 무덤을 친모와 나란히 있는 아버지의 묘 옆에 매장하는 것이 무난하다고 생각했다. 인부를 사서 매장할 구덩이 파는 작업도 준비시켰다. 먼 곳에 있는 친척 몇몇도 연락을 보내며 나름대로 장례 절차를 치르는 중이었다.

이튿날 해거름이 되자 기대하지도 않았던 형 만선이 갑자기 나타났다. 그는 죽은 새어머니의 아래층 빈소에 배례拜禮할 생각은 하지 않고 대뜸 2층으로 올라가더니 사람을 시켜 만길을 불렀다. 만선은 만길이 올라오자 피를 나눈 형제로서 오랜만에 만난 자리이지만 최소한의 안부조차 묻지 않았다. 그가 새어머니에 대한 어떤 절절한 좋지 않은 감정이 쌓였는지는 몰라도 죽은 사람에 대한 예의가 아니었다. 만선은 형제의 관계마저 오래전에 단절해 버린 얼굴로 흡사 독촉하러 온 빚쟁이처럼 냉랭한 표정으로 앉아 있었다.

만길이 자리에 앉자 그는 담배 한 개비를 빼 물었다. 만선은 잠시 뜸을 들이더니 뱉는 첫 마디가 심상치 않았다.

"무덤은 어디다 쓸 기고?"

"부모님 산소 옆자리에 준비하고 있소."

만길은 별 의미 없이 대답해 주었다.

"너, 그게 무슨 소리고? 본바탕도 없는 여자를, 그렇게는 할 수는 없다. 공동묘지로 보내라."

만길은 눈을 부릅뜬 채 만선을 노려보았다.

그는 부모의 제사 때는 관두고라도 여태껏 산소에 가서 벌초 한 번 제대로 한 일이 없었다. 그가 십 년 가까이 집을 찾은 일도 없었거니와 새어머니가 죽은 순간에 갑자기 나타나서 늘어놓는 볼썽사나운 말투는 이해하기 어려웠다. 피붙이도 없는 떠돌이들이나 묻히는 공동묘지에 시신을 매장하라니 만길은 할 말을 잊어버릴 정도였다. 만길은 치밀어 오르는 울화통을 짓누르며 자신 의견을 차근히 말했다.

"병든 어무이가 죽고 아버지가 선택한 두 번째로 부인이 새어무이 아니오? 당연히 부모의 묘역에 묻히는 것이 순서 아닌교?"

만길의 일리 있는 말에는 아랑곳없이 만선은 자신의 억지 주장을 굽히지 않았다.

"그 여자는 일본이 패망하고 저그들 나라로 당장 돌아가야 했다."

만선은 새어머니의 호칭을 아직도 그 여자라 불렀다.

"그땐 세상 형편이 절박해서 그리된 걸, 그게 새어무이 잘못인교?"

"당시 격분한 조선 사람들한테 몽둥이로 맞아 죽지 않은 것도 다행이다. 잔말 말고 공동묘지가 아니면 당장 화장火葬해서 바다에 뿌리라."

만선의 터무니없는 수작질은 수그러들지 않았다.

그러더니 대뜸 화제를 돌려 적산가옥의 문서를 보자고 눈을 부라렸다. 느닷없는 집문서 타령에 만길은 어리둥절했다. 그는 어디 있는지 짐작만 할 뿐이지 집문서나 패물 따위는 아직 챙겨 보지도 않았다. 만선이 적산가옥의 문서를 보자고 하는 데는 그만한 이유가 있겠으나 그의 언행으로 보아 불순한 속셈이 다분히 드러나 보였다.

"아직 챙겨 볼 경황도 없었지만, 지금 와중에 그건 왜 찾는 거요?"

만길은 사실 그대로 말했지만, 만선은 무시했다.

"내가 알기론 분명 아버지 이름으로 되어 있는 집인데, 일본 여자가 어떤 농간을 부렸는지 알고 싶어 그런다."

만선은 미츠의 시신 앞에서 끝까지 부정적 감정 일변도였다.

"그 정돈 나도 알고 있소. 아직은 아버지 이름 그대로 변하지 않고 있으니 걱정하지 마소."

"네가 그 여잘 어떻게 믿고 하는 소리고?"

"나는 형을 못 믿지, 새어무이를 의심한 적은 한 번도 없소."

"너, 임마. 뭐라꼬? 말 버르장머리가 그게 뭐꼬, 날 못 믿는다고?"

"그렇지. 형은 하나밖에 없는 동생이나 부모 제사가 어떻게 돌아가든 상관이 없었지만 어려운 살림에 날 공부시키고 부모 제삿밥을 챙긴 사람은 그래도 새어무이 뿐이었소."

"좋다. 네 말대로 집이 아버지 이름으로 돼 있다. 카니 더 따지지 않겠다."

만선은 차분히 논리적으로 옳고 그름을 밝히는 만길에게 꼬리를 잠시 내린 듯하더니, 다시 친모의 패물 여부를 물었다. 만길은 구역질이 치미는 것을 겨우 참았다. 지금 그런 것을 따지고 옥신각신할 분위기가 아니었다. 그는 소리를 버럭 질렀다.

"형은 도대체 새어무이 장례에 온 거요? 아니면 초상집에 재물이나 챙기러 왔소? 재물이라면 당장 이 자리에서 떠나소. 그 일은 장례 끝나고 얘기해도 되니까."

만길은 자리를 박차고 일어나 바로 나가려다가 장롱문을 와락 젖혔다. 잠시 뒤 패물이 들어 있을 것 같은 붉은 복주머니를 찾아내었다. 그는 만선이 앞으로 개 군것질 던지듯이 팽개치고는 아래층 친구들이 있는 빈소로 내려가 버렸다.

만길이 나간 뒤 만선은 슬그머니 복주머니를 집어 들었다. 그는 확인이라도 하는 것처럼 복주머니를 열어본 뒤 말없이 양복주머니에 챙겨 넣더니 자리에서 일어섰다. 그는 아래층으로 내려가 빈소가 차려진 방

문을 와락 열어젖히고 만길에게 못을 박았다.

"어떤 일이 있어도 부모 산소에 일본 여자를 묻을 수는 없다! 그것만 기억해라."

만선은 말을 마치자 분풀이라도 하듯 문돌쩌귀가 부서지도록 문을 힘껏 닫았다.

만길은 그가 떠나고 난 자리에서 싸늘하게 째려보던 시선을 거두었다. 그는 형제의 불화가 친구들 보기에 민망스러웠다. 그 기분은 향로에서 피어오르는 연기 틈으로 미소 짓고 있는 미츠의 흑백 초상을 물끄러미 바라보는 사이 마음이 가라앉았다. 새어머니는 살아서나 죽어서나 형에게 떳떳한 대접을 받지 못한 것이 마치 만길 자신의 불찰처럼 여겨져 옷깃을 여몄다.

알 수 없는 일이긴 하지만 전생에 두 사람은 어떤 악연이라도 있었던 것은 아닌가 하는 생각도 불현듯 일어났다. 만길의 복잡 미묘하게 뒤엉킨 생각과는 달리 네모난 사진틀 속에 들어 있는 미츠의 밝은 미소는 변하지 않았다.

이튿날 아침이 밝아오자 만길은 계획대로 새어머니를 부모의 산소 옆자리에 매장하기 위해 서둘렀다. 산소는 그리 멀지 않은 곳이었다. 자동차로 불과 5분 거리였다. 상여를 꾸리지 않을 바에는 시신이 든 관을 화물차로 옮기기로 친구들과 의논이 되었다. 찻길에서 산소까지의 거리도 짧았으므로 친구들이 손수 운구하기로 정했다.

예정대로 시신을 실은 화물차가 장지가 빤히 올려다보이는 찻길 가장자리에 들어섰다. 친구들이 미츠의 시신을 운구하여 장지로 다가가고 있었다. 산소에 거의 다다랐을 무렵이었다. 진입로 초입에 외지에서 온 듯한 젊은 장정 여섯 명이 몽둥이를 든 채 버티고 있는 모양새가 불량스러웠다. 분위기가 심상치 않았다. 그들은 묘지에 시신을 매장할 구덩이를 파기 위해 온 인부들은 분명 아니었다.

만길은 잰걸음으로 친구들이 운구하는 미츠의 관을 먼저 앞질러 나갔다. 장정들이 길목에서 만길의 앞길을 가로막았다. 아무도 더 접근할 수가 없다는 것이었다. 부모의 장례 길을 막는 이유를 물었으나 그들은 막무가내였다. 자신들은 산소의 주인으로부터 아무도 접근시키지 말라고 고용된 사람들일 뿐 이유는 모른다고 시종일관 잡아뗴었다. 만선의 짓이 확실한데 그의 그림자는 어디에도 볼 수 없었다. 지난밤 잡아먹을 듯이 화를 내며 돌아간 만선이 불량배들을 매수해 벌인 행패가 분명했다.

만길이 품을 사 매장구덩이 작업을 시킨 일꾼들은 불량배들이 쫓아버렸는지 한 명도 보이지 않았다. 미츠가 묻히게 될 미리 파놓은 구덩이는 다시 흙으로 메워진 채였다. 만길은 장정들과 몸싸움이라도 해 보려고 했으나 친구들의 숫자로는 중과부적이었다. 건장한 체격에 몽둥이를 하나씩 거머쥐고 있는 싸움꾼들을 당할 재간이 없었다. 만길은 친구들과 상의해보았으나 별다른 대책이 나오지 않자 난감했다.

마침 동네에서 가장 가까운 친구 기철이 나섰다. 산소에서 조금 떨어진 곳에 집안 소유의 자그마한 야산이 하나 있으니 우선 그곳에 가매장을 하자고 제안했다. 방법은 그것뿐이었다. 황당하고 위급한 상황에 그나마 친구 기철이 적극 발 벗고 나서 준 일은 여간 다행한 일이 아니었다.

기철은 미츠가 숨을 거둔 이튿날부터 아침 일찍 여동생 정미를 보내 부엌일을 시킬 정도로 외로운 처지의 만길을 도와주었다. 기철의 여동생 정미는 미츠가 아파서 누워 있을 때부터 간간이 손수 만든 김치나 밑반찬을 집으로 가져다 놓고 수발을 들어 주기도 했었다. 만길에게는 착한 여동생 같았다.

만길은 기철의 배려로 한나절이 지나서야 미츠의 시신을 묻게 될 구덩이를 파놓았다. 그는 새어머니 시신의 머리를 동쪽 바다 일본을 바라보게끔 목관의 상반신 쪽을 약간 비스듬히 세워 눕혀서 매장을 마쳤다.

장례가 끝나고 나자 만길은 냉정히 아무리 노력해도 만선에 대한 증오심이 들끓어 올라 참아내기가 무척 힘들었다.

그는 그 일을 따지기 위해 단걸음에 술도가 강 영감 집으로 들이닥쳤으나 헛걸음이었다. 만선은 이미 그곳에 없었다. 사돈 노인의 말을 빌리면 만선은 어제 오후에 잠깐 들리더니 서울로 갔는지 여태 소식도 없다고 했다. 그의 표정으로 보아 거짓은 아니었다. 강 영감은 처음으로 찾아온 젊은 사돈에게 호의를 베푼다고 술 한 사발을 권하며 빙그레 웃었다. 만길의 눈에 강 영감의 친절이 보일 리가 없었다. 술 사발을 걷어차고 싶을 만큼 부아만 더 치밀어 오를 뿐이었다.

집으로 돌아온 그는 일주일 동안 화를 삭이며 만선을 기다렸으나 끝내 모습을 드러내지 않았다. 형이 구룡포에 나타나지 않는다고 해서 가매장된 새어머니의 시신을 함부로 옮길 수는 없었다. 형의 가당찮은 짓거리로 보아 또 어떤 행패를 부릴지 예측할 수도 없을뿐더러 가부간 그와 타협을 보지 않고는 일이 해결되지 않을 것이었다. 만약 새어머니의 시신을 나름대로 불쑥 옮겨서 불미스러운 일이 발생하면 그마저도 죽은 그녀에 대한 예의가 아니었다.

그해 겨울 동안 만길은 구룡포에서 시간을 죽일 수밖에 없었다. 육군에 입영해야 할 통지서가 날아왔기 때문이었다. 만길은 설날 아침에 차례를 지냈다. 차례상에는 떡국 그릇이 세 개가 나란히 놓여 있었다. 부모와 새어머니 미츠의 차례상이 차려진 것이었다.

만길은 상 위에 세워 놓은 세 사람의 초상을 차례로 바라보았다. 선이 굵고 반듯한 아버지에 비해 친모의 얼굴은 무표정한 채로 어두운 표정을 짓고 있었다. 그와는 대조적으로 새어머니 미츠의 해맑은 얼굴은 화사하게 미소를 띤 밝은 얼굴이었다. 만길은 그제야 겨우내 우울하게 가라앉아 있던 마음을 훌훌 털어버렸다. 새어머니는 비록 죽은 몸이지만 사진 속에서도 만길의 마음을 밝게 열어 주는 여인이었다.

그는 차례를 지내고 나서 산소도 다녀왔다. 미츠의 묘는 아직 옮기지 못한 채 기철이 배려한 야산 자락에 그대로 있었다. 만길의 마음 같아서는 묘를 빨리 옮기고 그녀의 이름을 새긴 조그마한 비석이라도 하나쯤 세워 놓고 싶었다.

만선은 새어머니 매장 문제를 가로막은 뒤 아무런 연락도 없었다. 나름대로 알아보니 술도가 강 영감 집에는 아내 경순이와 명절을 쇠고 다녀간 모양이었다. 이제 열흘 뒤에 만길은 육군에 입영하면 당분간 산소에 쉽게 찾아올 형편도 되지 못했다.

5. 배반의 혈

만길은 삼 년 만에 군대 복무를 마치고 구룡포로 돌아왔다. 그가 군대에 가기 전이나 그 뒤나 구룡포 거리는 별반 달라진 게 없었다. 부두는 새벽부터 속속 들어오는 어선들의 조업으로 활기차게 북적댔고 밤이 되면 유곽은 술꾼들로 흥청댄 흔적들이 여전했다.

만길은 고향에 도착하자마자 집보다 산소부터 먼저 찾았다. 미츠의 묘에는 잔디가 제법 촘촘히 자라 있었다. 곧 봄이 되면 누런 잔디에서 파릇한 생명 줄기들을 뽑아 올릴 것이었다.

만길은 일 년에 한 번씩 휴가를 올 때마다 산소에 들러서 가고 했었다. 그럴 때마다 산소는 깔끔하게 잘 정돈이 되어 있었고 간간이 꽃송이도 보였다. 그런 행동은 기철의 여동생 정미의 손길이 항상 깃들어 있었다는 것을 만길은 알고 있었다.

그동안 형 만선은 박사과정을 마치고 대구 모 국립대학교에 사회학 교수로 재직하고 있었다. 술도가 강 영감은 몇 개월 전에 심장마비로 죽었다고 했다. 강 영감이 죽고 없는 술도가는 남에게 넘어가지 않고 지배인을 두고 그의 딸 경순이 여전히 운영해 나갔다. 그런 경순의 뒤통수에 대고 동네 사람들은 돈밖에 몰랐던 딸기코 강 영감보다 돈을 더 밝히는 젊은 것이라고 입을 비죽거렸다.

만길은 산소를 내려와 집으로 발걸음을 옮겼다. 적산가옥의 대나무 울타리는 그대로였고 대문 없는 마당에 아이 둘이 소꿉장난하고 놀았다. 동네 아이들이겠지 하고 만길은 대수롭지 않게 생각하고 마당으로 들어서자 현관문에서 체격이 우람한 중년의 낯선 사내가 나왔다. 만길은 순간 어리둥절했다. 빈집에 웬 사람들인가 싶었다. 낯선 사내 쪽에서 먼저 말을 걸어왔다.

"누군교? 누굴 찾소?"

만길은 불쑥 그렇게 묻는 사내의 태도가 심상치 않았다.

"예? 여긴 우리 집인데, 도대체 무슨 일인교?"

낯선 사내 쪽에서도 마찬가지였다.

"우리 집이라이? 그게 무슨 말인교. 이 집에 이사 온 지가 벌써 몇 개월짼데, 집을 잘 못 찾은 거 아닌교?"

사내의 말투가 투박스러웠으나 불순해 보이지는 않았다.

"저는 이 집에서 태어났고 어릴 때부터 살아온 집이요."

만길의 대꾸에 사내는 그제야 무슨 오해가 있다는 것을 느낀 모양이었다.

"그럼 채만선 교수완 어떤 사인교?"

사내가 형 만선을 아는 눈치라 그때까지 긴장해 있던 만길의 마음이 약간 풀어지기는 했다. 그러나 사내의 말에 갑자기 답변이 궁해 망설여졌다. 만선을 형이라고 부르고 싶지는 않았다. 그렇다고 사내에게 대답하지 않을 수는 없었다.

"그완 형제간입니다."

무심코 뱉은 말이었으나 그 속에는 가시 돋은 차가움이 섞여 있었다.

"아, 그랬구만. 그라고 보니 좀 닮은 것 같기도 하고."

만길은 만선과 닮았다는 말에 묘한 거부감이 일어나 불쾌했다.

"채 교수한테서 집이 팔렸다는 연락받지 않았능교?"

사내는 자신의 말끝에 고개를 끄덕이며 만길이 입은 제대복을 보고는 이해하겠다는 표정을 지었다.

"벌써 삼 개월째요. 채 교수한테 사서 등기권리까지 마쳤소."

만길은 눈앞이 아득해짐을 느꼈다. 설마 했던 일이 기어이 벌어지고 말았다. 그는 태어나서 여태 살아왔던 자신 집 안으로 들어갈 수도, 그렇다고 쉽게 돌아설 수도 없었다. 그의 눈에는 아무것도 보이지 않았다. 지금 바로 앞에서 벌어진 일이 현실이 아닌 꿈결 같았다. 멀지 않은 가까운 언제인가도 지금과 똑같은 상황을 바로 그 자리에서 한 번 경험을 한 것 같은 환영이 떠올랐다.

하늘에서는 봄을 바로 코앞에 둔 날씨인데 난데없는 눈발이 펄펄 날리고 있었다. 웬만한 한겨울도 구룡포는 눈이 내리는 경우가 드물었다. 마당에서 소꿉장난하던 아이들은 눈을 맞으며 어른들이 주고받는 말에는 관심 없이 발로 땅을 구르며 환성을 질러댔다. 만길은 그것마저도 의식하지 못하고 있었다.

그는 부두로 나가 난간에 걸터앉았다. 시선은 포구를 향하고 있으나 초점은 흐려진 채였다. 만길은 사내와 어떻게 헤어졌는지 기억조차 나지 않았다. 그 사내가 집 안으로 들어가 조그만 가방을 가져다준 기억이 어렴풋이 날 뿐이었다. 그 사내는 이사를 들어오고 나서 나중에야 가방을 발견했다면서 건네준 것이었다. 아마 가방에는 미츠의 유품이 들어 있는 것으로 짐작이 되었다. 사내의 말이나 표정으로 보아 적산가옥이 그에게 넘어간 것은 거짓이 아니었다. 적산가옥에 있던 짐들은 뒤란에 보관하고 있다고 했다.

일본 가옥은 아버지의 흔적이 제일 많이 남아 있는 곳이었다. 유언에도 있듯이 적산가옥에 대한 애정이 남달랐던 아버지의 혼까지 만선이 팔아먹은 셈이었다. 만길은 아무리 생각해도 만선의 행동에 대한 격분이 가라앉지를 않았다. 만길 자신도 마찬가지였지만 미츠한테도 적산가옥은 남다른 애착이 남아 있는 곳이었다. 그녀는 남편의 유언을 위해 혼신으로 신의를 지킨 여인이었다. 그런 가족들의 애정이 절절히 묻어 있는 집을 한 마디 상의도 없이 혼자서 팔아 치웠다는 사실에 분노가 들끓어 올랐던 것이었다.

하늘의 눈발이 차츰 굵어지고 있었다. 만길의 머리와 어깨 위로 내려앉은 눈이 시루에서 쪄낸 백설기 두께처럼 어느 사이 제법 쌓여 앉았다. 차가운 눈이 아무리 쌓인다 해도 끓어오르는 만길의 분노를 식히기에는 역부족이었다. 그가 자리를 털고 일어섰다. 머리와 어깨에 쌓여 있던 눈이 푸수수 떨어졌다.

만길은 공원 입구의 찻집 후루사토로 들어갔다. 약간의 전세금으로 영업하는 여주인이 그를 알아보고 반색했다. 여주인은 좁은 동네에서 만길의 집안 내력을 귀동냥이나마 들어서 나름대로 알고 있었다. 집이 남의 손으로 넘어간 사실을 알고 있는 그녀는 동정 어린 눈길을 보냈다.

형 만선이 아직은 후루사토와 미츠의 연관성 사실에 대해서는 모르고 있는 듯해서 다행이었다. 그가 알았다고 해도 무관한 일이기는 했다. 후루사토는 순전히 미츠의 노력으로 일구어낸 것이니까.

잠시 뒤 찻집 문이 열리며 기철의 하나밖에 없는 여동생 정미가 들어섰다. 그녀에게 알리지도 않았는데 찻집으로 찾아온 것을 보면 만길이 제대하고 왔다는 발 없는 소문이 벌써 동네를 한 바퀴 돈 모양이었다. 기철과는 특별한 우정 관계도 있지만, 만길에게 정미는 고마운 친여동생이나 마찬가지였다. 미츠가 죽었을 때도 사흘 내내 동네 아낙 몇 명과 부엌일을 거들어 주며 묵묵히 함께 슬픔을 나누며 지켜주었다. 그녀는 여고를 졸업하고 미용 기술을 배워 동네에서 미용실을 운영하고 있었다.

찻집으로 들어서는 정미의 평소 화사하고 밝았던 얼굴은 미소가 사라진 채 굳어 있는 느낌이었다. 그녀는 후루사토를 들어서기 전부터 만길이 가진 고뇌의 그림자를 벌써 읽고 있었다.

"오빠, 제대를 축하해요. 저녁은 먹었능교?"

정미는 애써 밝은 목소리로 물었다.

"응, 정미구나. 그래 잘 있었나?"

만길은 기분이 우울하더라도 그녀에게 내색하고 싶지 않았다.

"나가세요. 제대 기념으로 저녁 사드릴게요."

"아니, 저녁 생각은 없다. 너그 오빠는 어떻게 됐노?"

"기철 오빤 일 년 전에 제대하고 지금 외항선을 타러 나갔어예."

"언제 다녀갔지?"

"육 개월 전에 댕기갔으니까. 지금쯤 한 번 올 때가 됐네요."

"어쨌든 여기서 나가자. 얘기도 할 겸."

두 사람은 시장 변두리의 호젓한 식당으로 들어갔다. 저녁 겸 안주를 시켜 놓고 잘 마시지도 않는 술을 만길은 홀짝거렸다. 그날따라 술에 의지해 취하고 싶었다. 피곤한 심신을 깡그리 털어버리고 술에 취해 애꿎은 정미에게 주정이라도 부리고 싶은 심정이었다.

정미가 그다지 미녀라고는 할 수 없으나 귀염성은 있는 얼굴이었다. 그녀의 일상 행동거지를 보면 어딘지 모르게 믿음이 가는 심성을 지녔다. 기철과 정미도 부모를 일찍 여의고 할머니 밑에서 자라 외로운 처지였다. 정미는 미용사 자격증을 취득하자 기철을 설득하여 오래전에 죽고 없는 할머니와 살았던 집과 조그만 농지를 처분해 버렸다. 그 돈으로 큰길가에 방이 두 칸 딸린 가게를 서둘러 사들여 미장원을 차린 것이었다.

두 남녀는 오랜 시간 이야기를 나누었다. 기철이 무역선을 타러 나가면서 정미한테 부탁했다고 한다. 만길이 제대하고 오면 외로운 신세니까 잘 챙겨 주라고. 어떤 진의가 있는지는 따질 계제는 아니지만, 친구의 진심 어린 우정이라고 만길은 믿고 싶었다. 한 동네에서 두 살 터울인 정미가 유년 시절부터 오빠라고 부르며 팬티 하나만 달랑 걸친 채로 물이고 산이고 막무가내 따라다녔으니까. 그녀와 지금 새삼스럽게 내외를 가릴 분위기는 아니었다.

정미는 미츠가 아파 운신하지 못할 때도 기철과 함께 과일을 사 들고 틈틈이 찾아왔었다. 밀려 있는 빨래도 해놓고 갈 줄 아는 살가움을 가진 그녀였다. 만길은 그런 정미에게 아직 이성적인 시각으로 바라본 적은 없었다.

그날은 정미도 술을 두어 잔 정도는 마셨다. 이야기를 나누는 동안 술

힘을 빌린 그녀의 말투에서 만길에 대한 애틋한 애정도 간간이 묻어 나왔다. 정미 속마음을 엿보는 기회이기도 했다. 이미 여자로서 성숙해 있는 그녀의 정감 어린 말투에서 만길이 이성 대상이라는 것쯤은 알고도 남았다. 밤이 깊어 억병으로 취한 만길을 부축하여 정미가 미용실 큰방으로 데려다 놓은 시간은 자정이 다 되어서였다.

이튿날 이른 아침 정미가 복어국을 끓여 놓고 만길을 깨웠다. 만길은 화들짝 놀라 벌떡 일어나 앉았으나 미장원이 딸린 그녀 집까지 오게 된 과정은 아무리 생각해도 떠오르지 않았다. 도둑이 제 발 저리다고 그는 간밤에 정미와 어떤 사고라도 발생한 것 아닌가 하고 신경을 곤두세웠다. 담담한 그녀의 표정으로 보아 그런 흔적은 발견하지 못했다. 그는 꿀 먹은 벙어리가 되어 인사도 변변히 하지 못한 채 끓여 놓은 북엇국도 먹은 둥 만 둥 하고 부랴부랴 미장원을 나섰다.

미장원 문턱에서 신선한 아침 공기를 뒤흔드는 정미의 상쾌한 목소리가 귓등을 울렸다. 구룡포에 있는 동안 여관 같은데 전전하지 말고 기철의 방이 비어 있으니 꼭 집처럼 들리라고 신신당부했다. 그녀도 만길의 형 만선이 적산가옥을 팔아넘긴 사실은 이미 알고 있었다.

만길은 오후에 대구행 버스에 몸을 실었다. 형 만선이 학교에서 돌아오는 시간에 맞추기 위해 늦게 출발한 것이었다. 만선은 아내 경순의 이름으로 되어 있는 구룡포의 술도가 외에 대구에도 집을 한 채 더 장만해 놓고 있었다.

경순은 공부할 머리는 아니었으나 수완 하나는 뛰어났다. 엉덩이도 살랑살랑 가볍고 오지랖도 넓어서 신들 번들 말도 잘했다. 그녀는 진작부터 살림은 가정부에게 맡겨 놓고 고급승용차를 손수 몰고 다니며 해반주그레한 대구의 명사 부인들과 곧잘 어울렸다. 경순은 대구 시내 요지에 골동품 가게를 차려 놓고 매일 그곳으로 출퇴근했다. 가게에서 나오는 수입이 일정하지는 않지만, 만선의 국립교수 연봉과는 비교가 안 될 정도로 많았다. 만선이 젊은 나이에 교수 자리에 임용된 것도 그녀의 치맛바람 덕분이었다.

딸만 내리 둘만 낳은 경순은 신도가 제법 많은 명성 있는 교회의 권사이기도 했다. 딸들도 경순을 닮았는지 도통 공부할 머리들은 아니었다. 경순은 두 아이를 중학교 때부터 아예 예능 쪽에 거금을 털어 넣고 대학 입시를 준비시킬 정도의 순발력을 보였다. 아직은 그다지 인기가 없는 국악학과는 돈과 시간 투자를 조금만 하면 서울의 웬만한 대학 정도는 진학할 수 있기 때문이었다.

만길이 만선의 집을 어렵게 수소문하여 도착한 시간은 저녁 여덟 시쯤이었다. 고풍스러운 멋을 살린 한옥의 넓은 목재 대문 기둥에 만선과 경선 이름이 나란히 붙박인 문패가 보였다. 만길이 문패 밑의 초인종을 누르니 낯선 가정부가 나왔다. 만선의 부재 여부를 묻자 집에 있는 것이 확인되었다. 가정부가 만길의 신분을 물었다. 그는 대꾸할 필요를 느끼지 않았다. 막무가내 그녀의 어깨부터 밀치고 안으로 불쑥 들어갔다. 예전에 서울에서 경순에게 문전박대를 당한 경험 때문만은 결코 아니었다. 만길의 감정은 벌써 격앙될 대로 몹시 격앙되어 있었다. 그의 거친 행동으로 보아 불길한 사고가 당장이라도 터질 것 같은 예측하기 어려운 분위기였다.

가정부가 만길의 어깨와 다투기라도 하듯 먼저 뛰어들어 저녁을 먹고 서재에서 책을 보고 있는 만선에게 다급하게 알렸다. 만선이 책을 덮고 서재에서 나왔다. 이미 거실에 들어와 버티고 선 채로 일그러진 표정을 짓고 있는 만길의 분위기가 심상치 않았다. 그의 시선은 거실에 진열된 만선의 권위처럼 귀한 존재감이 잔뜩 묻어나는 골동품들을 못마땅하게 쏘아 보는 중이었다. 바깥 날씨는 아직 쉽게 물러설 기미가 보이지 않는 겨울답게 영하를 오르내리지만, 거실은 난방이 잘되어 있어 만선은 팔이 짧은 파란색 바둑무늬 티셔츠 차림이었다.

거실에 선 만길을 한눈에 알아본 만선의 눈길이 무척 당황한 눈치였다. 동생이라지만 자신이 마냥 무시하고 보았던 옛날의 어린애가 아니었다. 군대를 다녀온 탓인지 딱 벌어진 어깨와 얼굴에 약간 돋아나기 시작한 구레나룻은 언뜻 뱃사람을 연상시키는 강한 이미지가 풍겼다. 나약해 보이는 친모를 닮은 자신과는 다르게 아무리 보아도 만길은 아버지를 가장 많이 닮아 있었다.

"응, 왔구나. 앉아라."

만선의 목소리가 예전 같지 않고 부드러웠다. 그는 동생의 이글거리는 강한 눈빛에서 먼저 적의를 읽고 있었다. 만길이 연락도 없이 왜 느닷없이 불쑥 뛰어들었는지 영리한 그의 머리는 벌써 간파했을 터였다. 경순은 아직 밖에서 돌아오지 않았는지 그림자도 얼씬하지 않았다. 만약 집에 있었다면 만선을 제쳐 놓고 앞장서 거실로 뛰쳐나와 설레발을 치고도 남았을 그녀였다. 만길은 그런 경순이 있다고 해도 오늘은 무시해 버릴 배짱이었다.

만선이 거실 소파에 먼저 앉으며 담배를 한 개비 피워 물고 길게 연기를 내뿜었다.

"무슨 일이냐, 연락도 없이?"

만선이 먼저 말머리를 헐었다. 그는 교활하게 가급 만길과 눈길을 마주치지 않으려 했다. 아우가 결혼한 형 집을 찾아가 만난 것은 오랜 세월 동안 처음 있는 일이었다. 저녁 먹을 시간이 조금 지나기는 했으나 만선은 자신 집을 찾아온 아우가 저녁밥을 먹었는지 아닌지는 별로 중요한 것이 아니었다. 대충 얼버무려 만길을 집에서 빨리 내보내는 것만이 능사로 알았다. 그러거나 말거나 만길은 만선을 쏘아보며, 말을 툭 던졌다.

"한 마디만 묻겠소. 아버지의 집을 왜 상의 한마디 없이 팔았소?"

만길의 말투에는 상대를 제압하는 힘이 실려 있었다.

"왜 팔다니? 그게 무슨 소리고, 나는 집안의 장남이다. 당연히 그 집은 내 소관 아니가?"

만선의 목소리 또한 의외로 당당했다. 만길이 아무리 서슬이 퍼렇다. 해도 동생은 동생일 뿐이다. 라는 의식이 아직은 밀리지 않으려고 고개를 빳빳하게 내세우고 있었다.

"집안에 장남이라 카면서 도대체 의무 같은 걸 지킨 게 뭐시 있다고 장남 주장을 하지?"

"장남은 상속권이 있다. 그 권리를 내가 찾는데 누가 시비고?"

"참, 자기 멋대로네. 상속권을 주장하지만 새어무이한테 준 아버지의 유언이 있다꼬. 자! 보라고."

만길은 만선에게 유언의 복사본을 내밀었다. 유언은 적산가옥을 산

낯선 사내가 건네준 미츠의 유품이 들어 있는 가방에서 찾은 것이었다. 만선은 유언 내용을 건성으로 훑어보더니 거실 바닥에 흥미 없다는 듯이 내 던졌다.

"이 유언이 어떤 경로를 통해 작성되었는지는 몰라도 나는 인정하지 못한다. 일본 여자가 조작했을 수도 있다."

만길은 그 말에 벌떡 일어나 만선의 멱살이라도 잡고 싶은 충동이 불끈 솟았으나 용하게도 아직은 잘 견뎌 내고 있었다.

"어떤 근거로 조작이라 카는 거요? 아버지의 글씨체가 위조라는 거요?"

"일본 여자가 재수 없게 들어오고 나서부터 우리 집이 망한 거다. 아버지의 방탕도 그랬고, 그러니 그 여우 같은 요릿집 기생 출신을 내가 어떻게 믿는다는 거고?"

"지금 형은 엉터리 주장하는데, 아버지의 사업이 망한 것은 새어무이가 들어오기 전이었고 그 뒤에 회복하기 위한 아버지의 노력이 빛을 보지 못한 것은 운이 따르지 않았거나 수완이 미치지 못한 긴데. 착각하지 말라꼬."

"너 말끝마다 새어무이라고 하는데, 그 여자와 너는 도대체 어떤 관계고?"

미츠와 만길을 혈연관계가 아니라는 뜻으로 만선이 한 말이었다. 그 말이 끝나기 무섭게 만길이 자리를 박차고 일어났다. 살벌한 기운이 방 안 공기를 발칵 뒤흔들었다. 그 순간이었다. 밖에서 잠시 인기척이 일더니 현관문이 열렸다. 경순이었다.

그녀는 모피코트를 벗어 가정부에게 건네더니 말없이 안방으로 사라졌다. 만길은 다시 제 자리에 주저앉았다. 그대로 물러설 수는 없었다. 어떤 결과로 이어질지는 몰라도 작정하고 온 김에 결말을 보아야 했다. 마침 경순이 왔으니 두 사람 앞에서 만길은 자신의 의지를 확실히 전달하고 싶었다.

잠시 뒤 안방에서 옷을 갈아입은 경순이 거실로 나왔다.

"여보 무슨 일이야 늦은 시간에, 나 피곤하단 말이야."

만길의 면전에 대고 빨리 사라지라는 소리나 마찬가지였다. 부부는 살아가며 서로 닮는다더니 둘이서 사람 무시하고 심기 팍팍 긁어대는 수작 또한 한 치도 다르지 않았다. 명색이 만길은 시동생이었다. 서로 맞대 놓고 변변한 자리에서 나눈 정은 없었더라도 설마하니 만길이 누구라는 것을 경순이 모를 리가 없었다. 입에 발린 인사는 없어도 저녁밥 먹었느냐는 소리도 입초에 올리지 않는 것마저 부부가 똑같았다. 두 사람은 악착같이 돈 모으느라 저녁 밥쯤은 아예 거르고 사는지도 모를 일이었다.

"마침 잘 왔소. 형수도 들어보소. 구룡포 아버지의 집을 분명히 제대로 찾아 놓으소. 그리고 새어무이 묘를 형 손으로 이장하지 않으면 반드시 후회할 기다. 이 말은 혈육으로서 마지막 부탁이고 충고요. 절대 허투로 듣지 마소."

만길은 차분하게 또박또박 힘주어 말했다. 만길의 말이 끝나기 무섭게 처음부터 팔장을 낀 채 눈을 희떱게 흘기고 있던 경순이 맞받았다.

"당신은 장가들면서 숟갈 몽댕이 하나 제대로 들고 온 것도 없는데,

장남이 그깟 몇 푼 나가지도 않는 헐어 빠진 일본 집 하나 가지고 이 밤중에 웬 소란인교. 그리고 죽었다는 일본 여자는 이장하든 말든 당신이 왜 참견하는 기요. 어차피 우리 가족들도 아닌데."

만길이 예상은 했지만 두 사람이 그토록 철저하게 이기적인 줄은 몰랐다. 명색이 대학교 사회학 교수라는 형의 인간성이 먼저 의심이 되었다. 무엇이 형을 저토록 욕망과 모순덩어리로 만들었는지 알 수가 없었다. 경순의 극단적인 말에 만길의 참을성도 한계에 다다랐다. 그녀가 내뱉은 '우리 가족들도 아닌데'라는 표현은 혈연의 한계를 분명히 한 것이었다. 자신 남편과 딸 두 명 외에는 죽은 시집 부모나 시동생은 혈연 공동체의 가족이 아니라는 뜻이었다.

아까부터 거실에 진열된 골동품들이 만길의 눈을 몹시 거슬리게 하고 있었다. 삼국시대의 토기나 고려청자와 조선백자 등이었다. 특히 고려청자는 붉은 융단이 깔린 두꺼운 사각 유리 상자 속에 들어 있어 값나가는 골동품이라는 것은 대번에 짐작되었다. 그 주변에는 도난 경보기까지 설치해 놓았다. 고려청자는 만선과 경순의 권위와 부富를 대변하듯이 발산하고 있는 고고한 빛이 만길의 비위를 뒤틀었다. 만길은 자리에서 다시 벌떡 일어났다. 그는 경순을 지칭하며 외쳤다.

"너그들 말처럼 혈연관계는 이것으로 끝이 났다! 이제부터 나한텐 형이라는 존재는 없다! 그래 그것이 훨씬 낫겠다. 아버지의 집은 내 손으로 분명히 찾을 거다. 더러운 인간들."

만길은 현관으로 나와 신발을 신었다. 그가 막 돌아서 나가려는데 고려청자가 들어 있는 유리 상자에서 반사된 빛이 만길의 두 눈을 찔렀다.

들끓어 오르고 있는 그의 분노에 기름을 끼얹은 셈이었다. 만길은 신발을 신은 채 거실로 냅다 뛰어들었다. 그는 유리 상자 뚜껑을 열고 고려청자를 커다란 손아귀로 덥석 움켜쥐었다. 만선의 부부가 말릴 틈도 없었다. 청자는 거실 바닥에 내동댕이치며 박살이 나버렸다. 만선과 경순은 경악한 표정으로 외마디 비명도 지르지 못한 채 숨소리마저 얼어붙어 있었다. 그들의 비명을 대신하여 도난 경보기가 고막을 찢는 듯한 경적으로 깊어가는 겨울밤의 정적을 깨뜨릴 뿐이었다.

만선의 집을 단걸음에 뛰쳐나온 만길은 긴박하게 울어대는 경보기 소리를 뒤로한 채 가로등 불빛이 만들어 낸 자신의 긴 그림자를 이끌고 어두운 골목길 끝으로 뚜벅뚜벅 유유히 사라져버렸다.

장 노인이 만길의 이야기를 여기쯤 했을 때 잠깐 멈추지 않을 수가 없었다. 점심시간이 다가오고 있었다. 장 노인과 함께 공원 계단을 내려와 후루사토에서 차 한 잔씩을 마시고 식당으로 가기로 했다.

그때였다. 이찬호가 다급한 걸음으로 후루사토에 있는 우리 앞에 문을 벌컥 열고 나타났다. 그는 장 노인에게 먼저 일렀다.

"저, 어르신. 일본 건너간 만길이 아제 새어무이 말이요. 그 미츠씨 조카가 지금 후쿠오카에서 건너왔다카는데 만나 보실랑교?"

장 노인은 이찬호의 말이 무슨 뜬금없는 소린가 싶어 한동안 그를 멀뚱히 쳐다보더니.

"머라켔노? 만길이 새어무이 조카라니. 지금 어딨노?"

"나도 길에서 읍사무소 호적계한테 들었는데, 그 조카가 읍사무소에 들러 미츠 아지매 주소를 알라꼬 호적을 캐 보러 온 기라요. 내가 자리

비운 사이 다행히 호적계가 우리 모텔에 그 조카 방을 잡아 줬다 안 카요. 내 시방 확인하고 달려오는 길이요."

"무신 일로 왔다카든고?"

"거, 머시고. 미츠 아지매 생사하고, 만약 죽었으면 산소가 어디 있는지, 머 그런 거 아니겠소?"

두 사람이 나누는 수작에 만길과 일본 여인 미츠의 관계는 나도 알아먹을 수 있는 말이었다. 그러나 만길의 행방에 대해서는 아직 듣지 못한 상태여서 나는 궁금할 수밖에 없었다.

이찬호가 먼저 앞장을 서고 장 노인이 그 뒤를 따르면서 나에게도 함께 가자고 손짓을 까딱거렸다. 나는 예의상 사양하는 척했으나 생생하게 살아 있는 취재의 기회를 놓쳐 버릴 내가 아니었다. 나도 그들 뒤를 바로 따라붙었다.

모텔에 도착한 우리가 1층 커피숍에서 기다리는 사이 이찬호가 그를 데리고 내려왔다. 미츠 조카라는 사내는 사십 대 초반쯤으로 보이는 왜소한 체격에 안경을 끼고 있었다. 전형적인 일본인 색채가 풍기는 인물이었다.

일본 말을 어느 정도 구사할 줄 아는 장 노인은 미츠 조카와 소통에는 별다른 장애가 없는 것 같았다. 이찬호도 어깨너머로 배운 일본어로 두 사람의 말에 간간이 끼어들며 상당한 조력을 하고 있었다.

그들이 나눈 삼십 분쯤의 대화는 끝이 났다.

장 노인의 안내로 시내에서 멀지 않은 산자락에 자리한 미츠의 묘지에 일본에서 온 조카와 우리 일행이 함께 들렀다. 나도 처음이지만 파란 잔디가 무성한 묘지 앞에 '채선봉의 아내 후쿠오카의 와타나베 미츠의 묘'란 조그만 화강암 비석이 세워져 있었다. 비석 아래쪽은 생몰 연대와 그 밑에 새겨진 글씨에는 아들 만길의 이름이 또렷하게 보였다. 나중에 안 일이지만 그 비석도 실은 만길의 친구 기철이 세운 것이라 했다.

미츠 조카는 합장을 한 채 머리를 조아리고 술잔을 돌리며 일본식 조문을 했다. 오랜 세월 동안 묘 속에 누워 잠든 채 누가 찾아와서 조문하는지 또 그 사실을 그녀가 알고 있는지는 알 수 없었다.

지금 일본에서 고모 미츠를 찾아온 젊은 청년은 그녀의 하나밖에 없는 남동생의 아들이었다. 태평양 전쟁이 끝나자 부모와 함께 일본으로 건너갔던 그 남동생이 일본에서 결혼하여 낳은 아들이었다. 남동생 부부가 교통사고로 세상을 일찍 떠나자 혼자 남게 된 조카는 할아버지 즉 미츠 아버지 밑에서 자랐었다. 그는 할아버지한테서 한국에 남겨 두고 온 고모(미츠) 이야기를 종종 듣고는 했었다. 할아버지는 딸을 한국에 홀로 두고 온 것을 늘 한이 맺혀 있었다고 했다.

그 할아버지가 죽으면서 한국으로 건너가 고모인 미츠를 꼭 찾으라는 것과 만약 죽었으면 유골만이라도 후쿠오카로 가져와야 한다는 유언을 남긴 것이었다. 그 조카도 바쁜 일상에 어렵게 살다 보니 진작 한국으로 건너온다는 것이 여의하지 않았었다. 그래서 늦게나마 찾아온 것이라고 했다.

장 노인은 그 조카에게 미츠의 유골을 일본으로 가져가겠느냐고 의견을 물었다.

"비록 할아버지의 유언이 있었지만, 노인장의 모든 얘기를 들으니 미츠 고모는 한국의 남편과 아들 만길을 더 사랑한 것 같습니다. 그러니 고모를 구룡포에 묻혀 있는 그대로 두는 것이 미츠 고모 영혼에 훨씬 좋을 것 같습니다. 이곳에 있어도 고모는 바다 건너 고향 후쿠오카를 항상 보고 있을 테니까요. 다만 저는 고모님 묘지의 흙 한 줌을 가지고 돌아가 할아버지의 유골함에 넣어 드리려고 합니다."

나는 그 얘기를 전해 들으면서 얼마 전에 신문에 났던 기사가 생각났다. 울산에서 미국 해양 학자에 의해 전설로 알려진 귀신고래의 뼈가 많이 발견되었다. 그 학자의 연구 결과 울산 근해가 한동안 귀신고래의 서식지였다는 학설을 결론지었다.

귀신고래는 자식 사랑이 유난히 많은 동물이었다. 사람들에 의해 새끼고래가 작살에 맞아 죽었는데도 어미는 그 해안을 떠나지 않고 빙빙 돌고 있었다. 어미는 인간에 의해 이미 없어진 새끼고래를 찾기 위해 울산 근해를 수개월 간이나 특이한 울음으로 찾아 헤매고 다닌 흔적이 어부들에 의해서 알려지게 되어 사람들의 마음을 애잔하게 만들었다고 했다.

모든 동물의 자식 사랑은 매한가지였다. 미츠의 부모가 한국에 두고 온 딸을 애타게 그리워하는 것이나 귀신고래가 인간에 의해 죽은 새끼를 찾아 수개월 간이나 슬픈 울음으로 울산 근해를 헤매었다는 얘기는 가슴 저미는 일이었다. 우연인지는 알 수 없으나 새끼고래가 죽음당 한 뒤부터 귀신고래의 무리도 차츰 울산에서 사라졌다고 했다.

이미 오십 년 전에 멸종되었다는 귀신고래가 최근에 울산 근해에 나타났다는 것은 회귀성回歸性을 가진 유전적 향수 때문이었을까? 인간도 진정으로 그리워하는 것은 결국 가족이나 고향에 대한 향수가 아니겠는가.

후쿠오카에서 건너온 미츠의 조카 이야기는 이쯤에서 마무리를 지어야 했다.

그날 장 노인과 이찬호도 함께한 식당에서 내가 대접한 조금 늦은 점심을 먹고 노인과 나는 공원으로 다시 올라갔다. 만길이 대구의 형과 의절을 입에 뱉고 구룡포로 돌아온 뒤에 계속 이어지는 장 노인의 이야기에 귀를 기울이어야 했다.

6. 태평양의 닻

만길은 형과 결별한 뒤 구룡포에서 며칠째 조용히 쉬고 있었다. 이제는 원양어선을 타고 태평양으로 나가고 싶었다. 그러기 위해서는 무역선을 타고 있는 기철을 기다려야 할 것 같았다. 아무래도 외국 선박을 타려면 현장 경험이 있는 기철의 조언이 필요할 것 같았다. 만길은 그동안 바다로 나가 낚시하며 소일하고 있었다.

정미가 말한 대로 기철을 기다린 지 칠 일 만에 그가 구룡포로 돌아왔다.

만길은 몇 년 만에 만난 형제 같은 기철과 회포를 풀었다. 두 사람 다 술은 많이 마시지 않는 체질이었다. 만길의 여러 사정을 꿰뚫고 있는 기철은 뱃사람의 선배답게 제법 술잔을 기울여 많은 조언과 경험을 전해주었다.

만길이 원양어선을 타고 싶다는 의견에 대해 기철은 질색했다. 원양어선은 성과급에 의해 보수는 좀 높을지 몰라도 고달픈 것은 차제 하고라도 상당한 위험이 따른다고 했다. 그는 마침 자신이 타고 온 외항 화물선 인원에 결원이 생겼다며 함께 같은 배에서 선원 생활하자고 제안했다. 만길은 뱃사람이라면 원양어선의 거친 선상생활의 실전을 맛보고 싶었으나 기철의 적극적인 만류를 끝까지 고집할 수는 없었다.

기철과 함께 외항 화물선을 타게 되면 자신보다 경력이 많은 그에게 의지가 될 수도 있고 부담 따위는 없을 것 같았다. 어쨌든 아버지의 적산가옥을 찾아 놓는 일이 우선 되어야 했다. 그 목적도 배를 타야 가능한 일이었다.

결국, 만길은 기철의 말대로 어렵지 않게 부산에 있는 해운회사에 선원 등록을 마쳤다.

무역선이라 해도 원양어선과 크게 다른 것은 없었다. 망망한 바다 위에서 낯선 사내들과 몇 개월에서 일 년 가까이 선상생활을 한다는 것은 결코 쉬운 일이 아니었다. 어릴 때부터 수단꾼인 기철이가 옆에 있다는 것은 든든한 일이었다.

선원 등록을 마친 열흘 뒤에 만길은 기철과 함께 부산에서 출항하는 1만 톤급 화물선 '골드마리나'호에 올랐다. 첫 기항지는 일본 요코하마를 거쳐 도쿄에서 하역과 선적을 번갈아 한 뒤 태평양을 건너 로스앤젤레스로 향하는 선박이었다.

어선과는 달리 화물선은 작게는 오천 톤에서 몇만 톤까지 배의 규모가 엄청나게 컸다. 배가 클수록 안정감이 높고 웬만한 풍랑에도 영향을 받지 않았다.

만길은 수산고등학교 때 실습선을 타고 남해 연안을 항해한 적은 있었지만 3대양에서 제일 큰 태평양을 건넌다는 것은 생각만 해도 가슴이 벅차올랐다.

그들이 탄 골드마리나호는 태평양 항해가 순조로웠다. 삼 등 항해사 자격으로 만길이 탄 골드마리나호의 일등 항해사는 미국인이었다. 일등 항해사 스티브는 어머니가 한국계였다. 그는 한국말을 곧 잘했다. 만길은 스티브를 통해 영어 회화를 배우는 기회로 삼았다. 어차피 세계 각지를 돌아다니려면 영어가 많은 도움이 될 것 같았다. 그는 고참 선원들 틈에서 맡은 일을 성실히 하는 것 외에도 동료들의 뒤처진 일이 있으면 솔선해서 도와주기도 했다.

기관실 근무가 많은 기철은 항상 바쁘게 움직이며 무엇을 하는지 휴게실을 이용해 잠시도 쉬는 법이 없었다. 물론 화물선에서 맡은 직책이 다르다 보니 서로 얼굴 보기가 쉬운 일은 아니었다. 같은 침실을 써는 두 사람은 일이 끝나야 비로소 얼굴을 대할 수 있었다.

그들은 잠자리에 들기 전에 많은 이야기를 나누며 우정을 다지는 기회로 삼았다. 기철의 이야기 중에는 구룡포에서 홀로 외롭게 지내고 있는 여동생 정미의 얘기도 항상 곁들여 있었다. 여동생의 외로운 처지를 오빠로서 걱정하지 않을 수 없는 애정을 엿보기도 했다.

기철은 입담이 좋았다. 만길이 군대 가기 전 서울 건어물 시장에서 일하고 있을 때 기철은 대구의 모 관광호텔의 직원이었다. 그는 한때 잘못 사귄 동료 직원 때문에 호텔을 도망쳐 나와야 했던 경험이 있었다. 동료들이 모여서 호기심으로 한 대씩 피우고 했던 대마초가 끝내는 말썽을 일으켰었다.

비번 날 그들과 어울리며 흥청망청 세월 가는 줄 모르게 놀아나다 보면 자연히 돈이 궁할 수밖에 없었다. 호텔 카지노를 출입하게 된 기철은 직원과 짜고 기기를 조작해 바*bar*를 터뜨리는 수법으로 용돈을 충당하기도 했다. 용돈이 쓰이는 곳은 모조리 유흥비로 나갈 수밖에 없었다.

차츰 씀씀이가 커지자 기철은 대마초를 피우던 처지에서 판매인으로 변하게 되었다.

얼마 가지 못해 동료가 대마초 매매 현장에서 형사들에게 덜미가 잡히자 기철은 재빠르게 호텔을 도망쳐 나와야 할 신세였다. 그는 자신 잘못을 알았으면 두 번 다시 그 길을 걷지 않아야 했으나 쉽게 고쳐지지 않은 모양이었다. 기철은 아예 전문 범죄자가 되기 위한 결심이라도 한 것처럼 행동하고 다녔다고 사실처럼 지껄였다.

그는 자신의 별 자랑스럽지 못한 과거를 쉴 사이 없이 무용담처럼 쏟아내었다. 만길은 그 진의를 뚜렷이 알지 못했다. 단지 입담 좋은 그가 선상생활의 피곤한 하루하루를 즐겁게 보내기 위해 어디서 주워들은 이야기를 자신 경험처럼 재미 삼아 하는 것쯤으로 여겼다.

함께 자란 고향에서는 반듯한 의리의 사내로 통했던 기철이었다. 시간이 흐를수록 기철의 변한 성격에 대해 만길은 우려가 되었다. 도대체 믿어 지지가 않았다. 함께 골드마리나호를 타기 전까지만 해도 그가 그처럼 성격이 변했으리라고는 전혀 상상도 하지 못했다. 남에게 절대로 피해 끼치는 행동은 몰랐던 그였다. 그가 무용담처럼 함부로 지껄이는 말들이 사실이 아니기를 바랄 뿐이었다.

기철은 대담하게도 심지어 경비가 삼엄한 미군 부대 담장을 뛰어넘어 현장에서 사살당할 수도 있는 피엑스(매점)를 털기도 했다면서 엄청난 믿을 수 없는 이야기를 진지하게 늘어놓았을 때 만길은 심장이 멈추는 것 같았다. 어떤 연유로 막돼먹은 조직 판의 하수인 같이 변하게 되었는지 만길은 그의 행동이 불안하기만 했다.

어느 날 그는 문득 그런 범죄 행위가 자신의 앞날에 아무 쓸모가 없는 쓰레기 같은 짓이라는 깨달음을 느낀 모양이었다. 그 뒤 그는 학교 때 배운 해양 기술로 떳떳한 삶을 살기 위해 외항 화물선을 타게 된 것이라고 했을 때는 가슴을 쓸어내리며 안도했었다. 기철이 학창 시절 공부에는 그다지 취미가 없었던 것으로 만길은 기억하고 있었다. 그가 유일하게 취미를 가지고 열심히 다녔던 곳은 태권도 도장이었다. 공부는 아니더라도 태권도 사범이 되겠다는 목표가 그에게는 대단한 자부심이었다. 나름대로 그는 한 가지 목표에 성실했었다. 만길은 기철이 지껄이는 자신의 자존감하고는 거리가 먼 쓰레기 같은 얘기는 도무지 믿고 싶지 않았다. 어쨌든 기철과 함께하는 선상생활이 만길로서 당장은 보람된 나날이었다.

만길은 아침에 기상하면 근무 시간 전에 먼저 갑판을 한 바퀴 둘러보는 습관이 있었다. 하루 일정 중 그 시간이 제일 기분 좋았다. 잔잔한 수면 위의 물결들이 막 떠오르는 황금빛 태양에 반사되어 눈 시리게 빛날 때 그는 자신도 모르게 솟아오르는 자신감으로 두 주먹을 불끈 쥐었다. 그는 기관실에서 근무하는 기철과는 달리 항해사 직책이라 행동이 조금은 자유로웠다.

북극과 남극 사이 날짜 변경선은 태평양 바다 위에 세로로 그은 가상의 선이었다. 변경선을 따라 각 나라의 하루가 더해지고 늦어지기 때문이었다. 날짜 변경선이 곧게 그어지지 않은 것은 선의 중간에 섬이 있기 때문이었다. 섬에 사람이 거주할 때는 나라에 따라 굽어질 수밖에 없었다.

육중한 무역선 골드마리나호는 날짜 변경선을 막 지나가며 고동을 길게 세 번 울렸다.

만길은 태평양의 짙푸른 바다를 가르며 하얀 물보라를 일으키는 화물선의 갑판 앞머리로 나가서 더 할 수 없는 상쾌한 기분을 느꼈다. 가끔은 화물선을 뒤따라오는 돌고래 떼가 목격되기도 했다. 수면 위를 뛰어오르며 화물선과 경주라도 하듯이 질주하는 돌고래들을 보노라면 만길은 이른 아침부터 강한 생동감이 솟구쳤다.

태평양 중심부를 지나면서부터는 참치 무리도 자주 만났다. 만길은 참치 떼를 만나면 원양어선 타고 싶은 충동으로 가슴이 부풀어 오르고는 했다. 그 행위가 자신도 모르게 언제인가는 원양어선을 타게 될 것이라는 잠재의식인지도 몰랐다. 그 잠재의식이 아버지로부터 물려받은 뱃사람의 기질이 아닌가도 싶었다.

화물선 골드마리나호가 드디어 짙푸른 태평양을 건너 시애틀 항구에 닻을 내렸다. 그곳에서는 사흘 동안 정박한 뒤 미국의 포틀랜드와 샌프란시스코를 거쳐 마지막 기항지는 로스앤젤레스였다. 만길은 배를 탄 경력이 없어 세 곳 항구에서는 자진하여 당직 근무를 서며 선실에서 지냈다. 기항지 로스앤젤레스에 도착해서야 기철과 함께 육지에 발을 내디딜 수 있었다.

만길은 학창 시절 꿈도 없이 막연하게 선원이 되겠다는 생각을 한 것은 아니었다. 아버지의 대를 이어 처음에는 선주가 되겠다는 강한 의욕을 가지고 있었다. 서울 생활하는 동안 그 의식이 조금 변하기는 했으나 원양어선을 타고 싶었지, 외국 항구를 돌아다니는 화물선에 대해서는 그다지 동경하지 않았었다. 막상 화물선을 타고 태평양을 건너 미국의 대도시들과 만나게 되자 생각이 많이 달라졌다. 뱃사람이라면 화물선이든 원양어선이든 상관없는 일이었다.

그는 차츰 인도양이나 대서양 연안의 도시들까지도 머릿속에 그리게 되었다. 금문교가 있다는 샌프란시스코의 거리를 구경하지 못한 게 아쉽기는 했으나 다음 기회를 기대할 수밖에 없었다. 화려한 사진첩으로만 보았던 금문공원이나 케이블카를 타고 지나는 노브힐과 차이나타운 거리 모습이 뇌리를 맴돌기도 했다.

로스앤젤레스는 미국 도시 중에서 한국인이 가장 많은 곳이었다. 샌프란시스코에 있는 차이나타운처럼 로스앤젤레스에는 코리아타운이 형성되어 있어 수많은 거리 행사가 교민들에 의해 치르는 곳이기도 했다.

마지막 기항지인 로스앤젤레스에서는 선장을 비롯하여 선원들이 당직자를 제외하고는 모두 하선하게 되었다. 무역선을 타고 부산을 떠난 뒤에 줄곧 땅은 밟아 보지도 못한 만길이었다. 새로운 세계의 대도시, 낯선 땅을 처음 밟아 본 그로서는 그 자체만으로도 가슴 벅찬 노릇이었다.

선원들이 함께 몰려간 곳은 항구에서 가까운 술집이었다. 항해 도중에 선박 내에서는 술을 마실 수 없었다. 다만 선원들의 생일 때에는 예외로 선장의 허락을 받아 제한된 양은 마실 수 있었다.

뱃사람치고 술과 여자를 마다할 사내가 있겠는가. 망망한 바다 위에서 절제된 몇 개월의 선상생활이었다. 혈기 왕성한 사내들의 에너지는 생식기에 압축된 채 금방이라도 터질 것처럼 건들건들 매달려 있었다. 그 기력은 어디로 튀게 될지 모르는 마치 탱탱한 럭비 볼 같았다. 그러다

보니 항구에 닻을 내리는 날만큼은 소금기에만 젖어 있던 코가 비틀어지도록 마셔댔다. 그런 다음 다급하게 허리띠를 푼 뒤 이미 팽팽하게 뻗대고 있는 사내의 욕구를 풀어주는 시간이었다.

첫 술집에서 1차가 어느 정도 파하고 나면 선장과 간부급들은 따로 자리를 옮겼다. 나머지 선원들은 끼리끼리 서로 패를 갈라 취향대로 경험자를 앞세워 환락가로 들어가는 게 순서였다. 보지 않아도 뻔했다. 굶주린 욕정을 풀기 위한 기대감으로 선원들 대부분은 들뜨기 마련이었다. 그 순간부터는 그들만의 시간이었고 자유로움을 만끽할 수 있었다. 시비가 일이나 패싸움으로 머리가 터지고 팔다리가 떨어져 나가도 이튿날 정오까지 타고 온 배에 승선만 하면 그만이었다.

배가 어느 항구에 정박하든 선원들은 거의 예외가 없었다. 철부지들은 항구에 닻만 내리면 총알처럼 튀어 나가 술과 여자를 탐했다. 그들이 유흥가에서 황제처럼 호기롭게 물 쓰듯 하는 돈은 자신 피와 땀이었다. 마치 선박회사나 선장이 그저 먹으라고 주는 돈처럼 뿌리고 다녔다.

배를 타고 망망한 바다 위에서 수개월에서 일 년 가까이 고독한 경험을 맛보지 않고서는 이해할 수가 없었다. 고독이나 외로움을 털어내기 위해 하룻밤에 황제가 된 기분으로 돈을 마구 뿌리는 행동을 그들은 스스로 뱃놈 기질이라 떠벌였다.

화물선을 타고 첫 항해를 경험하고 있는 만길의 낯선 외국 항구에 대한 어색한 분위기를 기철은 충분히 이해하고 있었다. 기철도 만길처럼 술을 그다지 좋아하지 않을 뿐만 아니라 동료들과도 잘 휩쓸리지 않았다. 그는 만길을 데리고 기꺼이 로스앤젤레스 거리로 나가 주었다.

그는 거리 관광이 어느 정도 끝나자 만길을 한국 교포가 경영하는 어느 잡화점으로 데리고 들어갔다. 만길이 소파에서 캔 맥주를 조금씩 홀짝이고 있는 동안 기철은 유난히 키가 큰 가게 남자 주인과 한동안 대화를 주고받았다. 얼핏 보아서는 진열된 상품을 흥정하는 눈치는 아니었다. 이십여 분이 지난 뒤에야 마무리를 지었는지 기철이 나가자는 눈짓을 했다. 그와 잡화점 주인과의 사이가 가볍게 보이지는 않았다. 만길이 신경 쓸 일은 없었고 기철이 잡화점 주인과 어떤 거래를 하든 끼어들 형편이 아니었다.

기철은 동료 선원들과 피치 못해 어울리기는 해도 흥청망청하지 않고 자기 분수를 지키는 것 같았다. 만길은 그의 그런 절제된 행동을 좋게 보았다. 기철은 동료들보다 윗사람들과 어울리는 시간이 많았다. 항해사나 갑판장 아니면 기관장이었다.

만길은 자신처럼 미래에 대한 목표를 가지고 있는 것 같은 그가 이젠 믿음직스러워 보였다. 어떤 일이든 기철처럼 성실하면 세운 목표에 도달할 수 있을 것이라는 확신이 들었다. 그의 반듯한 일련의 행동들을 지켜보면 일전에 들려준 불량배들이나 저지르는 미군 부대 피엑스나 대마초 등의 엉터리 무용담들은 역시 조작된 이야기에 불과한 것 같았다.

기철이 윗사람들과 가깝게 지낸다는 것은 성숙한 대인관계를 엿볼 수 있는 장점이었다. 간혹 그의 표정에서 경직된 느낌을 받을 때도 있었지만 대수롭지 않은 것으로 여겼다. 경쾌하게 휘파람을 불거나 개그맨들 같은 우스갯소리로 주위 사람들을 배꼽 잡게 만드는 행동은 변함없었다.

로스앤젤레스에서 모든 선적 작업이 끝나고 만길이 탄 골드마리나호는 다시 태평양을 뒤돌아 일본 요코하마로 발진하고 있었다. 만길은 미국 각 도시의 항구에서 지냈던 나날들이 꿈결 같았다. 그는 선미로 나가 바다에 밀려가듯이 가물가물 멀어지는 로스앤젤레스 항구를 바라보았다. 어느 사이 거대한 항구도시는 바다 밑으로 가라앉은 것처럼 흔적도 없이 사라져버렸다.

만길은 티 하나 없이 맑은 하늘 아래 끝이 보이지 않는 태평양을 가로지르며 하얀 물보라를 일으키는 배 선미에 서 있는 자신의 존재 의미를 문득 생각해 보았다. 넓디넓은 거대한 태평양에서 자신의 존재란 너무도 왜소한 것 같았다. 아무도 알아주지 않는 냇물에 떠도는 소금쟁이나 높고 깊은 산속에 묻혀 이름조차 불분명한 한 포기의 잡초처럼 초라해 보였다. 그는 갑자기 외로움이 몰려들자 가족에 대한 그리움이 솟구쳤다. 그러나 지금은 이 지구상에 살아 있는 유일한 가족이란 형 만선밖에 없었다. 지난날 일구었던 형과의 갈등은 부질없었다. 란 생각이 문득 들었다. 사람은 외로움을 느낄 때 모든 미움도 용서되는 것인가? 외로운 탓이었을까 새어머니 미츠 뒤를 이어 뜬금없이 정미의 얼굴도 뇌리를 스쳐 갔다.

요코하마 항구가 보이기 시작하자 갑판 위의 선원들이 활발하게 움직이기 시작했다. 만길은 지금까지 해 온대로 맡은 일을 묵묵히 수행하고 있었다. 만길이 비록 삼등 항해사이기는 해도 바쁠 때는 남의 일과 내 일을 따지지 않고 손이 모자라는 곳은 팔을 걷어붙였다.

드디어 화물선이 요코하마 부두에 정박하고 내려야 할 컨테이너들이 절차를 밟은 뒤 하역 작업을 서둘렀다. 미국 항구에서 싣고 온 컨테이너 중 절반이 요코하마에 내려야 했다. 작업은 밤까지 계속되었다. 그날은 하선한 선원은 단 한 명도 없었다. 취침 시간이 되자 선실로 늦게 돌아온 기철은 평소 때와는 달리 별말 없이 피곤하다며 일찍 잠자리에 들었다.

이튿날 오후가 되어서야 비로소 일등 항해사로부터 하선 허락이 떨어졌다. 기철은 만길과 함께 요코하마 거리로 나서면서 기분이 활달해졌다. 그는 선배 선원답게 앞장서서 만길을 야마시타 공원으로 안내하며 가벼운 산책을 즐겼다.

해거름이 되자 그는 요코하마의 유명한 차이나타운을 구경시켜주었다. 샌프란시스코와 마찬가지로 요코하마 차이나타운도 중국인 특유의 상점들로 즐비했다. 요코하마는 일본 최초로 미국과 수호 통상조약으로 개항한 항구였다. 백 년이 훨씬 넘는 개항의 역사를 간직한 곳이었다. 동양의 3대 미항美港으로 불리 울 정도로 아름다웠다. 항구의 화려한 야경은 마치 홍콩을 연상시켰다.

기철은 중국식당에서 빈창자를 채운 뒤 만길을 한국인 교포가 경영하는 잡화점으로 데리고 갔다. 잡화점의 전면은 작아 보여도 안으로 들어서니 넓은 진열대에는 온갖 종류의 상품들이 가득 들어차 있었다. 주인은 한국인 교포로 배경자라고 했다. 그녀는 일본, 중국, 러시아, 영어를 자유자재로 구사하며 사십 대 초반이라는 나이가 믿기지 않을 정도로 미모가 돋보였다.

요코하마를 들락대는 외국인 선원들치고 그 세계에서 배경자를 모르면 뱃놈이 아니라 할 정도로 유명한 여인이었다. 그녀는 선원 고객과 단

몇 마디로 상대가 어떤 종류의 무엇을 얼마나 원하는지 금방 알아차릴 정도로 머리 회전이 빨랐다. 그녀는 고객의 주문이 떨어지기 무섭게 물건을 조달해 주었다.

배경자가 직접 상대하는 고객은 주로 고급 선원들이었다. 고급 선원들은 까다롭지 않았다. 그들은 주문 단가가 크고 대부분 현금 거래이기 때문에 수입원의 추적을 피할 수 있는 장점이 있었다. 나머지 하급 선원들의 거래는 직원들이 알아서 처리했다. 배경자의 잡화점은 세계 각지에서 모여드는 선원들로 항상 문전성시를 이루었다.

기철은 배경자와 가까운 듯했다. 그의 신분으로 보아 그녀와 어울리는 분위기는 아니었다. 배경자가 기철을 배려해 주는 것은 나름대로 거래 전략이 있다는 짐작만 할 뿐이었다. 기철이 의외로 큰 고객이거나 아니면 고급 선원들한테 위임받아 움직이고 있을 가능성도 있었다. 기철은 고객 접견실에서 만길을 고향 친구라면서 배경자에게 인사시켰다. 훤칠한 키에 이목구비가 외국 여인을 닮은 그녀의 서글서글한 눈은 바라보는 사내의 마음을 빨아들였다.

상담이 끝난 기철은 만길과 함께 그곳을 빠져나왔다. 땅거미가 내리기 시작한 요코하마 거리에는 유월의 장맛비가 추적추적 내렸다. 요코하마 거리에 비가 내리면 나그네들이 낭만에 빠져드는 매력이 있다고 했다. 요코하마 여름 날씨는 평소에도 흐리고 비가 자주 내리는 곳이었다.

만길과 기철은 시내에서 별다른 볼일이 없자 화물선으로 일찍 돌아왔다. 기철이 재촉해서 화물선으로 막상 오기는 했으나 만길은 좀 이상한 생각이 들었다. 두 사람은 술은 별로 마시지 않지만, 예전대로라면 구경거리를 찾아 한참을 돌아다닐 시간이었다. 초저녁에 배에 일찍 오른 적은 거의 없었다. 기철의 표정으로 보아 몸이 불편해서 그런 것은 아니었다.

밤 열한 시가 가까워지자 그는 갑자기 다녀올 때가 있다면서 만길에게 먼저 자라고 일렀다. 선원들은 당직자들 외에 대부분 하선하고 없었다. 그들은 지금쯤 유흥가에서 입에 홍시 냄새가 나도록 술을 퍼마시거나 아가씨들을 하나씩 꿰차고 풍성한 젖가슴에 얼굴을 파묻은 채 쌓여 있는 욕정을 발산하고 있을 시간이었다.

그런 늦은 야음에 기철이 술을 마실 이유도 없고, 갑자기 계집 살이 고물고물 떠올라 충동적으로 자리를 박차고 나간 것도 아니었다. 만길은 궁금증이 일었으나 묻지 않았다. 기철이 선실 밖으로 나가는 동작을 가만히 지켜보기만 했다.

기철은 침실을 나가자 민첩하게 움직였다. 그는 장비 소품실에 들러 오리발과 '마스크'와 '스노클' 하나씩 달랑 챙겨 들었다. 그의 등에는 어느새 방수용 검은 가방 하나가 대각선으로 빵빵하게 매달려 있었다. 그는 아무도 없는 갑판 위에서 조심스럽게 주위를 둘러본 뒤 부두 반대쪽 선미에 줄사다리를 내렸다. 기철은 망설임 없이 사다리를 타고 날렵하게 내려가 물속으로 잠수해 버렸다. 흔적도 없이 그가 사라져 버린 바다 위에는 아무 일도 없었다는 듯 억수 같은 빗방울만 어지럽게 떨어지고 있었다.

어두운 데크*deck*로 나가기 전 기철의 그런 행동을 조용히 지켜보고 있는 그림자의 주인은 만길이었다. 기철이 물속으로 사라지자 침실로 돌아온 만길은 잠을 이룰 수가 없어 뒤척거렸다. 기철의 은밀한 행동을 아무리 머리 굴려보아도 알 수 없었다. 좋지 않은 일이 진행되고 있는 것은 분명했다. 만길은 마음이 편하지 않았다.

서너 시간쯤 흘렀다. 막 잠이 든 것 같았는데 침실 문 열리는 소리에 만길은 눈을 떴다. 기철이 돌아온 것이었다. 희미한 수면 등 빛에 비추어진 그의 얼굴은 약간 상기 되어 있었지만 밝아 보였다. 만길은 기철한테서 불안한 그늘이 없음을 확인하고 우선은 안심이 되었다.

이튿날부터 기철은 만길을 데리고 다니며 잘 마시지도 않는 호화 술집도 출입하며 씀씀이가 제법 커졌다는 것을 느낄 수 있었다. 그가 골드마리나호의 상급자들과 자주 어울리는 것도 간간이 목격되기도 했다.

요코하마에서 일주일 넘게 선적이 끝나자 골드마리나호는 출항을 서둘렀다. 모처럼 맑은 날씨인 요코하마 항구를 벗어난 골드마리나는 후쿠오카 근해를 벗어나자 어느새 부산 앞바다의 오륙도가 가물거리듯 다가왔다.

부산항에서 하역 작업이 끝나자 선원들은 가족들이 있는 집을 향해 모두 서둘러 휴가를 떠났다. 만길은 맞아 줄 가족이 있어 구룡포를 가는 것은 아니었다. 기철이 함께 가자고 하는 성의를 거절할 수도 없었지만, 겸사겸사 부모와 미츠의 산소도 들러보고 싶었다. 골드마리나호는 일주일 뒤에 미국 출발 일정이 잡혀 있었다.

만길은 구룡포에 도착하여 산소부터 먼저 둘러보았다. 부모의 산소도 그랬지만 미츠의 묘도 정미가 자주 돌보아서 크게 훼손된 곳이 없었다. 그는 자신도 모르게 새삼스레 형 만선의 얼굴이 떠올랐다. 대구에서 쌓여 있던 감정이 순간적으로 폭발해 형제간의 의절을 입에 담았지만, 만선이 여전히 부모의 산소에 다녀간 흔적을 찾지 못했다. 미츠의 묘는 관두고라도 자신을 낳아 준 부모의 산소마저 돌보지 않는 그가 무심하고 몰인정하게 느껴졌다.

만길은 부모의 묘와 미츠 묘에도 술 한 잔씩을 부어놓고 절을 올린 뒤 주변에 술을 골고루 뿌렸다. 특히 미츠는 이국땅에서 외롭게 죽음을 맞이하고도 생전에 살았던 남편의 묘 옆에는 묻히지도 못했다. 만길은 죽은 미츠 영혼이나마 남편과 함께 있기를 진심으로 빌었다.

만길은 미츠의 병색이 완전히 가시지 않았을 때 서울로 훌쩍 떠난 것이 새삼스럽게 후회로 다가왔다. 조금만 일찍 신경을 썼더라면 그녀의 병이 완쾌될 수도 있었을 것이라는 자책감이었다. 그랬더라면 고생시키지도 않고 편안하게 여생을 보낼 수 있도록 돌보아 주었을 것이라는 부질없는 생각이 고물고물 떠올랐다.

그는 늦은 감은 있으나 미츠의 가족을 찾아보고 싶은 생각이 불현듯 떠올랐다. 이제는 한국과 일본의 국교도 정상화되었고 얼마든지 가능한 일이었다. 어려움은 있겠으나 방법은 찾아보면 나올 것이었다.

만길은 후루사토로 걸음을 옮겼다. 그는 예전처럼 찻집을 빌려주고는 있지만, 보증금만 조금 걸려 있을 뿐 임대료는 받지 않았다. 후루사토는 미츠 흔적이 제일 많이 남아 있는 곳이라 잘 보존하고 싶었다.

만길의 관심대로 찻집 주인이 깨끗하게 잘 관리를 하고 있어 만족스러웠다. 키가 자그마한 여주인을 얼핏 보니 미츠를 닮았다는 환상에 잠시 사로잡히기도 했다. 여주인의 상냥스러움 또한 미츠의 추억을 끄집어내는 데 한몫해 주었다.

오랜만에 후루사토에 들어선 만길은 먼 여행에서 집으로 돌아온 것처럼 푸근하고 아늑한 느낌을 맛보았다. 주방에서 미츠가 만길의 이름을 부르며 금방이라도 함박웃음을 머금은 채 뛰어나올 것 같은 착각이 들기도 했다.

만길은 그동안 화물선에서 들어온 수입은 그때마다 일상 경비 외에 모조리 은행에 넣어 놓았다. 형 만선이 팔아먹은 적산가옥을 되찾기에는 아직 역부족이지만 몇 년만 더 적립하면 가능한 일이었다.

만길은 구룡포에 도착한 날부터 정미의 미용실에 딸린 큰방에서 기철과 숙식을 함께 했다. 여관방을 잡으려고 해도 기철의 성화가 어찌나 사나운지 친구로서 거절할 명분이 별로 없었다. 정미와 세 사람이 함께 어울려 식사하거나 포항으로 영화 구경을 간다거나 하면서 자연스럽게 가족 같은 분위기로 지내게 되었다. 원래부터 정미의 성격이 밝기는 했지만, 기철과 만길이 도착한 날부터 그녀의 얼굴은 유난히 생기가 흘러넘쳤다.

며칠이 지나면서 기철은 무엇이 바쁜지 늘 혼자서 분주하게 뛰어다녔다. 부산, 대구 등지를 하루가 멀다 않고 드나들었다. 그가 사업을 하는 것도 아닌데 바쁜 이유가 짐작되지 않았다.

만길은 기철이 없는 집에서 정미와 단둘이 부딪치면 공연히 서먹해져서 바다로 나가 낚싯줄을 드리우거나 동네 친구들과 하루하루 시간을 보냈다. 제대하고 돌아와 적산가옥이 남의 손에 넘어갔을 때 홧김에 정미와 술을 함께 마시고 미장원 방에서 곯아떨어졌던 그 사건이 마음에 걸려서 그런 것은 아니었다. 그러거나 말거나 정미는 만길을 친오빠처럼 구김살 없이 언제나 살갑게 대해 주었다.

부산에서 골드마리나 호가 미국으로 떠나기 이틀 전이었다. 기철한테서 연락이 왔다. 출항하기 전에 할 이야기가 있다면서 만길에게 부산으로 먼저 가자고 재촉했다. 만길은 구룡포에서 할 일이 있는 것도 아니고 출항 짐을 대충 꾸려서 그와 함께 부산으로 내려갔다.

기철은 부산에 내려가서도 성격대로 활발하게 돌아다녔으나 만길에게 할 말이 있다던 그 내용은 굳이 설명하지 않았다. 화물선 골드마리나 호에 다시 승선하여 출항하는 날 그는 그동안의 행적과 지난 경험을 무용담처럼 또 늘어놓았다.

기철은 그들끼리 통하는 언어로 밀가루(필로폰) 거래하고 있다고 실토했다. 언제인가는 알게 되겠지만 미리 알려 주는 것이라며 또 알고 있는 이상 절대 발설하지 말라고 당부했다. 협박은 아니었지만, 만약 발설하게 되면 신변이 위험하다며 입을 다물고 있으라는 다짐을 곁들였다.

만길은 그가 무슨 일을 저지르고 다닌다는 것은 근간에 어렴풋하게 짐작했으나 설마하니 필로폰에 손을 대고 있으리라고는 감히 생각하지도 못한 일이었다. 기철의 고백을 듣고 나니 눈앞이 아찔했다. 그가 딴 세상에서 온 것 같았다. 그런 그의 행동을 이해하고 정당하게 받아들일 수 있는 여지는 아무것도 없었다.

만길은 그저 멍하니 침실의 천정을 바라보고 있을 뿐이었다. 기철의 행동을 가만히 관찰해보면 굳이 돈이 궁해서 그런 짓을 저지르는 것은 아닌 것 같은데 이해가 되지 않았다. 혹시 위험한 상황이 가져다주는 긴장과 흥분의 카타르시스를 즐기기 위한 습관적 행동이 아닌가도 싶었다. 기철은 기왕 뱃놈으로 나섰으면 큰돈을 만져야 한다고 간혹 떠벌릴 때가 있기는 했었다.

"기왕 밀수꾼이 될 바엔 밀가루를 만져야지, 그까짓 가시나 스타킹이나 브래지어 따윈 용돈도 안 되더라."

그의 말투가 이젠 항해 생활의 피로를 풀기 위해 떠벌리는 무용담 수준은 결코 아니었다.

"배를 타면 어차피 그런 생활에 익숙해지기 마련이다."

기철의 자기 합리화를 위한 말은 계속 이어졌다.

"나만 그런 곳에 손을 대지 않는다고 해도 누가 깨끗한 양심이라고 봐주는 것도 아니더라."

"기철아, 그렇다고 그런 일이 정당한 기가?"

듣고 있을 수만 없어 만길이 친구로서 오랜만에 내뱉은 말이었다.

"만길이 니가 몰라서 하는 소리지, 선상 위에서는 정당하지 못한 것도 통하니 우야노."

"니 말대로 정당하지 않은 것이 통하면 지휘 계통은 뭘로 유지하노? 그라고 그게 말이 되나?"

"배 위에서만 통하는 법의 칼자루를 그들이 쥐고 있으니까 할 수 없는 기라."

"정당하지 못한 범죄 행위를 그들이 묵인한다는 말이가?"

"까마귀 떼가 우글대는 곳에 백로 한 마리 날아왔다 케서 달라지지는 않거든. 까마귀 법대로 해야지."

만길은 그 뜻을 정확하게 몰라서 대꾸하지 않았다. 기철은 그가 가만 있자 덧붙여 설명했다.

"선원들이 모두가 그렇고 그런데, 혼자서만 깨끗하다고 되나?"

그는 말을 잠깐 끊더니 콜라 한 잔을 부어서 시원하게 들이키고는 말을 이었다.

"만약 밀가루 정보를 입수한 수사관들이 갑자기 배 위로 들이닥치면 고발자가 누구라고 생각하겠노? 혼자만 깨끗하다고 자처했던 동료가 의심받을 수밖에 없는 기라."

"그렇다고 너는 정당하지 못한 일을 해도 된다는 기가 머꼬?"

"그렇게 간단하지 않다. 선불리 나대면 보복이 따르거든."

만길은 기철에게서 지금까지 성실하다고 믿었던 친구의 이미지가 흉악한 범죄자의 초상으로 오버랩되어 섬뜩함을 느꼈다. 기철은 그의 표정을 읽었는지 말머리를 슬쩍 돌렸다.

"그 얘기는 이제 그만하자 재미없다."

기철이 처음부터 필로폰에 손댄 것은 아니었다. 기껏 재주를 부린다는 것이 다른 동료들이 선원 초보일 때 경험하는 것처럼 여자 스타킹, 브래지어, 청바지나 화장품 등이었다. 화물선이 태평양을 한 바퀴 돌아와서 부산이나 인천 항구에 정박하면 나름대로 숨겨온 그런 물건들은 기껏해야 한 달 급료 정도밖에 되지 않았다. 아가씨 옆에 끼고 한 자리에서 날려버릴 술값에 불과했다.

스타킹, 브래지어도 마찬가지 수법이지만, 청바지를 선박에서 밖으로 빼돌릴 때는 결탁한 몇 명이 양다리 앞뒤로 몇 장씩 붙여 묶고 그 위에는 어울리지도 않는 통 넓은 몸빼(일본 바지)를 입고 세관원 앞을 통과하는 것이었다. 그 세관원한테는 벌써 청바지 두어 장 정도가 뇌물로 전달되어 있었다.

세관원들이 노리는 것은 청바지, 스타킹 따위가 아니었다. 그들도 그런 물건들은 졸개들의 술값에 불과하다는 것을 훤히 꿰었다. 그러나 그마저도 박스로 들락거리면 문제가 되었다. 세관원들의 눈치는 탐색견의 코를 능가했다. 그 물건이 필로폰일 경우에는 기막힐 정도로 잘 집어내었다.

기철의 무용담 중에는 이미 아찔한 경우를 겪은 일도 있었다.

그가 선원 초보일 때 어느 겨울이었다.

배가 인천항에 정박했을 때였다. 기철은 선원 몇 명과 화장품 네 박스를 요코하마에서 들여왔었다. 입항한 날부터 출항 날짜는 부득부득 다가오는데 세관원들의 감시가 도무지 느슨해질 기미가 없었다. 밤이 깊어지자 밖은 성긴 눈발이 휘날리는데 난감한 일이었다. 만약 인천항으로 숨겨 들어 온 화장품 박스를 제때 처리하지 못할 경우는 눈물을 머금고 부득이 바닷물에 모조리 던져 버려야 했다.

밤은 통행금지 시간으로 치닫고 있고 바깥 기온은 영하 15도를 오르내리는 데도 세관원은 발바닥에 접착제라도 붙었는지 꼼짝하지를 않았다. 기철은 지독한 녀석을 만났다고 생각했다. 할 수 없는 일이었다. 난감한 일이 닥치기 전에 비상 수단을 강구 하지 않을 수 없었다. 그는 감시원을 화물선으로 유인하기로 작정했다. 기철은 목욕실 온수 스위치를 올려 물을 털어놓고 화물선 아래로 내려갔다.

"안녕하신교? 세관원님."

기철의 과장되게 높은 목소리가 추위에 움츠려 떨고 있는 세관원의 귀를 잡아끌었다.

"뭐냐? 늦은 시간에, 뭘 하려구?"

세관원은 자신 본연의 임무에 충실하기 위해 눈을 번뜩이며 기철을 아래위로 훑어보았다.

"아이고, 이 엄동설한에 국가와 민족을 위해 얼마나 고생이 많으십니껴?"

"야! 괜히 설레발치지 말고 용건만 간단히 말해."

"제가, 요기 배 갑판에서 우연히 내려다보니까, 아 글쎄 세관원님을 발견했다 아닙니까. 영하의 추위에도 불구하고 근무하시는 분을 보니까, 꼭 시골에 계신 형님 같은 생각이 들어 가슴이 짠했는 기라요."

기철은 말끝에 세관원의 눈치를 살피느라고 뜸을 약간 들였다.

"어이, 괜한 수작 부리지 말고 좋은 말할 때 꺼지셔."

"저도 군대 생활을 전방 지피(GP)에서 열나게 해봐 알지만, 영하의 날씨에 자나 깨나 국가와 민족을 위한 일념으로 고생하시는 분들을 보면 남의 일 같지 않아 동정이 간다니까요."

기철의 수작은 끈질겼다.

"이게 말끝마다 국가와 민족이래, 그래서 뭘 어쨌다고?"

세관원의 말투는 시큰둥했지만 약간 관심을 가지는 눈치였다.

"아, 그래서 제가 우리 배 안의 목욕실에 물을 따끈하게 털어놨어요. 잠깐 올라가셔 몸이라도 녹이고 내려오소."

"그래, 눈물이 나도록 고맙다만, 그럼 이 자리는 누가 지키나?"

세관원의 말꼬리에 비아냥거림이 묻어났다.

"아이고 참, 세관원님도, 엄동설한 삼경三更에 누가 나댕긴다고 그런교. 그런 걱정일랑 붙들어 매시고 얼른 올라가 몸이나 녹이소. 내가 지킬께요."

"시끄러! 이 친구야, 사고 나면 네가 뭘 책임지냐?"

"세관원님, 동생 같은 사람의 성의를 너무 무시하요. 과부 사정은 과부가 안다고 세관원님 고생을 모르면 내가 인간도 아니다. 갑판 위에서 내가 지켜볼 테니 자, 자, 얼른 올라가소."

기철이 세관원의 팔을 응석받이로 잡아당기자 그는 못 이긴 척하고 갑판 위로 올라갔다.

"야, 단단히 지켜봐, 금방 나올 테니까."

세관원은 김이 피어오르는 목욕탕의 유혹을 뿌리치지 못하고 두꺼운 외투를 훌훌 벗어 던지고 탕 안으로 들어갔다. 기철은 혹시 외부인이 올지 모르니까 밖에서 문을 잠가 놓겠다며 세관원을 안심시킨 뒤 회심의 미소를 지었다. 그는 그 길로 재바르게 달려가 동료들에게 작업 신호를 보냈다.

"시간은 삼십 분이다. 실수하면 조진다. 퍼뜩퍼뜩 뛰어라."

동료 선원 네 명은 각자가 나눈 박스를 어깨에 둘러메고 갑판 아래로 내리뛰었다. 그들이 돌아왔을 때는 삼십 분이 채 안 된 시간이었다. 화장품을 받아 갈 상대가 미리 연락받고 진작 세관 밖에서 기다리고 있어 신속하게 끝나 버렸다.

세관 감시원이 목욕을 끝내고 불쾌한 얼굴로 기분 좋게 갑판 위로 나왔을 때도 눈발은 여전히 줄기차게 쏟아지고 있었다. 엄청나게 퍼붓는 눈발은 동료 선원들이 작업하고 돌아오며 남긴 발자국을 깨끗이 지워버렸다. 깊어가는 밤 부두에는 아무 일도 없던 것처럼 쏟아져 내리는 눈만 켜켜이 쌓여 갈 뿐 그지없이 평화로웠다.

이튿날 이른 아침부터 화물선에는 뜻밖의 비상이 걸렸다. 외박 중인 선원들 외에 당직자들까지 모조리 갑판으로 집합 명령이 떨어졌다. 기철은 간밤의 작업을 완벽하게 해치웠기 때문에 아무 거리낌이 없었다. 그는 늘어지게 기지개까지 켜는 여유를 부리며 선실 밖으로 나왔다. 새까맣게 퍼붓던 눈발은 어느새 그쳤고 하늘은 시치미를 떼고 언제 그랬느냐는 듯이 날아갈 것처럼 청명했다.

갑판으로 나가보니 세관 감시원이 집합을 요구한 것이었다. 지난밤에 목욕한 세관원은 아니었고 교대 근무를 한 감시원이었다. 집합한 선원들은 모두 열한 명이었다. 간밤에 작업했던 선원들 외에는 무슨 영문인지 몰라 모두 얼떨떨한 표정이었다. 깐깐하게 생긴 감시원이 뒷짐을 진 채 실눈을 뜨며 선원들을 흘겨보았다.

"솔직히 말해, 협력하면 더 이상 불상사는 없을 것이고, 끝까지 모르쇠로 나간다면 화물선 전체를 수색할 것이니 판단을 잘들 하시라고요. 누구요, 이 화장품 임자!"

감시원이 립스틱 여덟 개를 양손에 나누어 들고 선원들 앞에 흔들어 보였다. 기철은 짧은 탄성을 토하며 얼굴은 순식간에 낭패감으로 굳어졌다. 감시원이 들고 흔들어 대는 화장품은 요코하마에서 자신들이 숨겨 들여온 물건이 분명했다. 긴장감이 흘렀다.

"이래서 되겠어. 한 사람 때문에 화물선 전체가 벌집을 쑤셔야 되겠냐고?"

병사들 앞의 대대장처럼 감시원이 뒷짐을 진 채 느릿하게 걸음을 옮겨 놓았다. 그가 이죽대는 행동은 결코 협박이 아니었다. 순순히 자수하지 않을 때의 부작용을 일러주는 것이었다. 기철은 난감했다. 자신 혼자 뒤집어쓰면 사건은 간단하게 끝난다. 범행을 도모했던 동료들은 절대 스스로 나서지 않을 게 뻔했다. 주모자가 기철 자신이니까 동료들은 꿈쩍할 리가 없었다.

아니나 다를까 일당들은 요행을 바라는 일방, 기철이 나서주기를 당연한 것처럼 버티고 있었다. 기철은 모면할 수단을 재빠르게 머리로 굴려보았다. 아무리 해도 뾰족한 수가 나오지 않았다.

만약 감시원이 열을 받아 화물선 전체의 정밀 수색이 시작되면 기철은 죽은 목숨이나 마찬가지였다. 기철 자신도 화물선 내에 상급자들의 어떤 물건이 얼마나 숨겨져 있는지는 몰랐다. 노출되지 않은 엉뚱한 것들이 발각되기라도 하면 서슬 시퍼런 상급자들에 의해 기철은 두 번 다시 뱃놈은 될 수 없었다.

"내가 했소!"

기철은 한쪽 팔을 번쩍 들고 앞으로 나갔다.

"그래? 설마 혼자 한 짓은 아니겠지?"

감시원은 기철이 자수하자 기세가 등등해졌다.

"에이, 세관원님도. 아, 몇 푼 되지도 않는 립스틱 몇 개로 누가 나눠

먹길 하겠소. 멋모르는 촌놈이 동생들 학비나 보태려고 혼자 한 거요."

"뱃심 하나 좋군. 좋아, 따라와!"

기철은 갑판 그 자리에서 바로 수갑을 찬 채 세관 조사실로 끌려갔다. 그는 자신들이 쥐도 새도 모르게 처분한 화장품이 감시원의 손에 들어간 경위를 나중에야 알게 되었다.

지난밤 화물선으로 올라와 목욕했던 감시원은 아침 일곱 시가 되자 교대하고 퇴근을 한 상태였다. 그다음 교대 자가 이른 아침 출근하다가 세관 부근 길바닥에 떨어져 눈 속에 비죽이 나온 외제 립스틱을 차례로 발견하게 되었다. 그는 한 건 올렸다는 긴장감으로 드문드문 떨어진 8개의 립스틱을 따라 기철이 타고 있는 화물선까지 오게 된 것이었다.

그런 상황에서 누구도 자신들의 선박에서 나간 물건이 아니라고 딱 잡아뗄 형편은 되지 못했다. 어느 멍청한 동료 하나의 칠칠하지 못하게 꼼짝없이 걸려들었다. 기철은 조사 보고서를 작성하는 대로 수사과로 넘어가야 했다. 이른 아침이라 담당 직원이 출근하기까지는 아직 두어 시간이 남아 있었다.

기철은 아무리 생각해도 멍청한 동료 때문에 걸려든 것이 난감하기는 했으나 달리 모면할 방법이 있는 것도 아니었다. 범행이 아무리 초범이라 해도 밀수는 국가의 중요한 범죄 행위였다. 최소한 감옥에서 몇 년 정도는 썩어야 했다. 등 가려운 소처럼 비비댈 언덕도 없다 보니 하소연할 데도 없었다. 밀수 행위를 아무 의식도 없이 저지르고 법 무서운 줄 모르고 날뛴 결과였다. 자신을 기다리고 있는 것은 암담한 감옥살이뿐이었다. 때늦은 후회를 한들 소용없는 일이었다.

기철이 잡혀가고 나서 화물선에서는 한바탕 소란이 일어났다. 비상 연락망을 통해 상급자들에게 사고 발생 경위가 보고되었다. 선장과 항해사, 갑판장, 기관장이 이른 겨울 아침에 싸늘해진 콧등을 앞세워 황소처럼 뜨거운 콧김을 불어대며 화물선으로 들이닥쳤다. 그들은 긴급회의를 했으나 쉽사리 해결책을 찾지 못했다.

사관 선원들의 생각은, 기철은 승선 경험이 얼마 되지 않은 선원이었다. 경험이 있는 선원이라면 조급하게 생각하지 않고 늦장을 부리며 사건 해결의 핵심을 찾아 원만하게 처리할 기회를 엿보고 있겠으나 수갑을 차고 있는 경험이 적은 선원의 심경 변화는 아무도 예측할 수 없었다. 엉뚱한 쪽으로 불똥이 튀어 선박 전체의 수색이 시작될 수도 있어 상급자들은 불안했다.

기철의 신변이 수사과로 넘어가기 전에 재빨리 손을 써 빼돌리기 위해 머리를 짜내었다. 만약 수사과로 넘어가게 되면 무마시키는 작업 비용 또한 만만하지 않은 일이었다.

세관 감시원이 조사 보고서를 작성하고 서류를 수사과로 막 넘길 순간이었다. 당직 사령의 인터폰으로 호출 벨이 울렸다. 감시원에게 걸려온 것이었다.

십여 분 뒤 기철은 세관에서 곧바로 풀려나왔다. 그는 어떻게 된 일인지 영문을 몰랐다. 화물선에서는 기철이 풀려난 사실에 대해 정확하게 아는 선원은 상급자 몇 명에 불과했다.

세관에서 무사히 풀려난 기철의 선원 생활은 예전처럼 돌아갔으나 그가 밀수 행위에 손을 씻은 것은 아니었다. 오히려 그 수위가 한층 높아져 버렸다. 하급 선원들이 저지르는 소꿉장난이 아닌 윗물에서 의연하게 놀았다.

기철은 세관에 잡혀 있는 순간에는 자신이 저지른 범죄 행위에 대해 막심한 후회를 하고 있었다. 그러나 풀려나는 시간부터 그 각성의 다짐은 슬그머니 사라져버리고 말았다. 기철은 상관들이 큰돈을 들여 보안대를 동원하여 자신을 빼돌렸다는 사실을 뒤늦게 알게 되었다.

사관 선원들은 기철이 세관에 잡혀 있으면서도 별다른 동요 없이 끝까지 단독 범행이라고 주장한 점을 높이 평가했다. 그들은 하급 선원들의 밀수 행위를 모른체하고 있을 뿐이지 화물선 구석구석에 불법으로 숨겨 놓은 물건들을 나름대로 꿰차고 있었다. 화장품 사건도 기철의 혼자 범행이라고 보지 않았다. 물량으로 보아 네댓 명이 붙어야 할 작업이었다. 기철이 그들만의 세계에서 나름으로 의리를 아는 인물이라 판단하고 그를 빼내기에 발 빠르게 움직인 것이었다. 그 사건으로 기철은 상관들에게 신임을 얻게 되자 자만에 빠져버렸다.

만길은 기철의 어긋난 일련의 행동들을 지켜보면서 선상생활을 한 지가 벌써 삼 년이라는 세월이 흘러가 버렸다.

만길은 그동안 기철의 범죄 행위에 결코 동조할 수 없었다. 아무리 분위기에 휩쓸려 들어갈 수밖에 없는 형편이 되더라도 해서는 안 될 행동이었다.

사회가 정한 법을 지키지 않을 때는 누구든 마땅히 처벌받아야 했다. 굳이 법을 들먹이지 않더라도 비도덕적인 행동도 마찬가지였다. 만길은 형을 생각해 보았다. 가족 간의 소중한 인륜을 저버린 만선의 행동에 대해서도 그는 범죄 행위나 다름없다고 생각했다. 만길은 형과 같은 이기적인 행동도 싫지만, 범법자는 더욱이 되기 싫었다.

기철은 만길의 정신 바탕에 깔린 진심을 비로소 알았는지 결코 그를 밀수 행각에 끌어들이려고 하지는 않았다. 기철은 바른 양심을 지키려고 하는 만길을 되레 우르르 보았다. 자신은 비록 검은손에 얼룩져 있지만 어떤 유혹에도 변하지 않는 만길을 지켜주고 싶었다. 그런 참다운 친구가 옆에 있다는 사실이 뿌듯하고 자랑스럽기도 했다.

그동안 태평양이나 대서양, 인도양을 수도 없이 왕래하면서 선상생활에서 특별히 달라진 것은 없었다. 기철은 여전히 밀가루 사업에 열을 올렸으며 이젠 이력이 붙어서 더욱 기민하고 능란하게 움직이고 있었다. 그가 그 사업으로 돈을 얼마만큼 벌었는지, 잃었는지, 그것은 만길이 전혀 알 길 없었다. 알려고도 하지 않았다. 그는 그동안 진급한 2등 항해사 직무를 충실히 이행하고 있었고, 기철은 갑판장으로 파격적인 승진을 해 있었다.

기철의 나이나 경력에 비해 빠른 승진을 한 것은 사실이나 그 배경에 대해서는 추측으로 생각할 수밖에 없었다. 그의 대인관계 순발력으로 보아 상급자들의 절대적 신뢰감이 작용한 것 같았다. 위험을 무릅쓴 그의 밀가루 사업은 상급자들에게 상당한 수입을 안겨 주었을 것이다. 그것이 승승장구한 출세의 빌미가 되었다면 기철의 앞길이 위험천만하다는 기우가 만길을 불편하게 만들었다.

모처럼 화물선이 부산항에 입항하여 만길과 기철은 오랜만에 구룡포로 돌아갔다. 한가로운 시간을 보내고 있는 만길과는 다르게 기철은 여전히 외지를 들락거리며 바쁘게 돌아다녔다. 만길은 이제 곧 적산가옥을 찾을 수 있다는 기대감으로 마음이 약간 들떠 있어 고향 친구들과도 자주 어울려 놀았다. 그러면서도 한 가지 결정해야 할 문제를 두고 망설이고 있었다. 그 일은 기철과도 관련이 있는 문제였다.

만길은 이제 무역선에서도 내려야 할 시기가 온 것 같았다. 적산가옥도 찾을 수 있는 통장의 돈도 어느 정도 적립된 상태였다. 그리고 기철과는 계속해서 한배를 탈 수가 없었다. 겉으로 드러나지는 않았지만 알게 모르게 기승을 부리고 있는 화물선에서의 범죄 행각을 마냥 모른체 하고만 있다는 것도 고역이었다. 그것도 다른 사람이 아닌 고향의 가장 가까운 친구의 문제였다.

기철이 밀수 행각을 지속으로 진행하고 있다는 사실을 알면서 방조하고 있다는 사실도 범죄 행위나 마찬가지였다. 그런 기철을 수차례에 걸쳐 충고했음에도 불구하고 그는 빙그레 웃기만 할 뿐이었다. 너무 깊숙한 수렁에 빠져 버린 그를 밀수 행위에서 손 씻게 하기란 아무래도 힘들 것 같았다.

만길은 친구를 범죄의 수렁에서 구제할 수 없는 자신의 무력함이 부끄러웠다. 그가 할 수 있는 최선은 자기 혼자서 골드마리나호를 하선하는 일이었다. 만길은 여러 날 고민 끝에 마음속으로 무거운 결정을 내렸다.

만길은 자신의 의지를 기철에게 먼저 전달하고 회사에도 빨리 알려야 했다. 선박회사와의 계약도 만료가 되어 재계약을 해야 할 시점이었다. 시간이 임박해서 하선 통보하면 출항을 앞둔 화물선 인원 직제 구성에 차질이 발생해 손실을 끼칠 수 있기 때문이었다.

만길이 그런저런 생각으로 기회를 엿보고 있는데 공교롭게도 대구에 나갔다가 돌아온 기철한테서 시간을 내어 달라고 먼저 연락이 왔다. 기철이 아무리 눈치가 빠르다고 해도 만길이 골드마리나호에서 내리겠다는 심중을 알아차리고 연락을 한 것은 아니었다. 만길은 자신의 거취를 이미 결정한 일이므로 망설일 필요가 없었다. 만길은 약속 장소인 후루사토로 나갔다.

만길은 구룡포에 있을 때는 하루도 빠짐없이 후루사토에 들렀다. 그곳에서 새어머니 미츠와 좋은 추억을 곱씹어 보는 시간은 잔잔한 즐거움이었다.

찻집으로 들어서자 대구에 다녀온 기철이 먼저 와 있었다. 기철은 들어서는 만길을 발견하고 손을 번쩍 들고 흔들었다. 그의 표정은 여전히 밝고 활달해 보였다. 두 사람은 통상적인 인사를 주고받았다. 여주인이 내어온 차를 한 모금씩 마시고 나자 기철이 먼저 말문을 헐었다. 매사에 급한 것도 그의 성격이었다. 어물쩍하고 미적대는 것을 싫어했다. 그런 행동 때문이었는지 언제나 당당해 보였다.

“너한테 긴히 부탁할 일이 하나 있다. 불편하더라도 이해하고 들어다오. 한 마디로 돈 얘기다.”

그는 말허리를 잠깐 끊은 뒤에 차를 한 모금 마셨다.

“우리가 배를 함께 탄 지도 벌써 삼 년이 지났구나. 그동안 너에게 못할 행동을 보여 준 것 같아 미안하다. 나, 이번 출항을 마지막으로 뱃놈 신세를 그만둘라 칸다.”

그의 말은 태평양을 한 바퀴만 더 다녀오면 화물선을 내려서 다른 배로 옮겨 타겠다는 것인지, 아니면 배는 영원히 타지 않겠다는 뜻인지 만길은 얼른 감이 잡히지 않았다.

“배를 내리면 뭘 할라꼬?”

“이젠 다른 사업을 할끼다.”

“구체적으로 말해 봐라.”

“돈만 충분히 손에 쥐고 있다면 어떤 사업이든 문제없다.”

“사업에 대한 구체적인 계획도 없이 돈타령을 먼저 하는 기가?”

“계획은 있다. 다만 종잣돈이 좀 모자라서 그런다.”

“필요한 게 얼만데 그라노?”

기철은 만길의 물음에 잠시 주춤하더니 필요한 금액을 말했다. 그 액수는 만길이 3년 동안 제대로 쓰지도 않고 적산가옥을 찾기 위해 꼼꼼히 모아 두었던 전액을 조금 웃돌았다.

“그 액수는 나한테 부담이 된다만, 사업 계획을 자세히 말해 주면 안 되겠나?”

“그건 지금 당장 어렵다. 인간 기철이를 믿거라.”

“옛날 말에 가까운 사람일수록 돈거래는 삼가라 캤다. 그 폐해를 알고 하는 소리가?”

만길이 넌지시 물었다.

“알고 있다. 오죽 답답했으면 너한테 부탁하겠나. 니가 안 된다 카면 할 수 없다. 신경 쓰지 말 거라. 없었던 걸로 하자.”

기철은 돈 말을 꺼낸 자신이 미안한 듯 쉽게 포기할 뜻을 비쳤다. 만길은 기철의 마음을 꿰뚫어 보았다. 그가 종잣돈을 만들어 사업을 하겠다는 것은 결국 밀가루 장사밖에 더 있겠는가. 이제껏 상관들의 배만 채워 주었으니 자신도 제대로 목돈을 들여서 시쳇말로 크게 한탕을 한 뒤 손을 씻겠다는 뜻이었다.

만길은 번민에 빠졌다. 기철이 처음부터 잘못 들어선 길을 친구로서 끝까지 가로막지 못한 책임도 있었다. 지금이라도 늦지 않았다. 적극적으로 만류할 자신은 없는 것일까 하고 반문해 보았다. 만약 지금 만류하게 되면 기철이 요구한 돈의 차용 거부에 대한 궁색한 변명으로 받아들여질 것이었다. 만길은 갑자기 자신이 무기력해진 것 같은 기분이 들었다.

만길은 어떤 식으로든 진흙 구덩이로 깊숙이 빠져든 그를 끄집어낼 방법은 묘연했다. 기철에게 남다른 우정에 호소해도 먹혀들지 않을 것이었다. 만길은 친구를 잃을 것인가. 돈을 잃을 것인가? 그것 또한 고민이었다.

기철이 지금까지 저지른 범법 행위는 만길에게 마음 졸이게 한 도덕적 책임도 분명 있었다. 그러나 그는 만길한테 더 할 수 없는 좋은 친구가 아닌가. 만길이 어려운 곤경에 빠졌을 때 자신 일처럼 앞장서 주었고, 외로울 때는 따뜻한 격려도 아끼지 않았던 그였다.

새어머니 미츠의 장례 날도 그랬다. 형 만선의 농간으로 시신 매장을 위한 어려움이 닥쳐 난감해 있을 때 기철이 선득 나서 해결해 주었지 않았는가. 혈육을 나눈 형이 자신의 그릇된 이기적 목적을 달성하기 위해 수단과 방법을 가리지 않았지만, 기철은 만길이 어려울 때 이해하고 항상 앞장서 주었다.

"좋다. 약간 부족하지만 가져가라. 돈의 용도에 대해서는 더 묻지 않을 끼다. 단지 네가 내 기대에 어긋나지 않는 좋은 친구가 되길 바랄 뿐이다."

"만길아, 고맙다."

기철은 자리에서 벌떡 일어나 만길의 두 손을 덥석 쥐었다. 기철은 이번 출항에서 돌아오면 이자까지 듬뿍 쳐서 갚아주겠다고 호언을 했다.

기철도 외로운 그늘이 있었다. 그는 조실부모하고 할머니 밑에서 두 살 터울 여동생인 정미와 어린 시절을 함께 자랐었다. 두 남매는 가난한 할머니 밑에서 어려운 생활을 보냈다. 여동생 정미도 기철과 한 핏줄이라서 그런지 언제나 밝고 활달한 성격이었다.

만길은 구룡포에 있을 때면 정미와 함께 식당에서 식사도 자주 하는 편이었다. 이젠 허물없이 만나다 보니 그녀에게 특별한 감정이랄 것도 없고 이성적인 부담도 느끼지 않았다. 그녀의 솔직한 언행은 오히려 상대를 편안하게 해 주었다. 만길은 정미를 여동생처럼 이해 관계없는 사이로 생각하고 있을 뿐이었다.

만길은 그간 모아 두었던 돈을 은행에서 몽땅 찾아 기철에게 건네주었다.

"거래를 확실히 하기 위해서다. 이건 차용증이다. 자, 받아라."

기철은 자신이 쓴 차용증을 만길에게 내밀었다.

"우리 사이에 마음이 중요하지. 그게 무슨 소용 있노."

만길이 받기를 거부했다.

"사람 일이란 알 수 없다. 그래서 증표가 꼭 필요한 기다."

"됐다. 믿음보다 더 중요한 증표는 없다."

만길은 기철한테서 차용증을 받아 찢어 버렸다. 그리고 자신의 거취에 대해서도 확실히 밝혀야 했다.

"나도 말할 게 있다. 오해하지 말 거라. 이젠 화물선을 그만 탈라 칸다."

기철이 의아한 눈으로 잠시 만길을 바라보았다.

"혹시 나한테 문제가 있어 그런 기가?"

"그건 아니다. 니 덕분에 화물선에서는 나름대로 좋은 경험도 쌓았다. 이젠 내가 소원했던 원양어선을 한번 타보고 싶어 그런다."

"무역선에서 자리가 잡혔는데 지금까지의 고생이 아깝지 않나?"

"아니다. 사람의 욕심은 끝이 없더라. 작은 것에 만족할 줄 알고 소박하게 사는 게 행복일 수도 있다. 그것이 내 체질에 맞는 것 같기도 하고."

기철은 만길의 의견에 대해 더 말하지 않았다. 두 사람은 중앙시장 골목에서 서로의 성공을 기원하며 새벽 별이 스러질 때까지 이별주를 들이켰다.

7. 양들의 반란은 깃발이 없다.

만길은 지금까지 모아 둔 돈을 기철에게 모조리 빌려주었으니 통장이 텅 비어 있었다. 물론 그 돈이 어디로 사라질 리는 없었다. 그렇더라도 당분간 배를 타고 돈을 다시 축적해야 했다. 형이 팔아 버린 단 하나밖에 없는 아버지의 소중한 적산가옥을 제대로 찾는 것도 중요하지만 나중에 구룡포 근해에서 조업할 작은 어선이라도 한 척 살려고 하면 마땅히 돈이 더 필요했다.

한국에서는 아직 한국 국적으로 등록되어 태평양에서 조업하는 천 톤급 이상의 큰 배는 드물었다. 원양어선을 타고 굳이 태평양으로 나가려면 그 역시도 외국 선박을 타야 했다.

수산업에서 경쟁력이 앞서 있는 일본의 참치잡이 배들이 엄청난 수익을 올리고 있자 한국의 수산 기업들도 하나둘 다투어 태평양으로 진출을 서둘렀다. 그들은 아쉬운 대로 외국 선박을 임대 내어 조업하는 추세였다.

태평양의 원양어선이 잡는 참치를 우리는'다랭이'라 불렀다. 종류도 다양해서 큰 것은 길이가 삼 미터가 넘으며 무게가 무려 이백 킬로그램이나 되었다. 중요한 서식지는 주로 남태평양 사모아제도 부근이었다. 몸집이 작은 가다랭이, 눈다랭이는 우리나라 남해 연안이나 제주도에서도 어획량은 미미하지만, 종종 잡혔다. 늦은 가을에 남하하여 초여름이 되면 다시 태평양으로 올라가는 어종이었다.

만길은 구룡포에서 휴가를 함께 보낸 기철과 부산까지 동행했다. 만길이 원양어선을 타기 위한 수속 절차는 역시 오지랖이 넓은 기철이 나서서 수월하게 진행이 되었다. 마침 원양어선의 새로운 팀을 구성하는 선박회사가 있어 만길은 이등 항해사 자격으로 바로 절차를 밟았다. 선박의 일정은 기철보다 며칠 늦게 출항이 잡혀 있었다.

만길이 타게 될 원양어선은 온두라스 국적으로 5천 톤급 원양참치 연승어선 '폰세카'호였다. 폰세카호에 승선하게 될 선원은 만길을 비롯하여 선장, 일등 항해사, 갑판장, 기관장 등 한국선원 8명과 조선족 8명, 나중 사이판에서 승선하게 될 필리핀 선원 9명이었다.

출발 당일 폰세카호는 예정대로 부산 남항에서 남태평양을 향해 짙푸른 파도를 가르며 힘차게 출항했다. 서른여섯 살의 선장 김태우는 선장으로 승진하고 첫 출항이라서 의욕이 남다르게 넘쳐 있었다. 승선 전에 김태우는 일등 항해사였으나 선장이 갑자기 병원 신세를 지는 바람에 승진하게 된 것이었다.

갑판장 최상호나 일등 항해사 조용기도 김태우처럼 어부지리로 승진하게 되어 한국 선원으로서는 기분 좋은 태평양 항해의 출발이었다. 선원들은 거의 새로운 인물들로 구성되었으므로 신상을 서로 잘 알지 못해 반목할 일은 없었다. 만길은 생각했던 것보다 폰세카호의 시설과 규모가 골드마리나호에 비해 좀 허술해 보이기는 해도 자신이 타보고 싶었던 원양어선이라 초여름의 활짝 갠 날씨만큼이나 기분이 좋았다.

폰세카호가 참치잡이를 할 최종 목적지는 남태평양의 '티니안'과 '피닉스' 섬 연안이었다. 목적지에 도착하기 전에 선박은 사이판에 먼저 들러 필리핀 선원 9명을 더 태워야 했다. 사이판에서 승선하게 될 필리핀 선원들은 조선족들처럼 모두가 참치잡이 배를 타본 경험이 없었다. 만길은 그 점이 좀 염려스러웠다. 거친 선상생활을 경험해 보지 못한 그들이 과연 그때그때 일어나는 악조건의 상황들을 잘 견디며 적응할 수 있을지 그것이 걱정되었다.

참치잡이에서 중요한 것은 정확한 의사 전달이었다. 참치 떼들이 몰려들기 시작하면 상황은 긴박하게 돌아간다. 형편에 따라 시시각각 이루어지는 지시 전달들은 선원들이 각자의 위치에서 정확하게 판단하고 기민하게 움직여야 했다. 바늘에 미끼를 끼워 놓은 줄이나 그물망 투승 작업을 할 때는 모든 선원의 일체감이 절대 필요한 순간이었다. 바짝 긴장하지 않고 정신을 놓아 버리면 걸려든 참치를 제대로 건져 올릴 수가 없었다.

한국 선원들과 문화의 차이가 있는 조선족들, 언어의 장벽이 있는 필리핀 선원들까지 생각하면 만길은 아무래도 무리수가 따를 것 같았다. 그런 점을 선장이나 갑판장이 고려하여 적절히 대처한다면 작업을 무난하게 이끌어 갈 수도 있었다. 참치잡이는 어렵고 위험이 따르는 작업이었다. 수백 미터 막장에서 석탄을 캐는 광부들보다 더 힘들었으면 힘들었지 못하지는 않았다.

목숨을 건 위험 때문에 일본에서는 참치잡이 초창기에 선원들의 절대 부족함을 메우기 위해 한때 죄수들을 조건부로 대거 방면하여 활용한 적도 있었다.

정서적 수양이 부족한 죄수들은 일시적인 자유로움을 찾았으나 선상에는 한정된 공간이었다. 거친 파도와의 싸움은 죄수들의 성질을 더욱 거칠게 만드는 결과를 가져왔었다. 그들은 발산되는 끼의 탈출구를 적절하게 찾지 못하자 차츰 선상 폭행이나 폭동으로 발전했다. 심각한 사회 문제로 확산일로에 이르자 일본에서는 부랴부랴 죄수들의 승선을 금지해 버렸다.

한국에서도 참치잡이 선원들이 절대로 부족했다. 부작용을 감수하고 자구책으로 내놓은 대안이 노동비용이 저렴한 동남아의 외국인이나 중국의 조선족들을 활용하게 된 것이었다.

부산 남항에서 출항한 폰세카호는 열흘 후에 예정대로 사이판에 도착했다. 만길은 한국에서 느껴보지 못한 이국적 정취를 사이판에서 맛보았다. 사이판에서 만길은 배가 정비할 동안 이틀간 나름으로 감미로운 휴식을 취한 뒤 폰세카호에 새로 승선한 필리핀 선원 9명과 함께 태평양의 피닉스 섬으로 향하고 있었다.

출항을 시작하고 이튿날 점심시간이 막 지나서였다. 갑자기 거센 강풍이 불어오더니 바다의 파도가 집채만큼 높아지며 뱃머리를 덮치기 시작했다. 잠시 뒤 필리핀 선원들이 하나둘 비척거리며 갑판으로 나왔다. 뒤이어 조선족 몇 명도 마찬가지였다. 그들은 사색이 되어 위 속의 오물을 게워 올리며 배 난간을 부여잡고 늘어지거나 바닥에 나뒹굴었다. 괴로운 뱃멀미의 고초를 당해보지 않은 사람은 알 수 없었다. 차라리 죽는 것보다 더 화급한 지경이 될 수도 있었다.

갑판 위에서 선원들이 멀미를 벗어나기 위해 사투를 벌이고 있는 사이 갑판장 최상호가 몽둥이를 들고 그들 앞에 불쑥 나타났다. 거의 사경을 헤매고 있는 선원들에게 그는 욕설을 퍼부으며 몽둥이로 무차별 한 차례씩 두들겨 팼다. 그런 나약한 정신으로 거친 태평양에서 어떻게 조업하겠냐며 씩씩댔다. 그의 체구는 보통 사람의 배가 넘을 정도의 거구였다.

갑판장은 코뿔소처럼 큰 덩치로 소리를 질러대며 멀미에 시달리는 선원들에게 주먹 쥐고 엎드려뻗쳐까지 시키더니 잇대어 팔굽혀 펴기 등으로 혼쭐을 빼놓았다. 그나마 기진하여 늘어져 있는 선원 몇 명은 한국 선원을 시켜 뱃머리 기둥에 밧줄로 팔을 매달아 묶어 버렸다.

높은 파도가 덮칠 때마다 뱃머리에 매달린 선원들은 금방이라도 바다로 떨어질 것 같은 아찔한 순간을 맞이하기도 했다. 최상호는 파도를 맞아야 정신이 든다며 막무가내의 거친 행동을 멈추지 않았다. 한국 선원들은 시달리고 있는 제3국 선원들의 광경을 지켜보며 동정하기는커녕 시시덕거리며 즐기고 있었다.

만길은 갑판장의 지나친 행동이 몹시 염려스러웠다. 원양어선에서 간혹 정신 교육을 하기 위해 단체 기합 정도는 묵인한다는 말을 들었지만, 갑판장의 폭력은 그 정도를 넘어서고 있었다.

초저녁이 되자 파도는 잠잠해졌고 멀미에 시달렸던 선원들도 차츰 안정을 되찾았다.

이튿날부터 갑판장이 선원들을 갑판으로 불러내어 목적지에 도착하기 전에 밧줄 잇는 작업을 교육했다. 그의 말투는 아예 처음부터 험악

일변도였다. 군대 훈련소에서 조교들이 쓰는 말투처럼 위압적이었다. 툭하면 욕설이 튀어나왔다.

만길은 그가 처음부터 선원들에게 거칠게 대하는 것은 위험에 대처하기 위한 정신 무장을 주입하기 위해 그런 줄 알았다. 그러나 그 수위가 차츰 높아져 가고 있었다. 보다 못한 만길이 나섰다. 갑판장에게 좋은 말로 좀 쉬라고 그럴듯하게 둘러대었다. 웬일인지 최상호가 순순히 물러나 조타실로 올라가자 만길이 선원들의 교육을 맡았다.

그는 조선족과 필리핀 선원들을 열을 지어 마주 보게 하고 앉혔다. 그런 다음 먼저 받았던 교육을 되풀이했다. 끈을 마주 잇는 사시 엮음, 에다 사리는 것, 보도 올림, 부위 묶음, 신입 선원들이 알아야 할 기초 작업을 하나둘 정성껏 세심하게 가르쳤다. 그는 수산학교 시절 틈틈이 익힌 생활영어와 화물선 골드마리나호의 일등 항해사 스티브한테서 배운 영어는 영어권인 필리핀인들에게 아쉬운 대로 통했다.

만길이 어구 장비의 품목이나 그것을 다루는 방법을 알고 있었던 것은 수산학교 시절에도 배웠지만, 부산항을 출발하면서 일주일 동안 미리 숙지한 것들이었다.

영어권인 필리핀인들에게는 앞에 마주 보고 앉아 있는 조선족들의 작업 행동 요령을 지켜본 뒤 반복해서 하는 교육을 시켰다. 선원들은 진지하게 만길의 지시에 잘 따랐다. 원양어선이 처음인 조선족이나 필리핀 선원들은 보고 듣지도 못한 생소한 전문 용어와 작업 행동이 그들에게는 어려울 수밖에 없지만, 만길의 친절한 교육 덕분에 며칠간의 선상생활은 그런대로 평온한 나날이었다.

어느 날이었다. 필리핀 선원들이 갑판장 최상호의 지시로 오전부터 밧줄과 밧줄을 잇는 작업을 시작하고 있었다. 작업량을 점검하고 있던 최상호가 완전하지 못한 보도 줄을 집어 던지며 욕설을 퍼부었다.

"엿 같은 새끼! 이걸 작업이라고 했단 말이야?"

그의 그런 욕설은 며칠간 실습 교육을 맡아 가르쳤던 만길에게 못마땅하다는 듯 들으라고 한 것 같았다.

최상호는 작업하는 필리핀 선원 한 명의 뺨을 후려치더니 승강기 위에 놓인 한 자쯤 되는 쇠갈퀴 학가로 머리를 내려쳤다. 그 선원의 터진 머리에서는 금방 피가 흘러내렸다. 그 광경을 곁눈으로 지켜보며 두려움에 떨고 있던 나머지 선원들은 고래고래 질러대는 최상호의 욕설과 발길에 닥치는 대로 엉덩이를 걷어차였다. 최상호는 마치 이성을 잃은 사람 같았다. 필리핀 선원 한 사람 잘못으로 한국 선원을 제외한 제3국 선원들은 모조리 그런 수모를 당해야 했다.

시간이 흐를수록 갑판장의 폭력 수위는 높아져 갔다. 주먹으로 면상을 맞아 코피가 터지고, 입감 상자에 맞아 정신을 잃고 머리가 깨진 선원들이 속출하고 있는데도 선장이나 일등 항해사는 모른 척하고 있었다.

만길은 일등 항해사 조용기에게 우선 따졌다.

"일 항사님, 지금 갑판장의 폭행을 당장 멈춰야 하지 않습니까? 분위기가 너무 살벌해지고 있심다."

"그 게 무슨 소리야?"

"이대로 내버려 뒀다가 선상 폭동이라도 일어날 것 같소."

"그냥 내버려 둬, 선장도 못 말리는데 내 말이라고 갑판장이 듣겠어?"

조용기는 소용없다는 뜻으로 머리를 설레설레 흔들었다.

최상호의 무분별한 폭력 앞에 어느 선원도 감히 반항할 엄두를 내지 못했다. 그들이 대응도 하지 않고 폭력을 당하고만 있는 것은 워낙 큰 최상호의 덩치에 위압감을 가졌는지도 몰랐다. 만길로서는 갑판장의 행동은 도저히 이해되지 않았다. 만길은 원양어선의 폭력에 대해 어느 정도 입소문으로는 알고 있었다.

어선이 항해하는 동안 어구라든가 장비를 손질하여 조업 준비할 때는 중요한 시간이었다. 선장이나 사관 선원들이 시키는 대로 하지 않고 게으름을 피우거나 엉뚱한 행동을 할 때는 위험이 항상 뒤따랐다. 흐트러진 마음에 정신 무장시키기 위해 가끔 사관 선원들이 한차례 씩 주먹을 쓸 경우도 있다는 말은 벌써 들어서 알고 있었다. 그러나 만길은 자신의 눈앞에서 대책도 없이 마구잡이로 벌어지고 있는 폭력은 상식으로서는 이해하기 어려웠다. 그런 현상을 지속해서 진행하게 되면 감당할 수 없는 예기치 못한 사태가 벌어질 수도 있었다.

만길은 그 일을 목격한 뒤 그날 밤 저녁 식사를 마치고 때맞추어 식당에서 갑판장과 단둘이 있는 기회를 틈타 입을 열었다.

"갑판장님, 의논드릴 게 있습니다."

담배를 피우고 있던 갑판장은 만길에게 눈길을 돌리며 희떱게 쳐다보았다.

"응, 뭔데 말해 봐."

최상호는 만길보다 나이가 많아 아무리 연장자라고 하지만 크게 친분이 있는 사이도 아니고 직책으로 따져도 이등 항해사를 무시한 말대답이었다.

“오늘 낮에 선원들에게 마구잡이로 폭행하시던데, 심한 것 아닌교?”

만길은 정중하게 예의를 갖추고 물었다.

“그거? 버러지 같은 것들, 그렇게 닦달하지 않으면 일 못 해 먹어. 참, 이 항사는 원양어선이 첨이랬지?”

그는 말을 잠시 끊은 뒤 피우던 담배 연기를 한 모금 빨아들이더니 길게 내뿜었다가 다시 이었다.

“이 항사, 잘 들어. 앞으로 원양어선 타고 제대로 어획량을 올리려면 나한테 많이 배워야 할 거야. 수강료는 받지 않을 테니까.”

말을 마친 최상호는 시커멓게 그을린 각진 얼굴에 어울리지 않게 웃음을 히죽 웃었다.

“그런 말이 아니라, 갑판장님이 초보 선원들을 교육하느라 무척 힘들어 보이시던데 앞으로 그들 교육을 내가 맡아서 하면 어떻습니까?”

최상호는 눈꼬리를 치켜뜨며 만길을 잠시 빤히 쳐다보았다.

“안 돼! 그 머저리들은 처음부터 군기를 콱 잡아 놔야지 어설프게 다루었다간 아무것도 하지 못해. 골치 아픈 소리 그만하고 신경 끊어.”

“그들도 모두가 성인이고 배울 만큼 배운 사람도 있더라고요. 그래도 인격적으로 대우해야 하는 것 아닌교?”

만길은 선원들 관리 차원에서 그들의 복사본 신상 기록 카드를 훑어본 적이 있었다. 조선족 기록 카드를 보면 중등학교 교사와 철도공무원 출신도 있었다.

“어이, 이 항사. 인격 좋아하지 말라고. 그놈들에게 곁을 내주면 뒤통

수나 얻어맞고 여차하면 태평양 바다에 상어 밥 되기 십상팔구다. 이 항사는 지켜보기만 하라고."

최상호는 더 말할 가치를 느끼지 않았는지 자리에서 벌떡 일어나 손으로 만길의 어깨를 한 번 툭 치고는 밖으로 그대로 나가 버렸다.

만길의 염려에도 불구하고 갑판장은 계속해서 자기 방식대로 선원들을 다루었다. 갑판장만 그런 행동을 하는 것은 아니었다. 폰세카호의 최고 책임자인 선장 김태우마저도 같은 방법으로 선원들을 학대하는 것이 목격되었다.

그는 최상호처럼 무식한 욕설은 별로 입에 담지 않았지만, 선원들에 대한 폭행 수위는 만만하지 않았다.

제3국 선원들이 선장과 갑판장의 비인격적 모욕이나 폭행에 시달리고 있을 때 한국 선원 대부분은 그 분위기에 편승하여 장난삼아 그들을 희롱하고 노닥거리며 즐겼다. 만길은 같은 동료로서 한국 선원들에게 몹시 불쾌감을 느꼈다. 최상호가 비뚤어진 타고난 성격 때문에 그렇다 하더라도 선장이 선원들을 비인격적으로 다루는 것은 적절하지 못한 행동이었다.

선장이 진급하고 나서 자신의 첫 어획량 목표 달성을 위한 의욕 때문에 그런다고 해도 선박의 안전과 스물다섯 명 선원들의 신변을 염려해야 할 책임자로서는 적절하지 않은 처신이었다.

첫 조업 해역에 도착한 날이었다. 투승 작업을 시작하기 전에 좋은 결과를 빌며 고사古祠를 지내야 했다. 선원들 모두가 갑판 위에 모여서 음식과 삶은 돼지머리를 진열해 놓고 선장을 기다렸으나 도무지 내려오지 않았다. 만길과 갑판장이 교대로 조타실로 올라가 고사 준비가 다 되었다고 보고했는데도 불구하고 일등 항해사 조용기를 욕해대며 내려올 기미가 없었다. 아마 조용기와 간밤에 선원들의 폭력 수위에 대한 의견으로 시비가 벌어졌던 모양이었다.

조용기와 갑판장은 동갑내기로 선장보다 세 살씩이나 많았다. 갑판장과 일등 항해사 조용기는 선상 위에서 오랜 세월의 현장 경험을 내세우고 있었고, 선장은 조직 권위의 질서를 위해 물러설 수 없는 서로의 기득권 다툼이 보이지 않는 갈등을 일구고 있는 셈이었다. 선장과 조용기가 지난밤에 다툰 사실을 잘 모르는 갑판장이 기다리기에 짜증이 났는지 먼저 입을 비틀었다.

"쓰벌, 색시처럼 품에 안겨서 내려올 테면 그만두라고 해. 자, 자, 우리끼리 해치우자고."

갑판장의 배알 뒤틀리는 소리에 항해사 조용기도 얼른 맞장구를 치며 적당히 고사를 지내고 술과 음식을 선원들끼리 나누어 먹었다. 고사가 파할 때까지 선장은 내려오지 않았다.

분위기가 냉랭해졌다. 선장과 사관 선원들의 불화 속에서 투승 작업을 준비하려니 순조로울 리가 없었다. 마침 투승 작업이 시작될 무렵이 임박해서야 선장이 내려왔다.

"이 항사, 투승 준비는 다 되었나?"

그는 만길에게 상황을 물었다.

"예, 선원들이 모두 기다리고 있심다."

보고받은 김태우는 작업복 차림으로 줄지어 늘어서 있는 선원들 앞에 섰다.

"오늘은 첫 투승이고, 팔십 정도 투승을 해야 하니 모두 정신 바짝 차리고 열심히들 하라!"

선장은 짧은 훈시를 마치고 갑판장에게 작업을 시작하라는 지시를 내렸다.

폰세카호 선원 대부분이 미끼로 꽁꽁 언 고등어나 정어리 따위를 낚시에 끼워 바다에 던져 넣는 투승 작업에 참여하고 있었다. 선원들은 조를 나누어 낚싯줄을 풀기 시작했다.

한국 선원들과 말이 쉽게 통하는 조선족들이 앞줄에 섰고 그 뒤를 필리핀 선원들이 붙어 서서 나름대로 작업을 열심히 해 나갔다. 그날따라 선장은 지휘봉 같은 위협적인 쇠 파이프를 손에 들고나와 작업을 독려했다. 그의 그런 분위기는 작업에 도움을 주는 게 아니라 되레 제3국 선원들을 경직하게 만들 뿐이었다.

최상호는 빠른 말투로 입감 준비, 에다, 스탠바이를 외치며 마치 성난 거위처럼 소리를 질러댔다. 기관장, 주자, 조기장까지 모두 나와 선원들 옆에서 작업을 도와주고 있었다. 투승 신호에 따라 입감 던지는 신호가 스피커에서 울려 나왔고 낚싯줄이 풀어지기 시작했다.

투승 작업은 여간 어려운 일이 아니었다. 갑판장의 입감을 던지라는 신호에 맞추어 그 뒤를 따라 낚싯줄이 얼마간의 거리를 두고 쏜살같이 튀어 나갔다. 선원들은 그 순간순간 지시에 따라 투승 기의 보도 줄을 잽싸게 낚아채어야 할 때도 있었다. 위험이 뒤따르는 작업이었다.

작업하는 선원들은 성질이 괴팍스러운 갑판장에게 주눅이 든 채 긴장을 할 수밖에 없었다. 스피커에서 터져 나오는 신호에 따라 갑판장과 호흡을 맞추려면 여간 힘든 게 아니었다. 조금만 지체되면 주먹과 욕설이 바로 튀어나와 선원들을 얼빠지게 하기 일쑤였다.

"이런 썅, 똑바로 못해!"

갑판장이 내던진 스나프에 조선족 한 명이 머리를 맞았다. 맞은 그의 머리에서 흘러내리는 핏줄기가 얼굴과 목덜미를 대번 적셨다. 조선족은 흐르는 피를 연신 훔치면서 신음 한 번 내지 못하고 작업에 몰두했다. 그뿐 아니었다. 선장이 작업을 독려하는 쪽에서도 신경질적인 목소리가 멈추지 않았다.

"야, 이 멍청한 것들아! 대갈통이 그렇게도 안 돌아가냐? 첫 미끼가 고등어, 정어리고, 그다음이 정어리 고등어라고 몇 번이나 말했나? 이런 염병할!"

조선족 남 씨는 선장에게 정신이 없도록 두들겨 맞았고, 그는 두렵고 더욱 긴장해서 제정신이 아니었다. 남 씨는 선장이 고등어 하면 정어리를 들고, 정어리 하면 고등어를 잡았다. 그럴수록 선장은 그를 사정없이 내리쳤고 작업은 점점 더 엉망이 되어 갈 수밖에 없었다.

선장은 간밤에 일등 항해사 조용기와 다툰 분풀이를 선원들에게 하는 것 같았다. 맞은 남 씨뿐만 아니었다. 다른 선원들도 에다의 긴 줄과 와이어와 보통 줄을 놓는 순서가 뒤바뀌어 문제를 일으켰다.

결국, 선장과 일등 항해사 간의 불화와 갑판장의 폭력은 첫 투승 작업을 엉망진창으로 만들어 버린 셈이었다. 갑판 위의 작업장은 선장과 갑판장이 휘두르는 폭력으로 머리를 감싸 쥐고 메뚜기처럼 이리 뛰고 저리 뛰는 선원들의 비명으로 아수라장으로 변했다. 전쟁터를 방불케 하는 현장을 지켜보며 만길은 말문이 막혔다.

선장이나 갑판장은 제정신을 가진 사람들이 아닌 것 같았다. 작업이 정상적으로 진행될 수가 없었다. 선장은 작업을 중단시키고 선원들을 모두 갑판에 집합시켰다. 선원들이 늘어서자 그는 앞에 나서 일장 훈계를 시작했다.

"잘 들어라, 너희가 죽고 사는 것은 내 손안에 있다. 쉽게 말해 이 폰세카호에서는 내가 바로 법이란 말이다."

그는 잠시 말허리를 끊은 뒤 조용기와 최상호에게 자신이 금방 내뱉은 말에 대한 위엄을 과시하듯 힐끗 째려본 뒤 헛기침을 뱉으며 자세를 가다듬었다.

"어획량이 적으면 너희에게 돌아갈 보상은 하나도 없다. 각자가 고향을 떠나올 때는 돈 벌겠다는 각오로 왔을 것이다. 지금 너희들이 하는 행동을 보면 한 푼도 건져 올릴 게 없다. 이대론 안 된다. 경고한다! 만약 게으름을 피우거나 작업이 서툴면 바로 하선시키겠다. 알았나?"

선장은 강한 어조로 말을 내뱉으며 동시에 들고 있던 쇠파이프로 데크 벽을 후려쳤다. 선원들이 모두 긴장해 있는 순간이었다. 앞줄에 서 있던 덩치가 큰 조선족 오강태가 갑자기 무엇을 잘못 보았는지 웃음을 툭 터뜨렸다. 열 받아 있는 선장의 비위를 거스르고도 남았다.

대번 쌍심지를 곤두세운 김태우는 씹어 삼킬 것 같은 목소리로 오강태를 불러내었다. 오강태는 어슬렁거리며 웃음기가 사라진 경직된 얼굴로 앞으로 나갔다. 선장이 당장 꿇어앉으라고 윽박질렀다. 그가 망설이

자 선장은 그에게 성큼 다가가더니 서문 없이 따귀를 후려갈겼다.

"이 새끼가 선장 말이 우습게 들려? 꿇지 못해!"

오강태가 마지못해 선장과 거리를 두고 꿇어앉았다.

"야, 임마! 앞으로 더 당겨 앉아."

선장은 말이 끝나기 무섭게 쇠갈퀴 학가를 집어 들고 그에게 다가가 힘껏 내리쳤다. 선장은 당장 살인이라도 내고 말겠다는 작정을 한 것 같았다. 오강태가 몸을 급히 옆으로 젖히는 바람에 다행히 빗나가서 치명타는 없었다.

선장은 자신 뜻대로 되지 않자 쇠갈퀴를 내던지고 파이프로 닥치는 대로 그를 두들겼다. 다급해진 오강태는 당하고만 있을 수 없었다. 자기 방어로 선장과 맞받아치기 시작했다. 그와 때를 같이 하여 한국 선원들이 무더기로 오강태한테 벌떼처럼 달려들었다.

그때까지 지켜보고만 있던 조선족들이 들고일어났다. 방신防身용 무기를 들고 폭행당하고 있는 동료를 구하기 위해 저항에 나섰다. 사태가 예기치 못한 상황으로 전개되자 선장이 소리를 질렀다.

"기관장! 창고에 가서 도끼를 있는 대로 꺼내와. 이 새끼들 오늘 모두 쳐 죽여 버리겠어."

기관장이 창고로 달려가 도끼를 한아름 안고 왔다. 그 광경을 지켜본 조선족들은 기겁하여 모두 조타실 지붕으로 우르르 달려 올라가 방어 태세를 취했다. 조기장이 사고 현장을 카메라로 일일이 찍어 대다가 선장에게 된통 당했다. 카메라는 바닥에 박살 나버렸다.

사태가 점점 심각해지고 있었다. 빨리 손쓰지 않으면 종잡을 수가 없게 되었다. 필리핀 선원들까지 조타실 지붕으로 오르는 계단을 점거하고 각목을 들고 대치 상태로 들어갔다. 선상에서 일어나서는 안 될 사태가 결국 벌어진 것이었다. 제3국 선원들은 모두가 목소리를 높여 빨리 뱃머리를 돌려 하선시켜 달라고 구호를 외쳤다. 선장과 갑판장은 개의치 않았다.

"그래 알았다. 이 자식들아! 보내 줄 테니까 빨리 내려와 보따리나 챙겨라."

김태우의 비아냥거림은 아무 효과도 없었다. 제3국 선원들은 대치 상태를 쉽게 풀 것 같지 않았다. 소강상태로 잠시 시간이 흘렀다. 선장이 만길을 불렀다.

"이 항사, 한 번 올라가 봐, 이것들 어떻게 하고 있는지."

선장은 제3국 선원들과 무난하게 무리 없이 지냈던 만길에게 그들의 동태를 살펴보라고 했다.

"나 혼자보다 저들이 경계하지 않을, 일 항사님과 함께 올라가겠십다."

선장의 허락이 떨어지기도 전에 옆에 있던 갑판장은 자신이 가겠다며 벌떡 나섰다. 만길은 갑판장과 함께 가는 것은 사태를 더욱 악화시킬 수 있는 일이었다. 갑판장은 제3국 선원들에게 적대감을 많이 안겨 준 인물이었다. 그가 무슨 배짱으로 함께 가겠다는 것인지 이해가 되지 않았다.

만길이 머뭇거리자 최상호가 먼저 앞장을 섰다. 조타실 지붕으로 가기 위해 그가 계단을 오르자 예상했던 대로 조선족들이 몰려 내려와 그의 면상을 향해 발길을 내지르며 강한 어조로 거부했다. 갑판장은 그들의 거센 반발로 여의하지 않자 욕설을 퍼부으며 도로 내려와 버렸다.

만길은 조타실에서 나온 조용기와 함께 올라가 그들에게 면담할 의사를 밝혔다. 그들이 만길에게 거부감은 있을 리가 없었다. 제3국 선원들이 한국 선원 중에 유일하게 애정을 두고 있는 인물이었다. 만길과 조용기가 부드러운 말로 조선족들을 설득하자 그들은 한발 물러설 기미를 보이며 요구사항을 내놓았다.

조선족들이 갑판장 최상호의 폭행을 견디다 못해 선장에게 호소문까지 보냈는데 되레 선장까지 덩달아 가세하니 더 억울하게 구타까지 당해 가며 일을 할 수 없으니 배를 돌려 육지에 내려 달라는 것이었다.

"이러다가 선장이나 갑판장에게 흉기로 맞아 죽어도 어디다 하소연할 데도 없고, 우리가 살길은 오로지 육지로 가는 길밖에 없으니 빨리 데려다주기나 하기요."

만길은 그들에게 잠시 기다려 달라고 달랜 뒤 조용기와 함께 계단을 내려왔다. 그는 선장에게 사실 그대로 보고했다.

"무슨 소리야 호소문을 보냈다니, 누구야 받은 사람이, 일 항사 몰라요?"

선장이 노발대발 소리치자 조용기가 슬그머니 나섰다.

"내가 호소문을 받기는 받았는데, 어젯밤에 말했잖소? 선원들 폭력을 중지해야 한다고."

"이런 제길, 잔말 말고 호소문이나 얼른 가져와요!"

조용기는 호소문을 가져와 못마땅한 태도로 선장에게 불쑥 내밀었다. 호소문을 건성으로 읽은 선장은 지금까지의 태도가 일변하였다. 마치 그 호소문을 잘못 처리하여 사건이 벌어진 것처럼 조용기를 째려보았다.

"좋다! 앞으로 그런 폭행은 없을 것이다. 모두 오해를 풀고 작업장으로 다시 복귀하라고 해."

만길이 다시 계단을 올라 조선족들에게 선장의 말을 전하자 하나둘씩 파이프나 각목, 흉기들을 버리고 갑판으로 내려왔다. 갑판장 최상호도 그들에게 앞으로 폭력은 쓰지 않겠다고 반성의 기색도 없이 입으로만 대강 얼버무렸다.

조선족들이 그 말을 액면 그대로 받아들였는지는 알 수 없었으나 지켜보고 있던 필리핀 선원들의 태도는 달랐다. 그들은 계속해서 하선시켜 달라고 강력하게 요구했다. 선장이 나섰다. 서툴기는 해도 만길이 통역해주었다.

"좋다! 하선은 시켜준다. 그러나 지금은 당장 어렵다. 지금까지 작업부진으로 많은 시간을 낭비했다. 작업하다가 돌아오는 배가 있으면 그때 하선증명서를 주겠다."

필리핀 선원들은 선장의 말이 믿기지 않는 모양이었다.

"그 말을 어떻게 믿으라고?"

"그렇다면 하선증명서는 당장 주겠다. 그러나 다른 배를 만나기까지는 놀고먹을 수가 없으니 그때까지 작업은 해야 한다."

서로의 요구 조건이 받아들여지자 선상에서의 대치 사건은 일단락되었다. 만길은 안도의 한숨을 쉬었으나 선상에서 일어난 사건을 돌이켜보자 마음이 서글펐다. 한국이 언제부터 잘 사는 나라가 되었는가. 그리고 조선족들은 같은 피가 흐르는 동족이었고 단지 태어난 곳만 달랐을 뿐이었다. 그들이 태어난 곳이 중국이라서 동족인 한국 선원들에게 박해

받는 것을 당연하다고 할 수 있는가? 그들은 가난한 나라에서 태어났기 때문에 돈을 벌어야 했다. 낯설고 물이 설은 수륙만리 먼 태평양을 마다하지 않고 목숨을 담보로 배를 타지 않았는가.

필리핀인들이라고 다를 것은 없었다. 하나뿐인 지구에 생존하는 다 같은 인간일 진데 왜 인격 차별과 폭력에 시달려야 하는가. 만길은 이런 저런 생각으로 잠자리에 들었으나 쉽게 잠들지 않았다.

그는 한국에서 태어난 것을 다행이라고 여기는 것이 아니라 조선족이나 필리핀 선원들에게 양심적으로 심한 자괴감을 느꼈다. 이등 항해사인 자신의 신분으로 제3국인들에게 도움을 주지 못하는 현실을 생각하니 가슴이 답답했다. 조선족이나 필리핀인들도 한국 선원들과 똑같은 대우를 받아야 하며 두 번 다시 불행한 사건이 재발하지 않도록 바랄 뿐이었다.

폰세카호는 선상 폭력 대치 사건이 수습된 뒤 아무 일도 없었던 것처럼 하루하루의 생활이 겉으로는 그런대로 평온이 유지되어 나갔다. 필리핀 선원들의 하선 결정도 잠정적으로 유보된 듯했다. 만길은 조선족과 필리핀 선원들에게 거리감을 두지 않았다. 그들의 일상을 하나하나 기록해 나가며 따뜻한 이해심으로 어려운 현실을 이겨내도록 계속해서 도와주었다.

제3국 인들은 만길의 진심이 담긴 마음을 쏟아내는 훈훈한 체취에 녹아들어 그를 형제처럼 생각하고 잘 따랐다. 만길은 그들을 통솔하는데 굳이 권위 따위는 필요하지 않다는 것을 알게 되었다. 이질감 없이 그들을 인격적으로 대할 때 선상의 분위기가 평온을 유지할 것이라는 확신으로 신경을 써주었다.

만길의 확신을 시샘이라도 하듯 그 평온을 깨뜨릴 것 같은 조짐이 서서히 표면으로 모습을 드러내고 있었다. 선장의 지시로 선원들의 작업 시간이 하루 열네 시간으로 연장되었고, 그나마 제3국 선원들의 식사는 매일 된장국에 꽁꽁 얼어붙은 김치 조각뿐이었다. 시간 연장에 대한 불만의 목소리가 이제는 한국 선원들 사이에서도 공공연히 높아져 갔다. 다시 선박의 분위기가 변하고 있었다.

선장과 갑판장 사이에도 번번이 시비가 일었다.

하루는 투승 작업량 때문에 심하게 다투었다. 갑판장은 선장에게 다 풀지 못한 감정을 애꿎은 선원들을 향해 소리를 버럭버럭 질러댔다. 누구든 자신의 비위를 건드리기만 하면 박살이라도 낼 것 같은 특유의 몸짓으로 성질을 드러내었다. 그는 자신의 침실 문이 부서질 정도로 닫고 들어가 문고리까지 걸어버렸다.

그는 사흘이 지나도록 갑판에 모습을 드러내지 않았다. 침실에 드러누워 비디오를 보며 작업에 관심도 없어 보였다. 두 사람의 냉전이 길어질수록 제3국 선원들에게는 오히려 평화의 시간이었다. 그렇다고 해서 만길은 그대로 두고만 볼 수 없었다. 두 사람의 화해를 위해 최상호 침실 문을 노크하고 밀어 보았다. 마침 문은 잠겨 있지 않았다. 비디오를 보고 있던 갑판장은 깜짝 놀라며 베개 밑에서 참치 날개 자를 때 사용하는 예리한 칼을 날쌔게 뽑아 들었다.

"누구냐! 무슨 일이야?"

그의 경계하는 눈빛이 섬뜩했다. 만길은 순간 멈칫거렸다.

"갑판장님 접니다."

최상호는 만길을 알아보고 안심이 된 듯 칼을 베개 밑에 도로 집어넣고 침대에서 육중한 몸을 일으켰다. 철 침대가 삐걱거렸다.

만길은 그동안 진행되어 온 작업을 설명해 주었다. 양승과 투승 작업을 했으나 갑판장이 없어 기술적인 역량 부족으로 어려웠던 상황도 말했다. 그 말은 그의 자존심을 세워 주기 위해서였다. 최상호가 만길의 어깨를 한 번 툭 치는 것은 고맙다는 나름대로 인사 방식이었다.

"모두가 잘해보자고 하다가 보면 오해도 생기기 마련이지 무슨 묵은 감정이야 있겠능교? 웬만하면 선장님과 화해를 하이소. 오래 끌면 좋을 것도 없잖은교. 내가 갑판장님을 좋아하는 것은 뒤끝이 없는 성격 아닌교."

그는 만길의 말에 용기를 얻었는지 자리를 털고 일어나 선장실로 찾아 올라가 바로 화해했다.

폰세카호의 제3국 선원들은 두 달 가까이 고달픈 작업과 형편없는 부식으로 모두가 영양실조 일보 직전이었다. 알맹이 없는 부식에 심한 반발이 있었던 한국 선원들에게는 부식의 질과 수면 시간은 벌써 개선되어 있었다.

제3국 선원들은 하루 열네 시간의 고된 작업으로 도저히 견딜 수 없는 극한 상황으로 치달았다. 기계도 아닌 인간의 두 다리로 꼿꼿이 선 채 오랜 시간 작업을 하려니 하체가 부어오르고 두 발은 감각을 잃을 정도였다. 제일 견디지 못하는 것은 부족해진 잠이었다. 만길은 조타실로 올라가 선장에게 여러 차례 개선을 요구했다.

"이건 좀 지나치다고 생각됩니다. 저들은 기계가 아닌 사람들이고 음식도 충분히 먹지 못한 상태에서 수면 부족에 시달리고 있으니 조정하십시오."

선장은 만길을 흘깃 한 번 쳐다보더니 못마땅한 표정을 지었다.

"내가 이 항사 지시받을 분위기는 아니잖아? 자네 일이나 제대로 해 참견 말고. 알았어?"

"참견이 아니라 선원들과 같은 동료 처지에서 근무 개선을 요구하는 겁니다."

"개선 요구를 받아들이는 것도 내 마음이야, 선원들이 불순한 낌새가 있는지 감시나 잘하라고."

그와는 말이 통하지 않았다. 선장은 비열하게도 조선족과 필리핀 선원들에게 얼마 전 대치 사태의 보복을 그런 식으로 앙갚음하고 있었다. 만길에게 그의 성정은 용렬스러운 인간으로 비쳤다.

"앞으로 선상에서 어떤 돌발 사태가 발생해도 선장께서 책임져야 합니다."

"그런 걱정일랑 접어 두고 가보라니까."

선장의 뒷말에는 거친 가시가 돋아 있었다. 만길은 선장의 면상을 주먹으로 한 대 날리고 싶은 충동을 겨우 참았다. 비열한 인간에게 자신마저 폭행으로 문제를 해결하고 싶지 않았다.

이튿날은 새벽까지 작업이 힘들게 이어지고 있었다. 선원들은 소나기처럼 쏟아지는 잠을 이 앙다물고 버티었다. 조선족 김문기가 도저히 잠을 참지 못하고 에다 줄을 사려 잡고 졸았다. 마침 갑판장이 지나다가 그

모습을 목격하고 김문기의 머리를 주먹으로 내리갈겼다. 그는 맞을 때뿐이었다. 김문기는 밀려드는 졸음을 도저히 이기지 못하고 바닥에 그대로 길게 뻗어버렸다. 성질이 난 갑판장은 그를 닥치는 대로 발길질을 마구 해대더니 침실로 끌고 들어가 감금시켜버렸다.

침실에 갇혀 버린 김문기는 꼬박 이틀 밤낮을 곯아떨어져 잠에서 깨어나지 못했다. 그는 침실에서 하루 두 끼의 식사만 받게 되었다. 그들의 침실은 갑판 아래층의 식당과 맞붙은 곳이었다.

제3국 선원들에게 가해지는 차별 대우는 심각한 위기로 치달았다. 선원들은 허기진 배를 채우기 위해 사관 선원들의 눈을 피해 여차하면 냉동 창고를 들락거렸다. 창고 책임자는 만길이였다. 그는 굶주린 선원들을 배려해 잠깐씩 창고 문을 열어 놓고는 했다.

하루는 필리핀 선원 한 명이 갑판장한테 구타당하고 있었다. 갑판장은 필리핀 선원의 입에 굳은 돌덩이 같은 냉동된 소시지를 억지로 욱여넣으며 마구잡이로 소리를 질러댔다.

"자, 처먹어라. 처먹어. 이 도둑고양이 새끼야."

그는 계속해 발길질을 멈추지 않았다. 만길은 두 달 전의 험악했던 대치 상태가 다시 퍼뜩 떠올랐다. 그는 급한 대로 갑판장 앞을 가로막았다.

"구타는 하지 않기로 약속했잖은교?"

"지금 이건 다른 얘기야, 이 새끼가 창고 음식을 훔쳐 먹었다고."

그의 말은 작업장에서 한 명이 부족한 것을 발견하고 찾아다니다가 냉동 창고에서 빵과 소시지를 훔쳐 나와 먹는 것을 닦달하는 것이라 했다.

"갑판장님도 생각해 보소. 저들이 오죽했으면 훔쳐 먹겠는교? 왜 음식을 충분히 주지 않습니까? 도대체 이유가 뭔교?"

"그걸 내가 어떻게 알아! 선장 명령이잖아!"

"정 그렇게 나오시면 지금까지 선상에서 일어났던 사건들을 수사 당국에 낱낱이 고발하겠소."

선원으로서는 함부로 해서는 안 될 위험천만한 말이었다. 선상에서는 두 명만 의기투합하면 선원 한 명 정도는 눈 깜짝할 사이에 죽여서 감쪽같이 바닷물에 던져 버리는 것은 식은 죽 먹기였다. 본사에 실족사로 보고서만 작성해 보내면 그만이었다.

"어련하려고. 어이, 이 항사! 그런 협박에 내가 주눅이 들 것 같나? 아니잖아, 선장한테나 써먹으라고."

그 역시 인간미가 없는 용렬한 사람이었다. 다른 한국 선원들도 마찬가지였다. 제3국 선원들이 욕설과 폭력에 시달리고 있는데도 누구 하나 나서서 동정하거나 말리는 사람이 없었다. 그런 광경을 오히려 구경삼아 시시덕대며 조롱을 일삼았다.

조선족들은 피를 나눈 같은 동족이 아닌가. 한국 선원들은 갑판장과 함께 그들을 멸시하는 인권 유린을 즐겨할 뿐이었다. 차별 대우를 규제할 수 있는 딱 부러진 법규도 없지만 있으나 마나 하는 선원 규칙은 그들에게는 무용지물이었다. 그런 환경이 만길은 답답하기만 했다.

날이 갈수록 한국 선원들이 제3국 선원들에게 저지르는 가혹한 행위는 점점 강도가 높아지고 있었다. 아예 때와 장소를 가리지 않고 드러내 놓고 괴롭혔다.

하루는 침실에서 바깥출입이 금지되어 있던 조선족 김문기가 어떻게 탈출했는지 조타실로 만길을 찾아왔다. 만길은 혼자 야간 당직 근무를 서고 있었다. 김문기는 잠겨 있는 창문을 다급하게 두들겼다. 평소 조타실을 잠겨 두는 것은 보안 때문이었다. 그의 얼굴은 절박감이 절실하게 흘렀다. 만길을 향해 밖으로 제발 좀 나와 달라는 손짓이 절박해 보였다. 김문기는 밖으로 나온 만길에게 주변을 한 번 살펴보더니 살려달라고 애절한 목소리로 구원을 요청했다.

"이 항사님 저 좀 보호해 주세요. 큰일 났습네다."

"아니, 보호라니 무슨 일인지 똑바로 말해 보소."

김문기는 겁에 잔뜩 질린 얼굴이었다.

저녁 식사 시간이 지나고 선장과 갑판장, 기관장이 침실 바로 옆에 붙어 있는 식당에서 술을 마시며 나누는 이야기를 엿들은 모양이었다. 세 사람의 입에서 오르내리는 자신의 이름이 나오자 그는 당연히 긴장할 수밖에 없었다. 김문기를 바다에 버린다는 의미로 '내꼬' 시킨다는 말을 분명히 들었다며 두려움을 감추지 못했다.

그는 생명에 위협을 느껴 식칼을 몸에 숨기고 있다면서 만길에게 보여주었다. 그 순간 만길은 온몸에 소름이 돋는 것을 느꼈다. 온갖 멸시와 폭력까지 시달리며 굶주림과 수면 부족으로 허덕이는 그들에게 저지르는 비인간적인 행동도 모자라서 이젠 소중한 목숨까지도 가볍이 빼앗으려 하고 있었다. 김문기의 말이 사실이라면 심각한 일이었다. 폰세카호에 타고 있는 누구도 그 세 사람 선장, 갑판장, 기관장의 눈에 벗어났다가는 목숨을 보장받을 수 없었다.

만길은 며칠 전 갑판장에게 경고성 발언했을 때 아무렇지도 않게 비웃으며 대응하던 그의 얼굴이 빤히 떠올랐다. 만길 자신도 목숨 보장에 대해서는 자유롭지 못한 몸이었다. 그 순간부터 그도 두려운 분위기에 휩쓸리는 자신의 감정을 부인할 수 없었다. 만길은 김문기를 안심시켜 다독거려 돌려보낸 뒤 추이를 지켜보았다.

선장과 일등 항해사, 갑판장, 기관장은 폰세카호의 책임자들이었다. 물론 선장이 최고 책임자이기는 하지만 그들 사이가 틈이 생겨 삐걱대기 시작하면 선원들에게도 영향이 미쳤다. 네 사람이 아직은 큰 불화 없이 제법 호흡을 잘 맞추고 있는 듯해 보였지만 그런 분위기와는 상관없이 갑판장 최상호의 폭력 행위는 다시 기승을 부리기 시작했다.

필리핀 선원 마르코가 작업 중 실수하여 갑판장에게 걸려들었다. 마르코는 다른 선원들과 마찬가지로 만길의 지시 사항들은 잘 알아들었다. 그러다가도 최상호만 나타나면 머리가 아뜩해서 정신이 산만해지고 호흡이 거칠어지며 실수를 연발했다. 최상호는 마르코를 주먹으로 몇 차례 쥐어박더니 솥뚜껑 같은 큰 손으로 그의 양 뺨을 맞장구치듯 힘껏 쳐버렸다. 얻어맞은 마르코는 한순간 멍청하게 서 있나 싶더니 한쪽 귀에서 피가 흘렀다. 그는 곧 정신을 잃고 쓰러져 버렸다.

그 상황을 본 만길은 두 주먹을 불끈 쥐고 브릿지로 바로 뛰어 올라갔다. 선장에게 이제는 더 참을 수 없다며 거세게 항의했다. 선장은 건성으로 만길을 흘깃 쳐다보더니 갑판장을 조처하겠다며 내려가라는 뜻으로 손목을 까닥거렸다. 만길은 그가 조처하겠다고 하는 데는 버티고 있을 수도 없었다. 선장의 태도가 미덥지 않았지만 한 번 더 강다짐을 놓은 뒤 브릿지를 내려왔다.

브릿지에서 그가 나가고 나자 잠시 뒤 최상호가 나타났다. 만길이 굳은 표정을 짓고 브릿지로 올라간 것을 본 갑판장은 아무래도 뒤끝이 켕기는 모양이었다.

“거지발싸개 같은 새끼, 생선 한 마리 값보다 못한 놈이 요령을 부리고 지랄이야.”

갑판장이 지껄인 말은 마르코를 두고 한 말이었다. 선장은 그의 비위라도 맞추듯이 피식 웃으며 맞장구를 쳤다. 최상호가 저지른 폭력에 대해서는 일언반구 한마디도 언급하지 않았다. 선장 김태우의 책임감 없는 비열한 본질을 다시 확인하는 순간이었다.

마르코는 침실에 드러누웠고 선장은 그에게 약은 고사하고 식사마저도 제한시켰다. 김태우는 그 기회를 이용해 제3국 선원들의 길들이기를 결심한 듯했고 마르코를 본보기로 삼아 강제로 하선시키려고 했다.

며칠 뒤 김태우는 만길을 불러 마르코의 여권과 강제 하선 서류 봉투를 건네주며 중간 귀국 어선이 도착하는 즉시 그를 인계하라는 명령을 내렸다. 만길은 강력하게 거부했다. 선장은 자신 말이 먹혀들지 않자 시큰둥하여 대신 일등 항해사 조용기를 불렀다. 그에게 마르코 일을 맡겼다. 조용기는 몇 번 항의하다가 불만이 가득한 표정으로 마지못해 서류를 넘겨받았다.

얼마 뒤 중간 귀국선이 도착했다는 연락이 오자 한국 선원 두 명이 마르코를 강제로 데리고 나왔다. 그는 가지 않겠다고 발버둥을 쳤으나 소용없는 일이었다. 강제로 하선 당하게 되면 그때까지 힘들게 노력한 보수는 삼 분의 일 수준도 받을 수 없었다. 조용기는 한국 선원 두 명과 함께 마르코를 귀국 어선에 인계하고 돌아와 선장에게 보고했다.

만길은 그 광경을 지켜보며 마음이 무거웠다. 가난한 나라에서 태어나 살아 보겠다고 먼 타국의 태평양 바다까지 흘러와 온갖 박해와 폭력에 시달리다가 결국 고막이 터지는 장애가 된 채 강제 하선을 당한 마르코의 모습이 애처롭게 다가왔다. 선상에서 일어난 무차별적인 폭력은 약소 민족의 비참한 현실이었다.

만길은 이제 더는 그런 환경에서 버텨 낼 수 없는 막다른 골목에 다다랐다. 선상 위에서 한국 선원들이 마구잡이로 저지르는 폭력은 인간에게 내재 된 악성의 근원은 한계점이 없어 보였다. 만길은 자신이 가진 이성으로서는 그 문제를 해결하기에는 역부족이었다. 그는 착잡한 심정으로 당직 근무를 하면서도 괴로움에 시달렸다.

밤새도록 만길은 다른 배로 갈아타든지 차라리 구룡포로 돌아가 고향 근해에서 어부 생활하고 싶은 여러 가지 생각으로 번민하며 잠을 설쳤다. 그러나 다른 배로 갈아타는 일은 썩 내키지 않았다. 어떤 배를 타든 크고 작은 갈등은 있게 마련이고 폰세카호 보다 환경이 낫다는 보장도 없었다. 그런저런 생각 끝에 만길은 갑자기 죽은 새어머니 미츠가 몹시 그리워졌다. 비록 이 세상 사람은 아니지만, 그의 체취와 숨결이 느껴지는 구룡포로 돌아가고 싶은 생각이 더욱 강렬하게 밀물처럼 밀려들었다.

만길은 이튿날 하선 사유서를 작성하여 선장에게 들이밀었다. 오래된 위궤양이 재발되어 일상생활을 도저히 할 수 없고 심각한 증세로 발전

한 것 같아 종합 검진이 필요하므로 하선 신청한다는 내용이었다. 하선 신청서를 읽은 김태우가 의외의 반응을 보였다. 침실에 누워 있는 만길에게 득달같이 달려왔다.

"이 항사, 무슨 일이야 갑자기 아프다니, 사실대로 말해 봐."

"이유는 없어요. 밥을 못 먹을 정도로 통증이 심하요."

"여태껏 위가 나쁘다고 약 한 번 먹은 일도 없잖아? 지금처럼 중요한 시기에 하선하면 어떡해. 약을 가져올 테니 툭툭 털고 일어나."

선장은 짜증스러운 목소리를 섞어 가며 만길을 달랬다. 그는 밖으로 나가더니 금시 약 봉투를 들고 왔다.

"위궤양에 좋은 특효약이야. 어서 먹어 봐 효과가 있을 거야."

선장의 진의가 어디에 있는지는 알 수 없으나 부드러운 그의 말에 만길은 잠시 마음이 흔들렸다. 그가 그런 다정한 면도 있었나 하고 의심이 들 정도였다. 그런 선장이 왜 제3국 선원들에게는 박해 일변도의 태도를 보였는지 이해가 되지 않았다.

만길이 며칠 동안 침실에 드러누워 하선을 고집하고 있는 동안 엉뚱한 곳에서 그 결심이 틀어져 버렸다. 그 사이 조선족들이 다시 작업을 거부하고 있었다. 그 이유는 갑판장의 지속적인 폭력에 이젠 참을 수 없다는 것이었다.

선장과 조용기가 차례로 몇 번씩 찾아가 회유와 협박까지 해도 요지부동이었다. 선장은 난감하게 되자 만길을 찾아왔다. 김태우는 만길에게 넋두리를 늘어놓으며 조선족들을 잘 설득해 달라고 통사정했다.

만길은 어쩔 수 없이 자리에서 일어나 조선족들을 찾아가 겨우 달래어 보았다. 그들은 만길의 간곡한 부탁과 그의 체면 때문에 못 이긴 척하고 조타실로 모두 따라 올라갔다.

김태우는 전에 없는 온화하고 부드러운 말로 타일렀다. 원양어선의 책임자로서 실적을 생각하지 않을 수 없고, 본의 아니게 거칠게 다룬 행동들을 이해하라며 다시 자세를 낮추었다. 선원들 모두가 가난한 가족들 때문에 고생을 하는 것 아니냐며 어려움이 있더라도 서로 참고 견디자고 했다. 이제부터는 부족했던 대우도 개선하고 폭력은 두 번 다시 재발하지 않도록 할 것이니 믿어 달라고 전에 없는 친절한 말투를 앞세웠다. 그가 그렇게 할 수밖에 없는 것은 어획량의 목표치가 형편없이 저조한 까닭이 있었다. 선장이 구구한 변명을 늘어놓아도 조선족들은 시큰둥하게 별 반응이 없었다.

선장실에서 나온 그들은 머리, 팔다리, 허리, 치통, 수술 자리, 위 등이 아프다는 둥 엄살까지 섞어 가며 작업을 거부했다. 계속해서 하선을 고집하며 아예 침실에 틀어박혀 바깥일에는 손을 놓아 버렸다. 답답해진 선장은 직접 약봉지를 들고 다니며 설득했으나 분위기는 더 나아지지 않았다.

이튿날이었다. 선장으로부터 강압적인 작업 지시가 떨어졌으나 모두가 한쪽 귀로 흘러들었다. 본디 너그럽지 못한 선장의 성질은 한계에 다다랐다. 그는 필리핀 선원들이 시작하고 있는 작업을 중단시켜버렸다. 화가 머리 꼭대기까지 오른 선장은 입에 욕을 물고 팔을 걷어붙이더니 조선족들을 하선시켜 주겠다며 모두 갑판 위로 데려오라고 만길에게 큰소리로 지시했다. 조선족들이 어정대며 모두 갑판으로 모여들었다.

"이 멍청한 것들아, 니네들이 나하고 한번 해보자는 거야 뭐냐? 내가 인간적으루 말했으면 알아들어야지. 좋다! 너희들 꼴리는 대로 해 줄 테니 서명하고 지장들 찍어!"

선장은 그들에게 하선 절차를 밟아야 한다며 서류 밑에 서명하고 지장을 찍으라고 했다. 조선족들은 하선시켜 준다는 귀가 번쩍 뜨이는 말에 서류에 별 의심도 없이 서명들하고 엄지의 지장까지 눌러버렸다.

서류가 작성되자 선장은 그것들을 한 손에 거머쥐고 조선족 앞에 의기양양하여 흔들어 댔다. 그의 손에는 하선 명령서 외에 징계서도 포함되어 있었다.

"잘 들어라. 이 자식들아. 내가 너희들을 호락호락 보내 줄 것 같았어? 어림도 없는 수작이다. 모두 엿이나 처먹어라. 이놈들아."

선장은 조선족들의 선박 비용은 물론이고 그동안 조업 손실 비용과 사모아 구치소에서 수용되어 먹고 자는 경비까지 변상하지 않으면 집으로 돌아갈 수 없다는 것이었다.

"중국에 있는 너희 마누라와 새끼들까지 몽땅 팔아도 어림없을 것이다. 이 자식들아."

선장은 이어서 지금까지 공급하고 남아 있는 담배와 일용품까지 모조리 수거시켰다. 그리고 그 순간부터 폰세카호의 선원들이 아니므로 식사도 줄 수 없다고 했다. 선상의 분위기는 아무도 예측할 수 없는, 곧 폭풍이라도 몰아칠 전야처럼 정적마저 감돌았다.

그런 과정을 지켜보고 있던 만길은 뜬금없이 형 만선의 얼굴이 떠올랐다. 형 만선도 김태우처럼 비루한 동류의 인간임이 분명했다. 두 사람은 상대방의 입장을 배려할 줄 몰랐다. 이기적인 그들의 사고와 행동은 사회의 구성원으로서는 적합하지 않은 인물들이었다.

두 사람은 자기 자신들의 순수한 자력만으로 사회생활을 영위해 온 것은 아니었다. 어떤 식이든 여태껏 사회 구성체에서 발생하는 반사 이익 혜택을 누리고 살아온 것은 틀림없었다. 그런데도 두 인물은 어려운 이웃에 베풀기는커녕 올바르지 못한 짓을 별 의식도 없이 저질러 왔었다.

사람들 모두가 자신의 이기심만 부추기게 된다면 사회는 어둡고 혼탁한 곳으로 빠져들기 마련이었다. 형 만선의 이기적 행동으로 만길 자신과 결국 혈연의 관계가 단절로 이어졌듯이, 선장 김태우 개인의 비열한 욕망 때문에 사회 구성의 중요한 이해와 협동이 파괴되고 하급 선원들 가슴에 대못을 박는 결과를 초래하게 되었다.

선장의 예기치 못한 폭탄선언에 조선족들은 바위처럼 굳어버린 채 망연자실했다. 그들은 할 말을 잊었다. 김태우가 나열한 조선족 개인의 손실 비용을 대충 계산하면 얼추 한국 돈 오백만 원의 거금이었다. 중국에 거주하는 조선족들의 당시 중산층 주택값으로 계산해도 두 채 값은 너끈히 되고도 남았다. 가난한 서민인 조선족으로서는 평생 한 번 만져 볼 수도 없는 금액이었다. 중국에서 한 달 동안 노동으로 벌어들이는 수입을 계산하면 이십 년 동안 한 푼도 쓰지 않고 꼬박 모아도 모자라는 액수였다. 그처럼 큰돈을 가족들이 변상할 형편도 되지 못했다.

조선족들로서 이런 황당하고 캄캄한 나락으로 떨어지는 낭패를 해결할 수 있는 수단이 있다면 그것은 평생 사모아 감옥에서 썩는 일뿐이었다.

만길이 최근 뒤늦게 조용기의 고자질로 안 사실이지만 폰세카호는 15개월 동안 벌써 한 차례 폭동 사건으로 선원들을 강제 하선시켰고 이번 조선족들이 두 번째의 피해자들이었다.

그날 밤 만길은 당직 근무를 마치고 울적한 마음으로 데크에 기대서서 불행한 상황에 말려든 조선족들을 생각하며 하늘의 별들을 헤아리고 있었다. 별똥 하나가 길게 서쪽으로 포물선을 그었다. 만길은 그 별똥이 날아간 곳을 향해 곤경에 처한 조선족들을 구제해 달라고 부질없는 희망을 마음속으로 빌었다.

그때였다. 난간에 바짝 붙어 서서 검은 바다를 향해 오줌을 갈기는 사내 하나가 있었다. 자세히 살펴보니 조선족 오강태였다. 만길은 측은한 생각이 들어 그를 불렀다. 얼굴이 온통 상처투성이로 다가온 오강태에게 만길은 창고 열쇠를 건네주며 술은 적당히 갖다 마시고 음식은 양껏 가져다 먹으라고 했다.

그가 돌아가고 나서 만길은 그대로 방관하고 있어서는 안 되겠다는 생각이 퍼뜩 떠올라 선장 침실을 찾았다.

노크하자 선장은 신분 확인을 하고 문을 열어 주었다. 그는 아직 잠자리에 들지 않고 비디오를 보고 있었다. 선장은 늦은 시간이었는데도 찾아온 만길을 반갑게 맞이했다. 어떻게 보면 살가운 면도 있는 것 같은 그가 왜 제3국 인들에게는 인정을 베풀지 못하고 악하게 구는지 참으로 답답한 일이었다.

"선장님 요점만 말씀드릴게요. 조선족들의 하선 명령을 취소해 주이소. 제발 부탁드립니다. 그들이 반성을 많이 하고 있심다."

"쓸데없는 소리! 그 새끼들 그냥 뒀다가는 필리핀 깜부기 같은 놈들도 따라 한다고, 본때를 보여줘야 해!"

"그들은 우리와 같은 동족이고, 불쌍한 사람들 아닙니까. 앞으로 작업도 열심히 하겠다고 하니 제발 용서해 주이소."

"안 된다니까 그러네. 내가 그만큼 해줬으면 됐지, 더 이상 밀리지 않을 거야."

"아무래도 불길한 생각이 자꾸 들어서 그럽니다."

"걱정 접어. 알아서 할 테니까. 다른 팀으로 교체하면 돼. 꿀릴 것 없어!"

선장은 단호했다.

만길은 암담한 마음으로 그곳을 빠져나와 자신의 침실로 걸어갔다. 그는 침실로 가기 전에 조선족들의 침실을 둘러보고 싶었다. 그들에게 술과 음식을 가져다 먹으라고 했지만 어떻게 하고 있는지 궁금해 문을 열었다. 조선족들은 한쪽 침실에 모두 모여 있었다. 침실 안은 자욱한 담배 연기와 술 냄새가 온통 진동했다. 그들은 참담한 심정으로 술병을 기울이는 중이었다. 만길은 그들의 어깨를 다독거리며 단순한 위로의 말밖에는 달리 할 일이 없었다.

만길은 잘 마시지 않지만, 그들이 따라 주는 술을 거절할 수 없어 한두 잔 받아 마시며 하소연을 묵묵히 들어 주었다. 조선족들은 모두가 가난 때문에 목숨을 건 원양어선을 타게 된 것이었다.

그들이 폰세카호를 타도록 소개를 받은 곳은 중국 길림성에 있는 국제 인력회사였다. 대부분 한국 돈 오십만 원을 들여 일 년 이상 기다린

끝에 어렵게 배를 타게 되어 출국했었다. 그들이 빌려 쓴 사채 이자는 삼십 프로가 넘는 고액이었다. 원양어선에서 받는 한 달 급료는 오십 달러 정도였다. 그 돈을 쓰지 않고 일 년 이상은 모아야 겨우 빚을 갚을 뿐이었다. 거의 집을 담보로 사채를 빌린 사람들이었다. 만약 그대로 강제 하선을 당하여 사모아 구치소로 들어간다면 하나뿐인 집은 고스란히 날아갈 판이었다.

오직 돈을 벌어 잘살아 보겠다는 한 가지 일념으로 낯선 타국의 태평양 바다 한가운데서 80여 일 동안 온갖 박해에 시달리고 있었었다. 제대로 먹지도 못하고 수면 부족으로 비인간적인 폭행까지 당했다. 그들은 불끈불끈 솟아오르는 분노도 삭여 왔는데 결국 강제 하선 당하게 되었으니 땅을 치고 통곡할 노릇이었다.

그들은 하늘이 무심하다고 눈시울을 적셨다. 이젠 사모아에서 감옥 생활까지 하게 되었으니 왜 절박한 마음이 생기지 않았겠는가. 한국 배를 타기만 하면 곧 벼락부자가 될 것 같은 희망으로 설레는 가슴을 안고 정든 고향을 떠났지만, 조국 대한민국 사람들은 자신들을 짐승처럼 혐오하고 비웃으며 폭력을 일삼았다.

조선족들에게도 쓸개는 있을 터였다. 그들이 그 쓸개를 잠시 떼어놓고 울분을 삭인 것은 고향의 가난한 가족들 때문이었다. 만길은 그들의 말을 들어보니 구구절절 가슴 아픈 사연들을 하나씩은 다 지니고 있었다. 만길은 그들을 동정만 하고 있을 수 없었다.

"자, 모두 내 말을 잘 들어요."

만길의 목소리에 모두 시선을 고정했다.

"이대로 가만 있지 말고, 마지막 수단을 구합시다."

"마지막 수단이 무어요? 이 항사님, 제발 우리를 구제해 주오. 일이 풀릴 수 있도록 방법을 좀 가르쳐 주기요."

그중에서 덩치가 큰 오강태가 옆으로 다가앉았다.

"내가 지금 선장실을 다녀왔지만, 그것으로는 부족하요. 여러분들 모두가 몰려가서 선장과 담판하소."

"무슨 담판을 어떻게 합네까?"

오강태가 무릎걸음으로 더 다가앉으며 재차 물었다.

"모두가 선장 앞에서 무릎을 꿇고 발이 손이 되도록 빌며 무조건 매달리소. 그도 사람인데 인정이 안 있겠소? 만약 선장이 여러분의 호소를 받아들이면 기회는 있소. 이 사실을 본사에 아직 보고하지 않았으니까 빨리 서두르소."

만길은 그들에게 절대 포기하지 말라고 격려한 뒤 침실로 향했다. 다음 교대 시간까지 잠잘 여유가 세 시간 정도밖에 남아 있지 않았다.

그는 침대에 누웠으나 도저히 잠들 수가 없었다. 한참을 뒤척이다가 시계를 보니 12시가 넘었다. 만길은 자리에서 일어났다. 아무래도 선장실을 찾아간 조선족 선원들의 결과가 궁금했다.

만길이 그들의 침실 문을 밀자 그냥 열렸다. 그가 안으로 들어서자 숨이 막히도록 분위기가 음산하게 변해 있는 것을 바로 피부로 느꼈다. 여덟 명의 옆자리에는 번뜩이는 칼과 도끼들이 한 자루씩 위협적으로 놓여 있었다. 침실 안으로 들어선 만길을 바라보는 그들의 눈초리마저 싸늘한 기운이 감돌았다.

"선장한테 가서 어찌 됐어요?"

만길의 물음에 오강태가 앞으로 나섰다.

"늦은 시간이라 한꺼번에 몰려가면 오해받을까 싶어 나 혼자 조타실에서 당직을 서고 있는 일 항사에게 먼저 갔소."

오강태는 조용기에게 사정 얘기하고 선장을 만나게 해 달라고 부탁하자 그가 한마디로 거절을 해버렸다고 했다.

"모두가 끝난 얘기야, 선장이 내 말을 듣지도 않고 아예 무시하는데 내가 쓴소리를 왜 해?"

"우리 모두 반성을 깊이 하고 있으니 일 항사께서 제발 좀 나서 주기요."

"당신들 호소문 가져왔을 때 해봤잖아, 당신들 앞에서 내가 망신당하는 거 안 봤어? 그러니 직접들 가보라고."

항해사 조용기의 거절로 희망을 기대했던 그들은 실망을 곱씹으며 할 수 없이 선장 침실로 몰려갔다. 선장은 늦은 시간에 떼로 몰려온 것을 트집 잡아 문은 열지도 않은 체 마구 화를 내었다. 그는 일 항해사 조용기와 함께 오라고 했다.

조용기는 조타실을 잠시도 비울 수 없다면서 한국 선원 한 명을 불러 조선족들과 함께 선장 침실로 보내 주었다. 비로소 침실로 들어선 조선족들은 선장 앞에 무릎을 꿇고 통사정하였으나 좋은 결과를 얻지 못했다. 선장은 막무가내 호통치며 그들을 쫓아낸 뒤 안에서 문을 잠가 버렸다.

조선족들은 통로에 무릎을 꿇고 삼십여 분 동안이나 울며 호소해도 선장 침실에서는 일말의 동요도 없었다. 그들이 자신들의 침실로 돌아와 울분을 터뜨리며 대책을 세운 것은 엄청난 비극을 초래할 조짐이었다.

그들이 거의 이성을 잃어 가고 있을 때 마침 만길이 찾아온 것이었다. 모두가 하나같이 선장과 갑판장, 조용기와 한국 선원들을 싸잡아 욕설을 퍼부으며 짓씹었다.

"우리가 무슨 저희 부모 죽인 원수라고 벼랑 끝으로 내모는 기야? 더러운 종간나 새끼들."

"까짓, 종간나 새끼 선장 놈을 먼저 콱 죽이고 배에 불을 싸지르자!"

"한국 놈들은 씨를 남기지 말고 모조리 죽여야 해."

"이 항사님, 오늘 우리 끝짱 내기로 결심했소."

오강태의 말이었다.

조선족들은 모두가 격한 감정을 다스리지 못하고 있었다.

"모두의 지금 심정을 충분히 이해 하요. 그렇다고 흥분되어 사람을 죽인다고 해결될 일은 하나도 없소."

될 수 있는 대로 그들의 감정을 부추기지 않으려고 아주 천천히 소리를 낮추어 말하고 있지만, 만길의 목소리는 자신도 모르게 떨리고 있음을 느꼈다.

"선장과 갑판장, 기관장, 일 항사를 모두 죽이지 않고는 분이 풀리지 않소."

오강태가 굳은 표정이 되어 칼 등으로 침실 벽을 불똥이 튀도록 힘껏 내리치며 하는 말이었다.

"우리는 선장에게 거절당하고 많은 생각을 해 보았소. 절대로 우리의 신세가 더 나아질 희망은 없어졌소. 오직 한 가지 길뿐이오. 이 항사도 우리한테 동참하는 게 좋겠소."

그들은 어이없게도 만길을 끌어들일 생각을 하고 있었다.

"오강태씨, 그것은 막다른 길이요. 다시 생각해 보소."

만길은 최소한 살인만은 피해야 한다고 생각했다. 그대로 방치한다면 건잡을 수 없는 사태로 이어질 것 같았다.

"생각하고 자시고 할 시간이 읎소. 내일이면 우린 고스란히 감옥행 아니오?"

"그래도 살인은 피해야 하오. 내가 한 번 더 나서 볼 테니 시간을 주소."

만길은 그들의 감정을 거스르지 않으려고 어디까지나 차분하게 달랬다.

"이젠 두 번 다시 속지도 않을 것이고, 이용당하기도 싫소."

만길의 설득에도 그들이 강경한 태도를 고수하는 것은 만길마저도 믿지 못하고 있었다. 그들의 계획이 번복되기란 이미 그른 것 같았다.

"조금 전에도 말했지만, 이 항사님도 우리 계획을 안 이상 참여하지 않으면 곤란하오. 미안하오만 우리하고 함께하는 길만이 목숨을 부지할 수 있소."

칼을 손에 거머쥐고 있는 오강태의 말투는 고압적이었다. 만길은 진퇴양난에 빠졌다. 그들에게 동조할 수도, 거절할 수도 없게 되었다. 이제 더 설득되지 않았다.

그 시간부터 죽음의 그림자가 만길의 뒷덜미를 틀어쥐고 있었다. 감시하는 건장한 조선족 두 명이 흉기를 숨긴 채 항상 만길을 바싹 뒤쫓아 다녔다. 우선 그들이 시키는 대로 동조하는 시늉을 할 수밖에 없었다.

오강태가 처음부터 성격이 거친 사람은 아니었다. 그가 배를 타기 전에 신분은 철도공무원이었다. 그 역시도 병든 노모와 가족을 고향에 남겨 둔 채 가난을 벗어보고자 집을 담보로 하여 배를 탔던 것이었다. 동료들에게는 다정다감하고 어려운 일에 언제나 앞장서 솔선수범하는 인물이었다. 그는 오직 가난한 가족들을 생각하며 온갖 굴욕을 참아가며 하루하루 고달픈 선상생활을 견디고 있었다.

그러나 그런 순수한 양처럼 온순한 사내에게 도대체 살인하게 만든 원인이 누구에게 있는가. 누구에게나 생명은 소중한 것이었다. 그들이 자신의 생명까지 담보로 하고 막다른 길로 흉기를 들고 나섰을 때는 오죽했겠는가.

그동안 그들이 당했던 억압과 혹사, 잔혹한 폭행도 모자라서 이젠 사모아의 감옥으로 가게 되면 가정의 소중한 삶마저도 송두리째 허물어질 운명에 처하게 되었다. 얼마나 마음이 절박했으면 그런 결심을 하게 되었을까 하고 만길의 생각이 그곳에 미치자 그들을 탓할 수만 없었다. 그러나 현실은 현실이었다.

새벽 시간이 되자 만길은 조용기와 교대 근무를 하고 키를 넘겨받았다. 뒤를 바싹 따라붙은 두 명의 감시원 때문에 조용기에게 어떤 상황도 알릴 형편이 못 되었다. 무슨 일이 있어도 살인만은 막아야 한다고 생각했으나 방법이 떠오르지 않았다. 조선족들의 말대로라면 선장을 죽이고 폰세카호에 불이라도 지른다면 선원 모두는 죽음을 면할 수가 없었다.

암흑의 바다는 선상 위에서 벌어질 엄청난 비극을 알고 있기라도 한 것처럼 폭풍과 함께 거친 파도가 높게 일기 시작하고 있었다.

만길은 급박한 현실 앞에 이 궁리 저 궁리 머리를 굴리고 있는데 조타실 문이 벌컥 열리며 오강태가 조선족 다섯 명과 함께 들이닥쳤다. 그들의 손에는 칼과 도끼가 하나씩 들려 있었다. 섬뜩한 소름이 만길의 전신을 훑고 지나갔다.

오강태는 만길에게 선장을 조타실로 불러오라고 협박했다. 이젠 그의 말투에 거부하거나 간여할 수 없는 힘이 실려 있었다.

"오강태씨, 조타실은 잠시도 비울 수 없어요. 여차하면 사고로 이어져요."

"잠깐이면 되지 않소. 선장실 문만 열게 해요. 자, 빨리 가기요."

만길은 조타실을 비울 수 없다고 했으나 막무가내였다. 만길은 분위기로 보아 움직이지 않을 수도 없었다. 등을 떠밀려 선장 침실 앞에서 문을 두들겼으나 아무 응답도 나오지 않았다. 오강태가 문을 와락 밀쳤다. 선장은 그곳에 없었다. 돌아서 나오는데 통신실에서 선장 김태우의 목소리가 흘깃 흘러나왔다. 본사와 통신을 하고는 모양이었다. 폭풍과 파도 소리에 휩쓸려 그의 목소리를 조선족들이 알아차리지 못한 게 다행이었다.

시치미를 떼고 조타실로 돌아온 만길은 오강태에게 선장이 불시에 들어올 수도 있으니까 잠깐 자리를 피해 달라고 부탁했다. 만길은 그들이 나가고 난 뒤 한국 선원 누구에게든 위급한 사실을 알리려고 노력했으나 두 명의 감시원 때문에 도저히 기회가 닿지 않았다.

그때 갑자기 밖에서 조타실로 불빛이 새어 들어왔다. 해도실 문이 열린 것 같았다. 야간 운행할 때의 조타실은 되도록 밝은 전등은 끈 채 당직을 서야 했다. 선실 안이 어두워야 밖을 잘 볼 수 있었다. 통신을 끝낸 선장이 해도실에도 간 모양이었다. 그가 통신원과 함께 조타실로 들어섰다. 만길은 심장이 얼어붙는 것 같았다.

"이 항사, 당직 서느라 수고가 많군. 본사에서 통신 호출이 올 것이야, 오면 내 방으로 즉시 연락해. 알았지."

그는 수고하라는 말을 남기고 밖으로 나갔다. 선장은 조타실에서 조선족 두 명이 만길의 옆에 붙어 있는 행동에 대해 의외로 관심을 두지 않았다. 조타실에는 당직자 외에 일반 선원은 허락 없이 함부로 들어 올 수 없는 곳이었다. 선장이 조금이라도 의심했더라면 그들의 계획을 잠재울 수 있는 절호의 기회였었다.

만길은 너무 긴장한 나머지 선장에게 반란의 낌새를 전달할 엄두도 내지 못했다. 침착하게 대처하지 못한 자신 행동이 후회스러웠다. 잠시 뒤 오강태가 동료들과 조타실로 들이닥쳤다. 다행히 선장과 부딪치지 않은 것 같았다.

"선장이 다녀간 것 같은데 어떻게 된 거요?"

"본사에서 연락이 오면 곧 알려 달라고 했소."

"좋소! 지금이 기회요. 바로 불러내시오."

오강태는 들고 있는 칼로 허공을 향해 한 번 후려치며 위협을 했다.

"이젠 그럴 수 없소. 조타실을 비우면 항해가 위험할뿐더러, 내가 직접 가면 의심을 받을 거요. 안 되겠소."

오강태는 만길에게 체념한 듯 동료 한 명에게 선장 침실로 가서 본사에서 연락이 왔다고 조타실로 유인하라고 보냈다. 그는 동료 세 명과 조타실 안에 몸을 숨기고 나머지 네 명은 밖에 숨어 있다가 만약 선장이 달아나면 즉시 공격하라고 일렀다.

잠시 뒤 거짓 보고받은 선장이 아무 의심도 없이 파자마 바람으로 약간 어두운 조타실 문을 밀고 들어섰다. 그는 조타실 안에서 네 명의 사내가 뿜어내는 살기로 번뜩이는 눈빛을 알아차리지 못했다.

순간이었다. 몸을 숨기고 있던 오강태가 제일 먼저 선장에게 득달같이 달려들어 칼을 복부에 깊숙이 찔러 넣었다. 김태우는 그 자리에 그대로 고꾸라지며 비명을 짧게 질렀을 뿐이었다. 만길은 그 광경을 보지 않으려고 눈을 질끈 감았다. 드디어 올 것이 왔구나. 하는 자포자기의 심정이 되었다. 조타기를 잡고 있던 두 손이 스르르 풀어졌다.

오강태의 칼을 맞고 쓰러지는 선장을 나머지 세 명이 한꺼번에 달려들어 목덜미와 등과 옆구리를 닥치는 대로 난도질이었다. 그들은 살인하면서도 극도의 공포감으로 자신들이 반복하는 행위를 의식하지 못하는 것 같았다. 네 명의 살인자 눈에서는 피가 뿜어져 나오는 것 같은 착각마저 들었다.

그들은 죽은 선장의 시신을 번쩍 들고 밖으로 나가 요동치는 바닷물에 미련 없이 던져버렸다. 시신을 금방 삼켜버린 검은 바다는 아무 흔적도 없었다. 거친 파도만 몰아칠 뿐이었다.

모든 것이 순식간에 일어나 버렸다. 만길은 극도의 공포감으로 사리를 분별할 수 있는 판단력마저 공황 상태에 빠지고 있었다. 그는 상황이 나빠지는 것을 막지 못한 자신의 무기력함에 더욱 위축되었다.

조선족들은 선장을 살해하는 행위에 집중하여 이미 이성을 잃고 있어 다른 것에 신경 쓸 여력이 없었다. 그 순간을 이용해 만길이 밖으로 뛰쳐나가 갑판장과 한국 선원들에게 달려갔었더라면 하는 때늦은 후회가 가슴을 때렸지만 이미 돌이킬 수 없는 일이었다.

만길이 정신을 차렸을 때는 희미한 어두움 속에서도 오강태의 칼에서 아직 핏방울이 뚝뚝 떨어지고 있었다. 오강태는 선장을 처리했으니 이제 일등 항해사 조용기를 불러내라고 했다. 만길은 그럴 자신이 없었다. 두 번 다시 그들에게 동조하고 싶지 않았다. 그는 조용기와 침실을 함께 쓰며 남다른 우정도 있었다. 선장의 죽음을 눈앞에서 지켜보면서도 적극적으로 가로막지 못한 자신의 나약한 행동에 분개하고 있는 마당이었다.

만길이 오강태에게 더는 사람의 목숨은 해치지 말라고 당부를 해도 들은 척도 하지 않았다. 조선족들은 이미 살길 아니면 죽음이다. 하는 자포자기의 심정으로 막무가내였다. 만약 항해에 경험이 많은 조용기마저 없으면 항해에도 문제가 따를 수 있었다. 그는 그 점을 설득해야 했다.

"선장도 없는데, 일등 항해사마저 해치면 배를 육지로 가져갈 사람이 없소."

"이 항사가 있는데 무슨 걱정이오."

오강태가 눈을 부릅떴다.

"나는 항해에 따른 지식도 부족할뿐더러 일 항사가 없으면 도저히 할 수 없는 일이 많소. 그럴 필요가 없다면 왜 직급에 차등을 뒀겠소."

"정말 안 되겠소?"

오강태의 목소리가 조금 부드러워졌다.

"생각해 보시오. 바다에는 눈에 보이지 않는 수많은 암초가 있소. 기계의 조작만으로 해결할 수 없는 게 있어요. 그게 바로 오랜 경력 아닌교. 만약 암초에 좌초된다면 이 배의 모든 선원은 그야말로 생사를 알 수가 없게 되오."

그 말에 이어서 조용기는 조선족들에게 호의적이었고 극히 나쁜 짓도 한 일이 없으니까 항해의 안전을 위해서도 그가 꼭 필요하다고 우겨대었다. 만길의 말에 일리가 있다고 생각했는지 그들은 곯아떨어져 있는 조용기를 직접 침실에서 불러내 결박하여 창고에 가두어 버렸다.

어느새 오강태는 조선족을 지휘하는 우두머리가 되어 있었다. 그들은 첫 살인의 흥분이 가시기도 전에 다음 살인을 준비했다. 조선족들은 만길이 이미 동조하지 않겠다고 강력하게 반발했으므로 계속 그를 앞세워 다그칠 명분이 없었다. 그들은 선장을 해치운 첫 살인이 어려웠지 이젠 어디에도 두려움 따위는 존재하지 않은 것 같았다. 시간은 새벽 세 시를 향해 내달리고 있었다.

그들이 2차 살인을 서둘러 실행을 결정한 것은 아마 자신들 살의의 열기가 식는 것이 두려웠는지도 몰랐다. 오강태는 동료 한 명을 갑판장 침실로 보내 그를 유인하게 시켰다. 칼을 손에 쥐고 있던 오강태는 어느 사이 손잡이가 짧은 도끼로 바꿔 쥐고 있었다. 그는 조타실 문 안쪽에 칼을 든 동료 두 명과 함께 몸을 숨겼고, 네 명은 갑판장이 도망갈 것을 대비해 갑판과 배 선미와 조타실 뒤쪽에 매복시켰다.

조선족 한 명이 갑판장 침실 문을 두드리며 선장의 호출이라고 일렀다.

“무슨 일인데 그래? 하필 꼭두새벽부터 깨우고 지랄이야.”

최상호는 자신의 명줄이 경각에 달린 것도 모르고 투덜댔다.

“선장님이 조타실에서 급히 부르십니다.”

“염병할 한밤중에. 왜? 무슨 사고가 났나?”

그가 육중한 거구를 일으키자 철제 침대가 장송곡의 예고처럼 삐걱대는 소리가 났다. 최상호는 옷을 주섬주섬 대충 챙겨 입고 밖으로 나갔다. 걸어가는 통로가 그의 큰 덩치로 꽉 막혀 버렸다.

그는 조타실 계단을 올랐다. 최상호를 호출하러 갔던 조선족이 손짓하며 조타실로 갑판장이 올라간다는 언어장애인 손짓으로 신호를 보냈다. 조타실의 오강태는 들고 있는 도낏자루를 힘껏 바투 쥐었다.

어스름한 조타실 문이 열리는 순간이었다. 긴장해 있던 오강태가 갑판장이 들어서기도 전에 성급하게 문을 향해 도끼를 힘껏 날렸다. 내리친 도끼날은 철문 모서리를 찍었다. 너무 서두른 탓이었다. 놀란 갑판장은 재빨리 문을 닫았다. 오강태의 도끼날은 미처 닫히지 못한 문틈에 끼어 버렸다.

최상호는 더 열리지 않도록 육중한 몸으로 죽을힘을 다해 문에 버티면서 밖으로 나온 도끼날을 잡았다. 조타실에서 도낏자루를 쥐고 있는 오강태와 숨 막히는 한 판의 힘 대결이 벌어졌다. 최상호는 한국 선원들에게 비상사태에 대한 구원의 소리를 바락바락 질러대었다. 그 소리는 거친 파도 소리에 묻혀 아래층 한국 선원들의 침실까지는 영향이 미치지 않았다.

조타실 안에 있는 조선족 한 명이 갑판에 있는 동료에게 다급한 손짓을 보냈다. 밖에서 문틈에 낀 도끼날을 잡고 사투를 벌이고 있는 갑판장의 뒤를 공격하라는 뜻이었다. 갑판 위의 조선족 두 명이 날렵하게 움직였다. 두 사내는 우측 계단을 신속하게 뛰어올라 갑판장 뒤로 조심스럽게 다가섰다.

최상호는 덩치만 크고 우둔하게 조타실 안의 적들만 생각하고 있었지 또 다른 공격자가 자신 뒤에서 칼을 겨눈 채 다가서고 있다는 사실은 까맣게 몰랐다.

갑판에서 올라온 조선족 한 명이 최상호의 등을 찌른다는 것이 서투르게 그의 황소 뱃구레 같은 커다란 엉덩이에 칼을 들입다 꽂았다. 거구의 몸집에 아무리 운동신경이 빠르다고 해도 기습적인 습격에는 그도 어쩔 수 없었다. 불의의 공격을 당한 최상호가 내지르는 비명이 폭풍의 밤하늘을 찢었다. 그는 잡고 있던 도끼날을 놓은 채 계단 아래로 굴러떨어져 버렸다.

그때를 맞추어 조타실의 오강태와 동료들이 문을 박차고 뛰쳐나왔다. 밖에 있던 조선족들도 몰려들었다. 갑판 위로 굴러떨어진 최상호는 벌떼처럼 달려들어 난도질하는 그들에게 속수무책이었다. 그의 옷은 이미 걸레처럼 너덜거렸다.

갑판장의 시신도 선장과 마찬가지로 제재소의 통나무처럼 여러 명이 번쩍 들어서 미련 없이 바다에 던져버렸다. 거구의 시신도 바다에는 별것 아니었다. 시신을 순식간에 삼켜버린 바다는 거친 파도만 솟구칠 뿐이었다.

배 주위를 둘러보던 조선족 한 명이 급히 달려와 오강태에게 헐떡이며 말했다. 선미에서 담배를 피우고 있던 필리핀 선원 한 명이 아무래도 사건 현장을 목격한 것 같다고 일렀다. 오강태는 어두움 속에서도 핏발이 곤두선 눈을 번뜩이며 그를 잡아야 한다며 선미 쪽으로 달려갔다.

선미에 있던 필리핀 선원은 갑자기 달려온 조선족들이 들고 있는 등에 비치는 흉기를 훔쳐보며 깜짝 놀라 몸을 도사렸다. 그는 엉겁결에 뒤로 물러서며 손을 내저었다. 서로 말은 통할 수 없지만, 그의 손과 발짓으로 보아 자신은 아무것도 보지 않았거나 아니면 목격은 했으나 모른 척하겠다는 뜻일 수도 있었다.

필리핀 선원은 잠이 일찍 깨어 바람을 쐬려고 선미 뒤쪽에 막 나왔다가 조선족들이 바다에 무엇을 던지는 것은 목격했지만 그것이 시신인지는 확실하게 몰랐다. 그들이 흉기를 들고 우르르 몰려왔을 때는 무엇을 의미하는 것인지 짐작만 할 뿐이었다.

필리핀 선원은 25살이지만 체구가 작아 몸피가 초등학생 정도밖에 되지 않았다. 그는 감기 몸살로 며칠 동안 작업도 빠진 채 누워 치료받고 있다가 이제 겨우 기력을 찾아 밖으로 나온 것이었다.

오강태는 화근이 될 수 있는 불씨는 없애야 했다. 그는 턱짓으로 동료들에게 신호를 보냈다. 소년 같은 필리핀 선원은 조선족들이 거리를 좁혀오자 이미 혼이 나가 버렸다. 그는 뒷걸음을 치며 소리는 지르지도 못하고 아직 병색이 남아 있는 몸짓으로 허공을 향해 손만 내저었다.

이젠 난간에 막혀 더 물러설 곳도 없었다. 힘없이 난간에 기댄 필리핀 선원은 아, 아, 하고 입술이 마르고 목이 타들어 가는 듯한 가냘픈 구원의 소리를 내었다. 선미 등 불빛 아래 드러난 움푹 꺼지고 새카맣고 동그란 눈망울은 살고 싶다는 애절한 소망이 깃들어 있었다.

조선족들은 그의 간절한 눈빛이 보이지 않았다. 조선족 한 명이 와락 달려들어 나약한 그의 살집 없는 종잇장 같은 복부에 힘들이지 않고 칼을 찔러 넣었다. 칼을 맞은 소년 같은 선원의 마지막 절규는 늦가을 모깃소리보다 더 희미했다. 필리핀 선원을 찔렀던 조선족은 동료 한 명의 도움을 받아 그 시신을 가볍게 번쩍 들어 바다에 종이비행기처럼 날려버렸다.

조선족들은 기관장도 밖으로 불러내 같은 방법으로 목숨을 빼앗았다. 만길은 기관장도 죽였다는 말을 전해 듣고 탄식을 금치 못했다. 선장과 갑판장도 목숨까지 빼앗아서는 안 될 일이었다. 그 두 사람은 조선족 처지에서 나름대로 죽을 이유가 있었지만, 기관장은 억울한 일이었다. 선장과 갑판장은 조선족에게 피눈물이 맺힐 정도로 원한을 샀었지만, 기관장은 큰 이유도 없이 싸늘한 시체가 된 것이었다. 이제 만길과 창고에 갇혀 있는 조용기를 제외하면 한국 선원은 세 명뿐이었다.

그들은 나머지 세 명마저도 제거할 움직임을 보였다. 만길은 눈앞에서 선장과 갑판장이 당하고 기관장까지 죽였다는 소리를 듣고는 결심했다. 그들의 살인을 그대로 내버려 두면 자신마저도 위태로웠다. 조선족들은 피비린내에 마취되어 자신들의 살인 행각을 제대로 의식하지 못하는 것 같았다. 그들은 하이에나 같은 야수의 본능처럼 사냥감을 놓치지 않으려는 집요한 짐승의 시간 속으로 빠져들고 있었다.

물론 조선족들이 처음부터 흉악한 살인범들은 아니었다. 그들은 순한 양들과 같은 존재들이었다. 그들에게 살인의 붉은 깃발을 들게 만든 장본인들은 다름 아닌 한국 선원들이었다. 양처럼 순한 인간들도 선과 함께 내재 된 악을 잘 다스리지 못하면 악의 본질이 횡행하기 마련이었다.

항해사 조용기가 갇혀 있고 배가 항해하고 있으므로 만길은 함부로 조타실을 비울 수가 없었다. 그는 두 번 다시 그들이 저지르는 살인을 두고 볼 수 없었다. 만길은 필리핀 선원 한 명이 무고하게 살해된 사실은 아직 모르고 있었다.

"오강태씨! 이제 살인은 그만두소. 그렇지 않으면 나는 조타실에서 내려가 일 항사와 함께 죽을 거요. 선장과 갑판장을 죽였고, 이유도 없이 기관장마저 죽였잖소."

지금까지와는 다른 단호하고 격앙된 모습으로 노려보며 씹어 뱉는 만길의 강력한 말투에 오강태가 흠칫했다.

"뭐라고요? 우린 멈출 수 없소. 선박을 완전하게 장악하기 위해서는 불가피하오. 끝장을 볼 거요."

오강태는 포기할 수 없다고 맞받아쳤다.

"도대체 방법이 그것뿐인교?"

"어디 좋은 방법이 있으면 말해 보오."

만길은 오강태가 한풀 꺾고 나오자 숨통이 조금 트이는 것을 느꼈다.

"불필요한 살인은 그만두고, 남아 있는 한국 선원들은 일 항사처럼 창고에 가두어 놓아도 되잖소."

한참을 생각하던 오강태는 그의 의견에 수긍하겠다는 뜻으로 동료 다섯 명을 데리고 밖으로 나갔다.

그들은 침실로 우르르 몰려가 잠들어 있는 한국 선원 세 명을 불시에 덮쳤다. 한국 선원들은 졸지에 조선족들의 포로가 되었다. 발버둥을 쳤으나 흉기를 든 그들 앞에 이미 대세는 기울어진 것이었다.

"뭐냐? 이 자식들. 이거 풀지 못해! 선장님! 선장님은 어디 있어? 갑판장님!"

그들은 불의의 기습에 당황하여 선장과 갑판장을 이구동성으로 외쳐댔다.

"선장 좋아하네. 야! 가만히들 있어! 죽기 싫으면."

한국 선원을 결박하고 있던 조선족이 발버둥 치는 한 명을 주먹으로 머리를 내리치며 내뱉은 말이었다.

"그래, 조용히 해라. 살고 싶으면, 너희들이 찾는 선장과 갑판장은 지금 바닷속에 상어 떼와 놀고 있다. 너희들도 한 번 가 볼래? 지금 너희들을 당장 죽이지 않는 것도 이 항사 덕인 줄 알라우. 쌍! 간나 새끼들."

오강태는 도끼 등으로 한국 선원들의 등줄기를 한 차례씩 내리갈겼다. 한국 선원들은 그제야 분위기를 파악한 것 같았다. 그들은 결박된 채 조용기가 들어가 있는 창고에 모조리 갇혀 버렸다.

"인정과 피도 눈물도 없는 놈들아! 잘 들어라우. 우리는 머나먼 중국 땅에 부모와 처자식을 남겨 둔 채, 오직 가난 때문에 잘살아 보자는 희망 하나로 낯선 만 리 타향 태평양까지 왔지. 그러나 너희들에게 짐승보다 못한 취급을 받으며 온갖 수모와 폭력에 시달렸다. 그래도 돈과 고향의 가족들을 생각하며 참고 또 참았다. 우리가 분수도 모르고 크게 잘못한 것이 있다면, 같은 동족으로서 너희와 똑같은 인간 대접을 받고 싶었던 사치스러운 생각이었다. 우리는 잘못한 것이 없는데도 발이 손이 되도록 눈물로 빌었으나 결국 우리를 속이고 감옥까지 보내려 했으니 인간 상식으로 해서는 안 될 행동이었다."

오강태는 목이 타는지 컵에 물을 따라 단숨에 들이키고는 잠시 끊었던 말을 다시 이었다.

"선장과 갑판장, 기관장까지 이 세 놈은 식당에 모여 앉아 감금당한 우리 동료, 멀쩡하게 살아 있는 김문기까지 바다에 던져 버리려고 음모를 꾸몄다. 파리 목숨보다 못한 우리의 신세였다. 고향에 두고 온 소중한 우리 가족들의 삶까지 파멸시키려 했다. 이 모든 것은 너희들이 자초한 일이다. 지금부터 조용히 있는 것만이 너희들 목숨이 붙어 있는 수단이다. 알았나?"

오강태는 마지막 말에 오금을 박고 들고 있던 도끼로 창고 철판 벽을 힘껏 내리쳤다.

이제 남은 것은 필리핀 선원들이었다. 그들의 처리 문제를 놓고 저희끼리 머리를 맞대었다. 조선족들은 만길의 눈치 때문이었는지 필리핀 선원들을 따로 냉장창고에 가두는 것으로 결정을 보았다.

조선족들은 같은 신세였던 필리핀 선원들까지 해칠 명분은 없었다. 단지, 살해한 갑판장을 바다에 던지는 것을 목격한 그들 동료 한 명을 애꿎게 죽인 사실이 밝혀지는 두려움이 있었다. 진실은 오래가지 않아 밝혀지기 마련이었다. 혼란한 상황에서 만약 그런 사실이 알려지면 그 파문을 무시할 수 없었다.

만길은 뒤늦게 병약한 필리핀 선원이 살해되었다는 사실을 알았다.

자신 의지와는 다르게 영향이 미치지 않는 곳에서도 얼마든지 무고한 인명이 살상된다는 사실에 그는 이젠 조선족들을 믿을 수 없게 되었다. 한 번 피 맛을 본 그들이었다. 여차하면 만길 자신도 쥐도 새도 모르게 끌려가 개죽음당할 수 있었다. 기회를 보아 탈출하든지 여의치 못하면 어떤 수를 쓰든 조선족들을 제압해야 했다. 만길은 그런 결심을 왜 진작 생각하지 않았는지 속이 쓰렸다.

오강태와 동료들은 침실로 내려가 필리핀 선원들을 깨웠다. 선장의 지시로 냉동 창고의 미끼 박스를 갑판 위로 옮겨야 한다고 손과 발짓으로 유인했다. 필리핀 선원들은 동료 한 명이 억울하게 감쪽같이 사라진 사실도 모른 채 냉동 창고의 작업복을 껴입고 눈을 비비거나 하품하며 줄줄이 순진하게 따라갔다. 그들 모두가 창고로 들어간 것을 확인한 오강태는 밖에서 창고 문을 얼른 잠가 버렸다. 두 번 다시 열리지 않도록 자물쇠 위에 밧줄까지 여러 겹으로 묶어 놓았다.

백오십여 평쯤 되는 창고에는 두 개의 대형 냉동실과 복도를 사이에 두고 작은 냉장실이 있고 사방 벽에는 냉동 코일이 설치되어 있었다. 냉동 창고 온도는 평소 영하 60도를 유지하며 잡은 참치와 부식 등이 저장되는 곳이었다. 조선족들이 필리핀 선원들을 냉동 창고에 가둔 것은 나름대로 동사시킬 계획이 깔린 것이 분명해 보였다.

태평양의 폰세카호는 이젠 흉기로 무장한 조선족들에 의해 완전히 탈취당한 무기력한 선박이었다.

하루가 지난 뒤 오강태는 냉동 창고로 내려가 쇠막대기로 문을 두드려 보았다. 안에서도 즉시 같은 신호가 나왔다. 아직도 갇혀 있는 선원들이 살아 있다는 증거였다. 필리핀 선원들은 다행히 냉동실로 들어갈 때 방한복을 입고 있었고 냉동이지만 음식이 충분해서 버텨내고 있었다.

이튿날 오강태는 조심스럽게 흉기를 든 동료 네 명을 창고 안으로 들여보내 보았다. 그들이 들어서자마자 냉동실에서 쇠창과 쇠갈퀴가 튀어나왔다. 조선족들은 재빠르게 뛰쳐나와 창고 문을 다시 닫아걸었다. 조선족들은 어차피 행동이 자유롭지 못한 필리핀인들을 당분간 그곳에 내버려 두기로 했다. 조선족들은 대항 세력들이 모두 제거되었다고 자만하며 행동거지가 한결 느슨해졌다.

그 분위기에 편승해 만길은 오강태를 설득했다.

"오강태씨, 이젠 당신들 뜻을 이루었으니, 항해하는데 내 경험 가지고는 아무래도 문제가 많소. 일 항사를 좀 풀어주소."

"지금까지도 이 항사가 잘해 왔잖소?"

"그것은 운이라고 해야지 내 실력이 아니었소. 도저히 불안해서 안 되겠소."

"조금만 더 버텨 봅시다."

"오강태씨, 이러다가 사고라도 나면 그땐 모두가 난감하게 될 거요. 나도 이제 답답할 것 없소. 잘 생각하소."

만길의 요령 있는 설득에 오강태는 무슨 생각이 들었는지 승낙했다. 그는 동료들을 시켜 조용기 혼자만 조타실로 데리고 왔다. 오강태는 조용기가 미덥지 않았는지 어떤 일이 있어도 자신의 명령에 따르며 결코 허튼수작은 하지 않겠다는 다짐을 받은 뒤 결박을 풀어주었다.

만길은 한시름 놓았다. 조용기가 풀려 남으로서 어느 정도 마음의 의지가 생겼다. 조용기는 만길로부터 조타실의 키를 넘겨받았다.

오강태는 폰세카호를 장악한 뒤 조용기에게 처음에는 북한으로 가겠다는 의사를 밝혔다. 그 뜻은 오래가지 않았다. 자기들끼리 머리를 맞대고 왈가왈부 의견이 분분해서 좀처럼 결정이 나오지 않았다.

그들의 걱정거리는 항해사 조용기가 과연 자신들을 안전한 곳에 고이 내려 주겠는가 하는 의심이었다. 조선족들은 다시 일본으로 가겠다고 결정을 내렸다가 또 번복했다. 일본 땅도 도저히 안심이 안 되는 모양이었다. 그들이 마지막으로 선택한 곳은 무인도였다. 만길은 그들이 어디에 내리든 남아 있는 선원들만 무사하다면 상관없는 일이었다.

뱃머리는 벌써 태평양에서 가까운 일본으로 향하고 있었다. 만길이 조타기 위의 탁자에 붙박여 있는 세계지도의 일본 땅을 손가락으로 슬그머니 얼른 지적하자 조용기는 즉시 방향을 그곳으로 이미 설정해놓았다. 가까운 일본 영해로 들어가 즉시 발견만 된다면 일본 순시선의 보호를 받을 수 있기 때문이었다. 다행히도 조선족들은 항해에 대한 지식이 전혀 없어 두 사람의 은밀한 계획을 알 수 없었다.

며칠 뒤 만길은 오강태가 기분이 좋아지기를 기다려 필리핀 선원들도 냉동 창고에서 꺼내 주자는 제안을 했다. 그로서는 조선족들을 제압하기 위해서 필리핀 선원들은 꼭 필요한 동조 세력이었다.

"오강태씨, 부탁이 하나 있소."

만길은 조타실에서 부드러운 어조로 오강태에게 접근했다.

"무슨 부탁이오. 말해 보오."

오강태는 자신이 폰세카호의 선장인 것처럼 행동하지 않았으나 폭동의 주동자인 만큼 언제 어떻게 변수가 있을지 모르니까 모든 언행에 나름대로 신중하게 하는 중이었다.

"오해는 하지 말고 잘 생각해 보소."

"글쎄, 무슨 말인지 들어나 봅시다."

"필리핀인들도 당신들과 같은 신세였잖소. 온갖 수모와 폭행을 똑같이 당했는데 왜 그들을 가둬 놓는교? 이제라도 편하게 해 줘야지요."

오강태는 할 말이 없는지 묵묵부답이었다.

"그들도 가난에서 벗어나고 싶어 목숨을 걸고 배를 탔잖소. 모두 불쌍한 사람들 아닌교. 이제라도 창고에서 꺼내 줍시다."

오강태는 만길의 의견에 가타부타 아직 말이 없었다.

"만약 창고에서 얼어 죽기라도 하면 얼마나 비참하겠어요. 부탁이요. 같은 처지에 있던 그들을 이제라도 제발 인간적으로 대해 주소."

"만약 문제가 생기면 어떡합니까? 우리가 하선할 때까지는 그대로 두는 게 좋을 것 같소. 그 말은 그만 하기요."

오강태는 쉽게 응하지 않았다.

"문제가 발생하면 내가 책임지겠소. 난 한 번도 당신들을 속인 적이 없지 않소? 믿어 보시오."

"문제가 발생하고 난 뒤에 무슨 책임이 필요하오. 그 말은 그만합시다."

오강태는 부담으로 다가오는 만길의 말을 회피하기 위해 그 자리에서 떠나려고 뒤돌아섰다. 만길의 목소리가 그의 뒷덜미를 낚아챘다.

"그들을 조타실에서 양손을 묶어 두면 얼마든지 통제할 수 있고 아무 문제도 없으니 걱정 마시오. 그들을 냉동 창고에서 그대로 동사시킨다면 죽은 선장이나 갑판장이 저질렀던 폭력하고 무엇이 다른교?”

만길은 마지막 말에 쐐기를 박을 수밖에 없었다. 그 말에 오강태는 흠칫하여 만길 노려보더니 금방 표정이 바뀌었다. 그가 깨우치고 마음을 열었는지 진심은 알 수 없으나 결국 고개를 끄덕이며 만길의 의견에 동조하였다.

드디어 필리핀 선원들도 풀려났으나 두 손은 뒤로 묶인 채 행동이 자유롭지 못했다.

폰세카호의 선상 폭동 반란은 무고한 생명을 네 명이나 빼앗아 버렸는데도 겉으로는 평온을 유지하는 것처럼 보였다. 그 평온함과는 다르게 또 다른 긴장감이 똬리를 틀고 있었다.

필리핀 선원들이 행방불명된 한 명의 동료에 대한 의심을 가지기 시작했다. 사라진 동료에 대한 그들 나름의 직감력을 무시하지 못했다. 필리핀 선원들은 조선족들이 결국 자신들마저도 죽일 것이라는 불안감 때문에 긴장의 끈을 틀어쥐고 조선족들의 눈치를 살피는 중이었다.

만길은 필리핀 선원들의 그런 불안 심리를 노렸다. 필리핀 선원들의 생각처럼 만길과 조용기도 마찬가지였다. 조선족들은 목적지 무인도에 도착하면 자신들의 범죄 행위를 은폐하기 위해 다시 살인극을 벌이지 않는다고 장담할 수는 없기 때문이었다.

만길은 충격적인 사건을 겪으면서 몸에도 이상이 생겼다. 처음 며칠 동안은 음식도 제대로 먹지 못했다. 아랫배가 팽팽하게 당기면서 소변이 마려운데도 막상 볼일을 보려고 하면 오줌 줄기가 터지지를 않았다. 언제 어떻게 닥칠지 모르는 죽음에 대한 공포 때문에 신체 기능이 제구실을 못 하고 있었다.

어렵고 힘든 상황의 연속이었지만 그는 조선족들을 제압할 기회는 포기하지 않았다. 만길의 의지를 그나마 가까스로 지탱해 주고 있는 것은 남아 있는 선원들의 안전에 대한 의무감과 자신에게 닥친 위기에서 탈출해야겠다는 생존의 절박감 때문이었다. 그는 그 의식의 끈을 놓아 버릴 수 없었다.

조용기와 필리핀 선원들 간의 의사소통은 잘되지 않았으나 만길을 통하여 지속적인 교감을 주고받았다. 필리핀인들은 처음 만날 때부터 인격적으로 자신들을 보살펴 준 만길에게 위기 상황에서도 상당히 의존하고 있었다. 만길은 틈이 있을 때마다 언어가 영어권인 필리핀 선원들에게 용기를 주는 일방 '스탠바이'를 속삭이며 기회가 생기면 바로 행동으로 옮겨 조선족들을 제압하라고 일러두었다.

그렇게 바라는 마음과는 달리 기회는 좀처럼 오지 않았다. 조선족들은 통신실도 장악하여 아예 전원을 끊어 버렸다. 본사와는 연락이 불통이었다. 선상 폭동이 일어난 지 5일이 지났지만 단 한 번의 기회도 없었다. 그동안 조선족들은 무인도 상륙에 대비해 구명보트를 꺼내 바람을 넣었으나 오래되고 헐어서 군데군데 찢어져 사용할 수가 없게 되었다.

조선족들은 궁여지책으로 4인용 뗏목을 두 개 준비해 놓았다. 그 뗏목이 무엇을 의미하는가. 그들이 가지고 있는 중요한 계획은 선상 폭동 증거의 인멸이었다. 무인도 해안에 자신들이 무사히 내리기 위해서는 뗏목이 필요했다. 조선족들은 탈출 직전에 만길을 포함한 모든 선원을 제거하고 폰세카호는 불을 질러 가라앉혀 증거를 없애려는 음모라는 것은 짐작이 가고도 남았다. 만길은 또 한 번 오싹한 전율을 느꼈다.

며칠 뒤였다. 순조롭게 항해하던 폰세카호가 별안간 엔진이 꺼지는 돌발 사태가 발생했다. 조선족들의 감시를 받으며 만길은 조용기와 함께 기관실로 내려갔다. 점검해보니 연료가 올라오지 않았다. 연료 탱크를 확인하니 텅 비어 있었다.

폰세카호의 연료 탱크 구조는 좌우로 하나씩 나누어져 있는데 공교롭게도 지금껏 한쪽 연료만 소모된 것이었다. 연료 펌프 작동장치가 제대로 움직이지 않아 한쪽 연료만 소모되면 문제가 발생하기 마련이었다. 즉시 정비하지 못하면 다른 화물로 배의 무게 균형을 맞추어야 했다. 그렇지 않고 회전하게 되면 원심력을 잃고 배가 기울어져 때에 따라 전복될 수도 있었다. 만길은 그 사실을 발견하고 속으로 쾌재를 불렀다. 그 우연한 사고에서 절호의 기회를 찾았다.

만길은 조타실로 돌아오면서 조용기와 조선족을 제압할 계획을 은밀히 세웠다. 손이 묶여 있는 필리핀 선원들에게도 계획이 전달되었다.

몇 시간 뒤 잘 항해하고 있던 폰세카호가 갑자기 급회전하면서 배가 우측으로 기울어 버렸다. 만길은 조선족들의 심리를 불안하게 만들기 위해 배의 비상 경적을 계속해서 울리도록 해놓았다.

10도쯤 기울어진 배를 보고 조선족들은 당황해 갈팡질팡 어쩔 줄을 몰라 했다. 조용기는 급회전하게 된 이유를 갑자기 나타난 암초 때문에 조치한 대응이라고 둘러대었다. 만길이 틈을 주지 않고 나섰다.

"배의 균형을 곧바로 잡지 않으면 침몰한다. 모두 협조하시오. 빨리! 비상사태다!"

만길은 조선족들 앞에서 목소리를 엄청나게 과장하여 설레발을 쳤다. 오강태도 당황한 눈치가 역력했다.

"무엇을 어떻게 하면 되는 거요?"

"한 사람도 남김없이 냉동 창고로 얼른 내려가소. 빨리!"

만길은 오강태에게 강압적으로 지시했다.

"물건 옮기는 작업은 인원이 많고 신속하게 움직여야 하오. 필리핀 선원들 손을 어서 풀어요. 빨리 합류시키소."

만길은 창고의 우측 박스들을 모조리 좌측으로 옮겨야 배가 안전하다고 했다. 한 번 당겨 놓은 배의 비상 경적은 계속 울어 댔다.

만길은 필리핀 선원들 앞으로 오강태를 들입다 떠밀었다. 그러면서 자신이 앞장서 필리핀인들의 결박을 먼저 풀어주었다. 오강태는 선박의 항해와 기관실에 대한 지식이 전혀 없는 인물이었다. 그도 직접 필린핀 선원들의 결박 매듭을 풀어주기 시작했다. 그가 되레 더 허둥댔다. 냉동 창고에서 무엇을 어떻게 하라는 것인지 빨리 작업 지시를 내리라고 덩달아 성화였다.

묶여 있는 필리핀 선원들의 손이 모두 풀어졌다. 만길은 오강태의 손을 잡아끌며 냉동 창고로 냅다 뛰었다. 조선족들도 그 뒤를 따랐다. 필리핀 선원들도 함께 달렸다. 만길이 긴박하게 설쳐대는 행동에 오강태는 의심할 여지가 없었다.

창고에 도착한 만길은 먼저 조선족들에게 안쪽 우측에 있는 박스들을 좌측으로 옮기라고 지시를 내렸다. 그런 다음 필리핀 선원들에게는 출입문 가까이에 있는 박스들을 좌측으로 옮기라고 틈을 주지 않고 몰아붙였다. 조선족들이 안쪽에서 작업을 시작하면 즉시 빠져나오라는 지시가 이미 필리핀인들에게 전달되어 있었다.

조선족들이 팔을 걷어붙이며 안쪽으로 몰려가 작업에 몰두하자 만길이 신호를 보냈다. 눈 깜짝할 사이었다. 필리핀 선원들이 재빨리 모두 밖으로 뛰쳐나오자 만길은 출입문을 벌컥 닫아버렸다. 조선족들이 속았다는 것을 알아차렸을 때는 이미 한발 늦어 버린 순간이었다. 아무리 탄식해도 소용없었다. 그들은 냉동 창고 안에서 고래고래 고함을 지르고 발악하며 철문이 부서지도록 두들겼지만 한 번 굳게 닫힌 철문은 절대 열리지 않았다.

만길은 냉동 창고 앞에 날렵하게 생긴 필리핀 선원 두 명의 감시원을 세워 놓았다. 그는 그 길로 부식 창고로 달려가 한국 선원들부터 풀어주었다. 만길이 앞장서고 선원들 모두가 조타실로 몰려 올라갔다.

"이 항사! 어떻게 됐어?",

계단을 달려 올라간 만길이 조타실로 뛰어들어 숨을 고르기도 전에 조용기가 다그친 말이었다.

"됐어요. 성공했어요."

"정말이야, 확실해?"

조타실에서 조용기를 감시하던 조선족 한 명은 상황을 판단하고 제풀에 기가 질려 무릎을 꿇었다.

조선족들을 냉동실에 안전하게 가두었다는 보고를 들은 조용기는 쉽게 믿어지지 않는 모양이었다. 그는 거듭해 확인한 뒤에야 만길을 와락 끌어안고 기쁨을 감추지 못해 눈물을 펑펑 쏟아내었다. 그는 만길의 용기 있는 행동을 칭찬하며 자랑스러워했다.

"이 항사, 저놈들은 이제 끝장이야, 두 번 다시 이런 사고가 발생하면 안 돼. 정말 몸서리가 치는군. 감시를 철저히 하자고."

조용기는 이번 사건으로 많이 생각했다며 한국 선원들도 철저하게 반성해야 한다고 목소리를 높였다. 어쨌든 만길의 용기가 아니었으면 남아 있던 선원들도 살아남지 못했을 거라고 치를 떨면서도 진정한 자기반성을 잊지 않았다.

"자, 이제 키 방향을 부산항으로 돌려야지요."

만길의 격려에 조용기는 조타기를 힘껏 움켜쥐고 기울어진 배의 원심력을 회복한 다음 엔진 출력을 높이라고 기관실에 명쾌한 명령을 내렸다.

만길은 지난 몇 개월이 수십 년의 세월이 지난 것처럼 생각되었다. 두 번 다시 되풀이하고 싶지 않은 진저리 쳐지는 악몽이었다.

통신실을 정상 가동한 폰세카호는 한국 해역에서 신고받고 출동한 해양경찰 보호 아래 사흘 뒤에 부산 외항에 도착했다. 폰세카호는 바로 입항할 수가 없었다. 선상 폭동 사건의 진상조사를 받아야 했다.

조선족들은 결박된 채 해양경찰 선박으로 모두 옮겨져 갇혀 버렸고, 모든 것은 명백하게 드러났다. 해양경찰에 의해 진상조사가 마무리되자 비로소 배가 항구로 들어갔다.

태평양 선상에서 일어난 폭동 살인사건은 충격적인 세계적 뉴스였다. 한국 매스컴은 말할 것도 없고 주재 외국 언론들도 한꺼번에 몰려와 그야말로 취재 전쟁이었다. 경찰은 선원들에게 기자들의 질문에 일체 함구령을 내렸다.

만길은 하선하기 전에 오강태를 한번 만나보고 싶었다. 그에게 남다른 애정을 가졌기 때문이었다. 그는 경찰의 양해를 구해 오강태만 따로 불러내었다. 오강태는 결박을 당한 채 만길이 다가오자 동요하는 빛을 보였다. 두 사람은 경찰 조사실 탁자를 사이에 두고 마주 앉았다.

폰세카호에서 폭동 살인이 시작되고부터 줄곧 오강태의 두 눈을 가득 채웠던 것은 처절한 분노의 핏발이었다. 이제 그 흔적은 간 곳 없고 양처럼 순한 그의 눈에는 그렁하게 매달린 눈물만 가득 고여 있었다.

"오강태씨, 결과가 이렇게 되어 마음이 아픕니다. 이등 항해사로서 모든 선원의 안전을 끝까지 지켜 드리지 못해 정말 안타깝습니다."

그 말에 만길을 쳐다보는 오강태의 눈물 머금은 눈빛은 한없이 순수해 보였다.

"아니요. 이 항사는 그동안 우리에게 너무 고마웠습네다. 짐승처럼 학대받았던 시간 속에 희망을 잃고 몸부림칠 때도 이 항사는 유일하게 우리를 인간 대접해 주지 않았소. 최악의 순간에 부닥치자 우린 이리떼로 변할 수밖에 없었소. 모두가 이성을 잃었지요. 죄지은 값은 마땅히 받겠소. 이 항사의 따뜻한 마음은 저승에 가서도 잊지 못할 거요. 정말 고마웠소."

오강태는 말을 마치자 두 눈망울에 걸려 있던 눈물을 마침내 떨어뜨리고 말았다. 만길도 눈시울이 뜨거워졌다. 그 자리에 더 머물 수가 없었다. 그는 오강태에게 작별하고 돌아섰다.

배에서 부두로 내려서는 만길의 등 뒤에서 처절하게 부르짖는 것 같은 오강태의 목소리가 귓바퀴를 때렸다.

"이 항사! 우린 무죄야. 무죄라고! 우린 인간답게 살고 싶었을 뿐이었어!"

8. 약속과 이별

만길은 오강태를 작별하고 시내로 들어서며 폰세카호에서 일어났던 엄청난 사건이 도무지 실감이 나지 않았다. 무더운 한여름 밤에 악몽을 꾸다가 깨어난 것 같았다. 그런 생각에 잠기면서도 친구 기철의 얼굴이 먼저 떠올랐다. 기철이 탔던 골드마리나호도 시간상으로 보아 부산항에 입항했을 수도 있었다. 만길은 골드마리나호가 소속된 해운회사로 발걸음을 옮겼다. 그가 겪은 충격 때문이었는지 기철을 만나 털어놓고 위로라도 받고 싶었다.

그는 폰세카호에서 일어난 사고로 인하여 그동안 일한 급료는 한 푼도 받을 수 없었다. 이젠 다시 무역선이나 원양어선을 탄다는 것은 도저히 자신감이 생기지 않았다. 작은 어선 한 척을 사서 구룡포에 정착한다고 해도 적지 않은 돈이 필요했다. 우선 적산가옥을 찾는 것이 시급한 일이지만 그것도 기철이 돈을 들고 돌아와야 가능한 일이었다. 작은 어선을 사서 구룡포 해안에서 조업하는 것은 나중에 해도 충분히 가능한 일이었다. 바쁘게 서두를 아무 이유가 없었다.

그리고 새어머니 미츠를 위해 먼저 해야 할 일이 있었다. 그것은 자신이 일본으로 직접 건너가는 것이었다. 미츠의 가족을 찾아보는 일은 죽은 그녀를 대신해서 꼭 이루어야 할 사명 같은 것이었다.

만길 자신마저 이 땅에서 죽어 사라지고 나면 그녀의 산소를 돌볼 사람은 아무도 없었다. 자신은 위패만 간직하고 새어머니의 시신은 화장하여 그녀의 가족들이 있는 후쿠오카 고향으로 돌려보내는 것이 바람직하다는 생각이 들었다.

만길이 기철을 만나기 위해 골드마리나호 소속 해운회사 앞까지 다다랐을 때 마침 아는 사람을 만났다. 그는 만길과 골드마리나호를 함께 탔던 동료 선원이었다. 그에게서 기철의 소식을 바로 들을 수 있었다.

골드마리나호가 일주일 전에 미국에서 돌아왔는데 기철이 필로폰을 대량 밀수한 혐의로 수사 기관에 붙잡혀 구치소로 넘어갔다고 했다. 만길은 동료 선원이 넘겨주는 신문에 대서특필한 그 기사를 읽으며 까마득한 생각이 들었다. 단독 범행으로는 한국 최대의 필로폰 밀수 사건이라는 기사가 수갑을 찬 기철의 사진과 함께 실려 있었다. 만길은 잠시 가슴이 저미는 것처럼 아려왔다. 그가 가장 염려했던 사건이 결국 현실로 터져버린 것이었다.

만길은 신문에 난 기사처럼 기철이 혼자서 범행을 저질렀다고는 보지 않았다. 전례로 보아 그 이면에는 사관 선원들이 결탁해 있는 것이 분명했다. 기철은 기어이 자신 혼자서 그 범행을 뒤집어쓸 것이었다. 그가 그 세계에서 끝까지 의리를 지켰다고 해서 영웅이 될 수 있는 것은 아니었다. 부질없는 짓이었다. 기철도 그 사실을 깨닫고 있는지는 알 수 없었다.

폰세카호에서 일어난 선상 폭동이나 기철이 별 의식 없이 저지른 범죄 행위는 물질만 중시하는 현대사회에서 진리는 없고 세상에 대한 애정을 외면한 인간 이기심이 부추긴 사건이라고 만길은 생각했다. 두 사건은 자신 삶에서 결코 지워질 수 없는 아픈 교훈으로 안고 살아갈 수 밖에 없었다.

이튿날 만길은 기철이 송치되어 갇혀 있는 교도소로 찾아가 만났다. 정미가 그 사실을 알고 있는지는 몰라도 아직 연락하고 싶지는 않았다.

면회실로 나온 기철은 만길을 보자 표정이 잠시 굳어 있었지만, 말투는 의외로 담담했다.

"만길아, 너한테는 정말 면목이 없다."

떳떳하지 못한 기철의 시선은 만길의 어깨너머를 향하고 있었다.

"그래 어쨌든 몸이나 건강하게 잘 챙기라. 다른 부탁할 말은 없나?"

만길은 그가 당장 어떤 생각을 하고 있고 또 어떤 깨달음이 있는지는 묻고 싶지 않았다. 이젠 그 자신 스스로가 저지른 잘못된 모든 행동에 책임을 지고 죗값을 치르는 일만 남은 것이었다.

"이렇게 갇혀 있으니 차라리 마음이 편하다. 이제야 내가 가야 할 길이 어디며 무엇을 해야 할지를 알겠다. 어리석은 행동을 깨닫기 위해 너무 많은 시간을 허비한 것 같구마."

기철은 처음 굳어 있던 표정과는 달리 많이 밝아진 상태였다.

"기철아, 지금 네가 한 말이 빈말이 아니기를 바란다."

"진심이다."

"그래 믿을 게 허영을 버렸다면."

"이제껏 내 인생에서 바른길로 가도록 가르쳐 준 스승이 없었던 것이 아니라 미처 깨닫지를 못한 것이다. 마지막 부탁이다. 내가 나갈 동안만이라도 염치없지만 혼자 있는 정미를 부탁한다."

만길은 기철과 헤어진 후 그 길로 구룡포로 향했다.

그가 구룡포에 도착한 것은 오후 늦은 시간이었다.

만길은 후루사토에 잠시 들렀다가 정미에게 가보아야 했다. 기철이 밀수범으로 감옥살이하고 있으니 여동생으로서 알고 있다면 마음고생 또한 상당할 것이었다. 기철의 부탁이 아니더라도 위로를 아니 할 수가 없었다.

정미의 미장원에 만길이 들어서자 손님은 보이지 않았다. 정미는 만길을 보자 기쁨을 감추지 못하는 표정이 역력했으나 기철의 죄 때문인지 고개를 떨어뜨리며 눈물을 보였다. 기철의 수감 사실을 알고 있는 듯했다. 그녀는 밝은 성격 탓인지 슬픔을 회복하는 속도도 빨랐다. 손수건으로 눈자위를 가볍게 짓누르더니 만길을 향해 밝은 웃음을 보였다.

두 사람은 밖으로 나가 후루사토가 아닌 다른 찻집으로 들어갔다. 후루사토에서는 두 사람이 기철의 이야기를 터놓고 나눌 수가 없다는 만길의 작은 배려였다. 정미도 만길보다 며칠 전에 먼저 연락받고 기철에게 면회를 벌써 다녀왔다고 했다. 면회실에서 기철의 입을 통해 만길에게 큰돈을 빌렸다는 말도 들은 모양이었다. 그녀는 그 일이 더 마음에 걸리는 것 같았다.

이야기를 나누는 중에 정미는 기철이 없더라도 만길에게 가족처럼 생각하고 구룡포에 있을 동안은 자신 집에서 숙식을 해결해도 된다고 진심으로 염려해 주었다.

"기철 오빠가 그렇게 나쁜 일을 저질렀다니 이해할 수가 없는 기라요. 그래도 우짜겠능교, 하나밖에 없는 오빠데."

그녀는 기철이 지금 형편으로서는 만길에게 돈을 갚지 못하니까 자신이 갚겠다며 대신해 사과했다. 만길은 신경 쓸 일이 아니라며 그녀를 위로해 주었다. 아버지의 적산가옥을 당장 찾지 못하는 것이 마음에 걸리기는 했으나 이미 엎질러진 물이었다.

새어머니 미츠가 저세상으로 떠나고 나서 지금껏 가족이라는 따뜻한 마음을 누구에게서도 느끼지 못한 만길이었다. 자신처럼 외로운 신세가 된 정미에게서 가족처럼 훈훈한 마음을 느끼게 된 것은 결코 우연은 아니었다. 지금껏 그녀의 가식 없는 순수한 마음이 만길의 마음을 끌어들이게 된 것이었다. 폰세카호와 기철의 암담한 사건을 겪으며 그나마 가족과 같은 정미가 옆에 있다는 것에 만길은 오랜만에 포근한 안도감을 맛보았다.

그 순간이었다. 만길은 미츠의 가족을 찾기 위해 당장 일본으로 건너가야겠다는 생각이 들었다. 그는 적산가옥을 찾는 것과 구룡포 앞바다에서 작은 어선을 타기로 한 계획이 당장 시급한 일은 아니었다. 그 목적을 위해서는 몇 년간 다시 고생해야 했다. 일본에 있는 미츠의 가족을 찾아야겠다는 생각은 항상 염두에 두었던 일이었다. 몇 년간 다시 돈벌이를 위한 준비를 할 그 틈을 이용해 일본을 잠시 다녀오고 싶었다.

만길은 그러한 사정을 정미에게는 알리고 싶지 않았으나 곰곰이 생각해 보니 가족이라는 마음을 정한 이상 그 사실을 알리지 않는 것 또한 도리가 아니었다. 일본을 다녀온다고 해서 그리 오랜 시간은 걸리지 않을 것이었다. 감옥에 갇혀 있는 기철을 생각하면 정미가 외로운 것은 사실이었다. 만길은 여러 가지 일들이 부담으로 다가왔으나 정미에게 사실 그대로 털어놓기로 작정했다.

만길은 후쿠오카로 떠나기 며칠 전 정미와 함께 저녁 먹는 자리를 만들었다. 그는 일본으로 미츠의 가족을 찾으러 떠난다는 것과 그곳을 다녀오면 이젠 외국으로는 나가지 않고 구룡포 연안에서 작은 어선을 타겠다는 뜻을 밝혔다.

정미는 만길의 집안 내력을 훤히 알고 있는 터라 그가 후쿠오카에 간다는 뜻에 흔쾌히 동조하였고 당연한 것으로 받아들였다. 그녀는 만길이 일본을 다녀오면 구룡포 연안에서 작은 어선을 타겠다는 말에는 거의 감격이었다. 그 말은 위험한 원양어선이나 무역선은 타지 않겠다는 뜻이라 생각했다.

정미는 구룡포에서 앞으로 만길과 함께 지낼 수 있을 것이라는 희망을 가질 수 있었다. 지금 감옥에 있는 기철도 출소하고 함께 생활하게 되면 서로 도움이 될 수 있는 일이었다. 배를 타더라도 가족이 서로 가슴 졸이는 일은 없어야 했다. 그녀가 생각하는 행복이란, 없으면 없는 대로 탐욕 없이 사랑하는 사람들끼리 소박하게 사는 것이었다.

만길은 그날 식당에서 미리 준비해 가져간 주머니의 금반지 하나를 조용히 꺼냈다. 그는 그 반지를 정미의 작고 하얀 긴 손가락에 소중하게 끼워주었다. 정미의 얼굴은 금방 복사꽃처럼 발갛게 달아올라 수줍음을 감추지 못했다. 만길이 그녀에게 준 반지의 의미는 청혼이었다. 그날 밤 두 연인은 서로 몸을 섞으며 사랑을 나누었다.

며칠 뒤 만길은 부산에서 일본으로 떠나는 페리호에 몸을 실었다. 그가 후쿠오카를 다녀오면 해야 할 목적이 하나가 더 생기게 되었다. 정미와 결혼하여 가정을 꾸리는 일이었다.

장 노인의 이야기는 이쯤에서 갈무리 되어가고 있었다. 꼬박 3일 동안이었다. 장 노인과 나는 아침에 후루사토에서 만나면 각자 취향대로 차 한 잔씩을 마시고는 공원으로 올라갔었다. 이야기를 시작하고 점심시간이 되면 식사를 대접하겠다는 내 성의도 마다하고 노인은 자신 집으로 가서 해결하고 왔다. 그는 식사 후에 즐기는 삼십 분쯤의 낮잠 습관 때문이었다.

해가 질 때쯤이면 이야기를 접고 우리는 선술집을 찾아 들었다. 노인은 피곤할 것인데도 저녁 선술집을 마다하지 않았다. 옛 친구에 대한 먼지를 하얗게 뒤집어쓰고 있던 까마득한 젊은 날의 추억 속으로 헤집고 들어가는 이야기에 장 노인 스스로가 심취하고 있었다. 그는 술자리에서 오히려 더 진지하고 많은 디테일한 이야기를 풀어내었다.

초저녁부터 반주로 시작한 막걸리지만 장 노인은 열 시까지는 제법 버티었다. 그는 늦은 시간에 귀가했어도 이튿날 아침 약속은 어김없이 후루사토로 나와 주었다.

삼 일째 되는 저녁 선술집에서 나는 일본으로 떠난 만길의 다음 행적을 묻지 않을 수가 없었다.

"후쿠오카로 떠난 만길은 그게 마지막 모습인 기라."

그렇게 말한 노인의 눈자위가 갑자기 짓물러지는 것 같았다.

"예? 마지막이라뇨? 그럼 돌아오지 않았습니까?"

"그 뒤로 영원히, 아니 수십 년 전에 사라진 청어가 지금까지 돌아오지 않는 것처럼 만길이도 구룡포로 아직 돌아오지 않았지러."

나는 갑자기 머리가 하얗게 비는 것 같았다.

"그럼 결혼을 약속한 정미씨는 어떻게 되고요?"

"하염없이 기다렸지."

"그분은 아직 살아 계시나요?"

정미의 생사를 묻는 다급한 내 말을 외면한 노인은 짧은 한숨을 쉬었다.

만길이 일본으로 떠난 몇 년 뒤 기철은 감옥에서 출옥했다. 기철은 만길이 후쿠오카로 떠난 사연과 정미와 결혼을 약속했다는 이야기를 벌써 전해 들어서 알고 있었다. 이미 딴사람이 되어 있는 기철이었다. 그는 진정한 친구라고 믿는 만길이 돌아올 때까지 구룡포에 남아서 열심히 일하기로 결심했다. 그는 만길 아버지의 적산가옥을 자신이 찾아주어야 한다는 의무감을 가질 수밖에 없었다.

만길이 구룡포에서 일본으로 떠난 지가 벌써 오십여 년의 세월이 훌쩍 넘었다. 그동안 기철의 의지 하나로 만길 아버지의 적산가옥도 벌써 찾아 놓았지만, 만길은 여직 돌아오지 않고 있었다.

만길이 미츠의 가족을 찾아 후쿠오카로 떠난 뒤 그의 행적에 대해 아는 사람은 아무도 없었다.

이미 상노인이 된 기철은 얼마 전까지 부두에서 머리가 하얗게 세고 등이 굽은 모습으로 후쿠오카 쪽을 바라보며 오늘도 내일도 만길이 돌아오기를 애잔하게 기다리는 여동생 정미를 바라볼 때마다 안쓰러운 생각뿐이었다.

그녀는 만길이 후쿠오카로 떠난 몇 개월 뒤부터 아침에 일어나면 저녁때까지 수시로 부두를 들락대는 것이 일과였다. 수십 년이 지나 노파가 되었어도 그녀는 하루 종일 포구에서 후쿠오카 쪽을 바라보며 마지막 어선이 들어올 때까지 실성한 사람처럼 꼼짝하지 않고 앉아 있었다. 금방이라도 배를 타고 부두로 들어와 훌쩍 뛰어내릴 것 같은 그리운 임을 마중하기 위해서였다. 오랜 세월 그녀는 비가 오나 눈이 오나 부두에 나가는 일을 하루도 거르지 않았다.

"정미는, 애석하게 몇 해 전에 죽었어."

노인의 그 말에 나는 턱을 딸깍 떨어뜨리며 하마터면 들었던 술잔을 놓칠 뻔했다.

"그럼, 오빠 기철씨는 아직 살아 있나요?"

"글쎄 잘 모리겠어, 죽었능가 살았능가? 아마 살아 있다면 그래도 만길은 행복한 녀석이지, 구룡포에서 지금까지 그래도 친구 하나가 유일하게 그를 기다리고 있으니까 말이야."

말을 마친 노인은 젖는 눈자위를 씻어버리기라도 하듯 막걸리 사발을 들어 대번에 벌컥대며 들이켰다. 나는 더 묻지 않았다. 노인이 따라 주는 술잔을 말없이 받아 기울이기만 했다.

이튿날 나는 후루사토로 나가서 노인과 이찬호 사장을 만나 진심 어린 감사의 인사를 전하고 포항에서 서울행 버스에 몸을 실었다.

버스 속에서 나는 잠시 생각에 잠겼다. 미츠의 가족을 찾아 일본으로 떠난 만길이 지금껏 돌아오지 않는 것은 불의의 사고를 당해 이미 이 세상 사람이 아닐 것이라는 나름대로 결론을 내렸다.

그리고 장 노인이 바로 기철 자신이었다는 확신이 들었다.